La Flor de Lis

Seix Barral

Elena Poniatowska
La Flor de Lis

Bajo el sello editorial SEIX BARRAL M.R.
Avenida Presidente Masarik núm. 111,
Piso 2, Polanco V Sección, Miguel Hidalgo
C.P. 11560, Ciudad de México
www.planetadelibros.com.mx

Primera edición en formato epub: julio de 2023
ISBN: 978-607-39-0253-3

Primera edición impresa en México: julio de 2023
ISBN: 978-607-39-0224-3

Impreso en los talleres de Litográfica Ingramex, S.A. de C.V.
Centeno núm. 162-1, colonia Granjas Esmeralda, Ciudad de México
Impreso y hecho en México - *Printed and made in Mexico*

A Celia
y a su hija Ximena,
que es mi ahijada.

La «Flor de Lis»

LO MEJOR DESDE 1918

CALLE DE HUICHAPAN NO. 17

COLONIA HIPÓDROMO CONDESA

Se hacen tamales de mole, chile verde
y rojo, todos con pollo.
También de dulce.
Se sirve chocolate, atole de fresa,
vainilla con canela, champurrado.

Tamales oaxaqueños sobre pedido.
Se atienden bautizos, confirmaciones
y primeras comuniones.
Precios especiales por mayoreo.
Servicio a domicilio.

SALÓN PARA FAMILIAS

Domingos, antojitos mexicanos.
Se visten Niños Dios.

Atención personal para nuestra estimada clientela de don A. Andrade Marroquín

De ratas y culebras
y sapos y ranas y arañas
de todo eso
y más
están hechos los niños.

Canta la Pequeña Lulú
mientras se talla en la tina.

(Número extraordinario, enero de 1954)

La veo salir de un ropero antiguo: tiene un camisón largo, blanco y sobre la cabeza uno de esos gorros de dormir que aparecen en las ilustraciones de la Biblioteca Rosa de la condesa de Ségur. Al cerrar el batiente, mi madre lo azota contra sí misma y se pellizca la nariz. Ese miedo a la puerta no me abandonará nunca. El batiente estará siempre machucando algo, separando, dejándome fuera.

«La señora duquesa está servida». La señora duquesa es mi abuela, los demás también son duques. Los cuatro hijos: Vladimiro, Estanislao, Miguel, Casimiro, y sus cuatro esposas: la duquesa Alejandra, la duquesa Ana, la duquesa Constanza, la duquesa Luz. Diez duques y sus hijos los duquesitos, y mi hermana y yo las recién llegadas. Duque, duque, duque, duquesa. A la hora del café en la biblioteca, cuando el chef presenta el menú del día siguiente a la aprobación de la duquesa grande, los saluda en ronda: «*Bonsoir, chef*», salvo la más joven que se distrae: «*Bonsoir, duc*». Un duque más con su gran bonete blanco como el gorro de cocinero en los grabados de la condesa de Ségur.

Para llegar al comedor atravesamos un salón. En un cuadro enorme que ahora sé es de Hundercutter veo un pelícano, un guajolote, varios patos, perdices que cuelgan de un lazo, unas gallinitas de Guinea acebradas. En otro cuadro se asoma un mendigo. Los demás no me impactan, sólo ese mendigo con unos cuantos pelos en la barba y su expresión feroz e implorante bajo la frente vendada.

Alarga su mano velluda, me persigue, va a tomarme del cuello.

Frente a cada lugar el menú escrito con plumilla, los *pleins* y los *déliès* que habré de aprender más tarde en *l'école communale* y cuestan tanto trabajo porque al principio la gota de tinta es siempre demasiado gruesa, y ¿cómo se controla una gota de tinta, una gota de jugo, una gota en la barba, una gota que cae sobre la falda, una gota de sal sobre la mejilla? Ni mi hermana ni yo decimos pío. «*Children should be seen and not heard*», advierte mi abuela Beth. Es norteamericana, habla mal el francés, dice *la fromage*, dice *le salade*, dice *le voiture*. En la noche lee el *National Geographic Magazine*. Mi abuelo de bigotes colgados y entrecanos los limpia en un sillico que nos traen a la hora del postre. Lo imitamos, barremos con los dedos nuestro labio superior y la visita sonríe: «Parecen conejitos». Son pocos los visitantes a medio día. Si acaso uno o dos que se limitan a escuchar religiosamente al abuelo. Casi nadie habla, sólo él, mamá a veces. Para nosotras, lo principal son las buenas maneras: no dejar nada en el plato. Un mediodía mamá olvida cortarnos la carne, a Sofía mi hermana y a mí. El *maître d'hôtel* cambia los platos y se lleva los nuestros intactos. Después ríe de su olvido, la oigo reír, me gusta su risa, su boca sobre todo.

El agua está muy caliente, nunca ha salido así, pero me meto, que no note nada. Aquí viene, sonríe, me va a sonreír a mí.

Entre sus dientes hay una abertura.

—¿Está buena su agua?

—Sí.

—¿Así la acostumbra?

—Sí, sí.

Se acerca a mí. Sobre el borde de la tina apoya sus manos. Me fijo en la izquierda. Con destreza se quita del anular un tubito de gamuza *beige* amarrado a su muñeca. Y veo. Veo su dedo mocho; apenas el inicio de un dedo. Deja el parche de gamuza sobre el lavabo y sonríe por segunda vez y de nuevo relampaguea la abertura entre sus dientes frontales.

—Le voy a tallar la espalda y el cuello…

—Yo puedo, *Mademoiselle.*

—No, no puede.

—Le aseguro que puedo.

—No, Mariana.

El dedo mocho, el dedo mocho, el dedo sin ojo, el gancho, el dedo tuerto, sin luna blanca.

—Páseme el jabón y el guante.

—No los tengo.

—Están a sus pies, los veo adentro del agua. Apúrese, no tengo tiempo que perder.

Extiendo el brazo con docilidad. Al salir me envuelve en una enorme toalla blanca con capuchón.

—Séquese usted misma, eso sí puede hacerlo.

No me seco, tiemblo. *Mademoiselle* va por mi hermana.

Entre tanto se vacía la tina en un ruido de remolino; también quisiera irme, así como el agua, de un solo jalón. *Mademoiselle* regresa:

—No encuentro a su hermana. En verdad es desobediente. Séquese, por favor, póngase su camisón y su bata.

El baño de Sofía es una tormenta. Rasguña, patea, el agua va y viene y la oigo estrellarse sobre el piso de mosaico. «¿La piedra pómez?», inquiere *Mademoiselle* y Sofía aúlla en medio de los ajigolones: «¡Nounou, Nounou!». Los sollozos se clavan en las olas. ¿Estará ahogándose a propósito? La

Mademoiselle ha cerrado la puerta del baño para apagar los gritos. Por fin salen las dos, la *Mademoiselle* agitada, con mechones sobre la frente, Sofía enrojecida de tanto gritar. Yo también tengo toda el agua de la tina en los ojos; escurre y escurre y no puedo cerrar la llave.

Mademoiselle finge no verlo; si lo ve, piensa que es pedagógico no darle importancia. Toca el timbre.

—Les van a subir su cena.

Nounou jamás lo habría hecho; bajaba a la cocina a verificar el contenido de las charolas, a palabrear con el chef, era amiga de los demás *domestiques*, antes de la cena nos regalaba aquel ratito de juego en bata.

Entra el *maître d'hôtel* con las dos charolas y las coloca en la mesa redonda en la que también extendemos nuestros rompecabezas de muchas piezas de madera que Sofía quiere hacer embonar a fuerza martilleándolas con la palma de la mano: «Allí no va, Sofía, ¿que no estás viendo?», «Sí va, sí va porque yo quiero que vaya». *Mademoiselle* levanta las campanas. Ayer ése era nuestro privilegio. Con el brazo todavía en el aire indica:

—Traiga usted también mi charola. La señora duquesa ha dado órdenes para que tome mis alimentos con las niñas.

Sofía grita:

—¿Comer con nosotras? ¿Por qué? ¿Por qué? ¡No es justo! —Patalea, se jala el pelo, *Mademoiselle* la mira, el *maître d'hôtel* se da la media vuelta y trae la charola en un santiamén. Sofía deja caer sus mocos en la sopa, hace un ruido desmedido. *Mademoiselle* advierte:

—No quisiera verme en la necesidad de tener que castigarla la primera noche de mi llegada.

Las tres comemos o hacemos que comemos. *Mademoiselle* Durand ya no habla. También se ve triste. Le esperan tantos días de: «Sofía, tome usted su cuchillo con la mano derecha. Mariana, no se meta los dedos a la nariz; niñas, pónganse los guantes, no azoten las puertas, niñas flojas, niñas ajenas, niñas ajenas, niñas ajenas…». Sofía me lanza furiosas miradas negras. Yo me aborrego. «¿Qué culpa tengo yo, Sofía, de no tener la fuerza de dar de puntapiés contra los muebles?». *Mademoiselle* pregunta solícita, haciendo un esfuerzo:

—¿Quieren que les cuente una historia?

Sofía grita:

—¡Noooooooo!

—¿Y usted, Mariana?

Se vuelve hacia mí en busca de apoyo pero la traiciono. Además, ¿qué historia puede contarnos? La única que me interesaría es la de su dedo mocho, pero soy demasiado miedosa para pedírselo.

—No, yo tampoco.

—Entonces vayan a lavarse los dientes y prepárense porque falta poco para que la señora duquesa venga a darles las buenas noches.

Sofía se indigna:

—Nounou nunca nos hace lavarnos los dientes en la noche.

—Nounou era una mujer del campo —dice en tono seco *Mademoiselle* Durand.

De pie frente a la ventana, hombro con hombro Sofía y yo vemos cómo afuera se oscurece el jardín.

—La señora duquesa se ha demorado, métanse ustedes a la cama: antes digan sus oraciones.

—Mi mamá nunca es puntual —le informa Sofía.

Nos quitamos las batas, rezamos en voz alta, poquito, muy poquito. Me cuelo entre las sábanas frías. *Mademoiselle* nos mira con timidez; no sabe si acercarse, si darnos las buenas noches, si apagar la luz, si estirar las sábanas para que no nos destapemos. Las tres estamos tensas y ella se ve descorazonada, los brazos le caen a lo largo del cuerpo con su ridículo dedo mocho pirateado dentro del falso dedo de gamuza *beige* (ese parche lo recortó de un guante viejo, pienso con sorna). Hace frente, sola, a la cruel hostilidad de la infancia. Nos miramos en silencio, dos pequeñas gentes y una grande, y en el desierto de nosotras tres oigo la voz, su voz de campana en el bosque; su rumor de bosque avanza por el corredor. Apresurada, empuja la puerta como suele hacerlo, con todo su cuerpo, de modo que la puerta la enmarca; cuadro viviente de sí misma.

—¿Ya se durmieron, niñas? ¿Se portaron bien? ¿Le han obedecido a *Mademoiselle* Durand?

Revolotea, su vestido barre el suelo, pregunta a los cuatro vientos con sus ojos de cuatro vientos; baila sin querer para nosotras unos *glissandos*, unos *entrechats*, hace una pirueta, gira:

—Pero, ¿qué caritas son ésas? ¿Qué les pasa a mis niñas gruñonas? (Gruñe ella misma). ¿Están de mal humor? ¡Qué prisa tengo, Dios mío! Es tardísimo, me va a matar Casimiro. ¿Cenaron bien? (No espera las respuestas). Me tengo que ir, adiós, mis chiquitas. Buenas noches, mis amores. ¿Tomaron sus medicinas? Si no, deben estar apuntadas en alguna parte, allí debe haberlas dejado la nodriza para que usted sepa, *Mademoiselle*…

Sofía grita:

—¡Nounou, Nounou, quiero a mi Nounou!

—… Sofía, ya no era posible, Nounou las estaba pudriendo.

Va hacia su cama, la besa, luego vuela hacia mí y se inclina; veo sus pechos muy blancos, redondos, de pura leche, su piel de leche blanquísima, su perfume, el pelo que cae como una rama de árbol sobre mi cara fruncida, su cuello, oh, mi mamá de flores, me besa rápido llamándome «mi myosotis» palabra que guardo en mi mano y con una voltereta le indica a la institutriz:

—Venga usted conmigo, *Mademoiselle*, y en la escalera, mientras bajemos, le daré algunas indicaciones.

Oigo su voz a lo lejos. El vestido sigue barriendo el corredor. Se cierra una puerta. Me quedo sola con el nomeolvides aprisionado latiendo uno, dos, uno, dos. Sus pequeños pálpitos azules.

Mademoiselle Durand, me dice:

—Cuando sepa, se irá a esconder a los rincones a leer.

Inclinada sobre el libro, no entiendo nada, pero me acuclillo en un rincón y finjo, para que me quiera.

Vamos a La Baule de vacaciones, con *Mademoiselle* Durand y su pedacito de dedo cubierto por una gamuza de distinto color, que amarra con tiras a su muñeca. Todos los días castiga a mi hermana, la priva del postre que nos sirven en una esquina del comedor vacío. Los manteles son tan tiesos que creo que todas las mesas van a salir volando por la ventana; el grano de la tela blanca es grueso como la arena, me gusta sentirlo entre el pulgar y el índice. Un helado *praliné* con la galleta que lo acuchilla en una alta copa de plata perlada de frío. Me gusta encontrar con la lengua los trocitos de avellana. Mi hermana no dice nada, nos mira comer. Es rebelde. Se negó a tirar la bacinica de la *Mademoiselle*. Yo sí voy y la tiro al fondo del corredor en el que está el excusado del piso. Tiro las nuestras. Tiro la suya. Hago todo, con tal de que me quiera. A mí no me da cachetadas; a mi hermana, siempre. Mi hermana avienta cuchillos con los ojos, se le ennegrecen, a los míos les falta color, son azul pálido como los de las nodrizas. Mi hermana tiene un carbón caliente en cada cuenca. Entra pisando a la española. Mamá la viste de andaluza para la fiesta de disfraces. A mí, de holandesa.

A la playa salimos con palas y cubetas de fierro. Hacemos patés. Llenamos las cubetas de arena y las volteamos. Nos metemos al agua en calzones blancos *petit-bateau*. El mar llega dulcemente, lo recibo de rodillas. El agua salada en los ojos. A través del agua la veo a ella, su sonrisa, su aire de distracción. Quisiera abrazarla. Se me deshace en espuma.

En torno a los árboles de la *rue* Berton y a lo largo del Sena han puesto rejitas para que se canalice el agua. ¡Ah, cómo me fascinan esas rejitas! Del Sena no tengo recuerdos sino hasta más tarde; lo que sí tengo presente es que la *rue* Berton baja hasta el Sena y eso me gusta mucho: puedo correr con todas mis fuerzas hasta la esquina donde debo esperar a la *Mademoiselle* y a mi hermana. «*Vous avez encore marché sur une crotte*». Eso es lo malo de las calles, están llenas de cacas de perros que se pegan a los zapatos, por eso los franceses dicen «*merde*». En la recámara, a la hora de la siesta, mi hermana sugiere:

—¿Jugamos a los perros?

Hacemos una caquita aquí y otra allá, a lo que alcance, a cubrir la alfombra. Luego nos dormimos, cada una en su cama de barrotes. Entra *Mademoiselle* Durand y grita:

—Esto sí que va a saberlo su señora madre. Levántelo usted —le ordena a mi hermana—. Y usted, vaya por agua y jabón —me ladra.

Quisiera que no nos hablara de usted, que nos abrazara de vez en cuando, pero mi hermana dice que qué me pasa, que somos duquesas.

Nounou se fue con toda su ropa blanca almidonada, su sombrerito de paja para el sol, redondo como su cara y nuestras caras de niñas, sus medias blancas, su regazo de montaña, sus pechos de nodriza, sus pañuelos de batista siempre listos para sonar alguna nariz fría, los bolsillos de sus amplísimos delantales-cajas de sorpresa: un hilo, una aspirina, dos liguitas, su llavero, un minúsculo rosario de Lourdes, un caramelo envuelto en papel transparente, un centavo. Dejó tras de ella la libreta negra, común y corriente, de pasta acharolada, duradera porque así las hacían antes, ahora son de cartón o de plástico pero no ahuladas brillantes como el ónix. Así como las costureras apuntan las medidas: busto, cadera, cintura, en esa libreta Nounou anotó a lápiz con letra aplicada de escolar que no terminó el primer ciclo cómo hacía crecer día a día a dos niñas, dos becerritas de panza, dos pollos de leche, dos terneras chicas, dos plantas de invernadero, dos perras finas…

«… Recibí a bebé Mariana el 21 de mayo. Bebé pesa tres kilos. Toma tres onzas de leche cada seis horas».

Nounou consigna el peso de en la mañana, el peso de en la noche. ¡Cuánto trabajo debió costarle pesar en las antiguas básculas con sus distintas pesas en inglés ese bulto de carne! Con qué honestidad anotó también cada vez que el globo humano se le desinflaba.

«Asoleo a bebé durante diez minutos: cinco sobre la espalda, cinco sobre el vientre».

«Toma una onza de agua de Vichy».

Consigna el inicio de la manzana rallada, el plátano machucado, los *porridge* a base de trigo. Expone los remedios aplicados; sinapismos, cataplasmas de mostaza, baños de pies en agua caliente, ungüentos de limpieza: aceite de almendras dulces, agua de rosas y hamamelis, los sarpullidos, los baños de esponja.

Trece meses más tarde anuncia:

«Recibí a bebé Sofía el 27 de junio. Bebé pesa cuatro kilos. Toma tres onzas de leche cada seis horas».

Durante siete años, día a día se ceban las perritas, engordan las cochinitas, se van trufando las gansitas, se les hacen hoyitos en los codos y en los cachetes, llantas en las piernas; tienen papada, sus pies son dos mullidos cojines para los alfileres; pesan tanto que sólo Nounou las aguanta. Tambaches de proteínas, de agua, de leche enriquecida, de grasa blanda como mantequilla civernesa, de crema espesa de vacas contentas, de jamón de Westphalia, *petit-suisses*, quesos crema, todo ello para que las dos muñecas de yema de huevo y de azúcar caramelizada se liberen de tanta bonanza, vaciándola sobre la alfombra de la *nursery*.

—¿Por qué no lo dijo antes, Nounou, o está criando cerdos?

Confunde la *nursery* con una porqueriza.

—*Merde*! —gritó mamá sin darse cuenta—, Nounou, usted me ha desilusionado. —Entre la *merde* que propiciaba Nounou y la que inconscientemente invocaba mamá, la primera era la que perdía. Nounou tendría que irse.

La fijación escatológica no nos la quita ni *Mademoiselle* Durand. Veinte años más tarde. Sofía habrá de explicar la defunción del tío Pipo.

—Fue una buena muerte. El pobre de mi tío Pipito hizo su popito y se murió.

*

Nos organiza nuestra pequeña vida, nos saca al aire, la *promenade*, le llama. Nos abotona el vestido, el suéter, el abrigo; en París hay que abotonarse muchos botones. Luego la bufanda, la gorrita que cubre las orejas. «*Il faut prendre l'air*». Levanto los brazos. «Usted debe respirar. Aprenda a inhalar, a exhalar. Camine derecha». Veo la calle gris, el frío que sube del Sena al cielo gris, las piedras del pavimento y las rejillas. Con un palo escarbo entre ellas para sacar la tierrita, las hojas muertas, las del año pasado, del antepasado. «Camine, ¿qué está usted haciendo allí?, ¿por qué se agacha?». Mi hermana corre sobre sus piernas largas, a ella no le dice ni que respire ni que eche para atrás los hombros. Mi hermana la ignora. Ignora incluso a mamá cuando comenta: «Estás verde, pequeña verdura. Un ejote. Eso es lo que eres». Pasa a través de todos, yo me atoro, en cada trueno dejo una hebrita.

—¿Quieren caminar por los muelles?

La miro con sorpresa. Nounou nunca nos llevaba al Sena. Le daba miedo el agua, los *clochards* que salían de unos agujeros negros, el moho. «El gran aire del mar es demasiado fuerte para ustedes». Creía que toda el agua proviene del mar y que el Sena era un pedazo de Mediterráneo que atraviesa París. De allí los peces y los pescadores, los barcos, las *péniches*. «Con razón, no hay nada más grande que el mar».

Sofía regresa hacia nosotras.

—Al Sena, al Sena, yo seré el capitán y tú el barco.

Otra vez se coge de mi pobre martingala.

—Sofía, deje en paz el abrigo de su hermana, le arranca la martingala. Y usted camine a buen paso, si no de nada sirve el ejercicio. ¿En qué está pensando? Eso lo quisiera saber. Jale sus calcetas, por favor, como las de Sofía. Al menos su hermana trae siempre todo en su lugar.

—¿Podemos bajar las escaleras?

—Sí, claro.

No es el ruido que viene del mar pero sí el del agua que se azota contra las márgenes, un agua gris como los muros grises, como los adoquines grises, como el aire gris y blanco, mate. Los barcos se ven negros, negra la gente que pasa, negros los tilos. Amo los fresnos. Amo los tilos a pesar de la tisana; a lo mejor no tienen nada que ver con el té de tila.

—¿Puedo acercarme al borde? —pregunta Sofía.

—Sí, claro, ya está grande.

No es creíble. Sofía de plano va y mete su manita enguantada dentro de la mano del dedo mocho de *Mademoiselle*. Le jala el brazo para caminar más aprisa, acercarse juntas. Ya traicionó a Nounou: no ha pasado ni la quincena y ya la traicionó. Me sobrecoge el miedo. Nunca he caminado al ras del Sena, siempre lo he visto desde arriba, al cruzar el puente Solferino, el des Beaux Arts, el Mirabeau. Sobre los muros enmohecidos ha dejado el Sena las huellas de sus crecidas, esas subidas altas y atronadoras que hacen que los paseantes se alejen temerosos al verlo retumbar entre los márgenes que ya no logran contenerlo. Bajo el puente está marcado el nivel del río; una raya honda sobre del agua que advierte: «Hasta aquí puede subir». Más arriba arrasará con puentes y llegará hasta los árboles, las banquetas, nuestra casa. Y entonces… se hará el mar, el Mediterráneo de Nounou.

Sofía y *Mademoiselle* caminan de la mano. Sofía ha recogido una vara seca y la mete en el agua. Avanzan y la vara las sigue. Nounou tendría un síncope. A lo mejor han traído a la institutriz para matarnos, eso decía hace sólo dos noches Sofía, a quien mamá llama «*Miss Catastrophe*» porque siempre está dando malas noticias. A lo mejor va a echar a Sofía al Sena y luego a mí. Mi hermana conversa con *Mademoiselle*, es ella quien le dirige la palabra, cochina, traidora, creo que la va a tomar de la cintura. Para colmo de males mi hoja de fresno sacada de la rejilla está quebrándose de tanto triturarla. Quisiera juntar muchas hojas como las que la abuela Beth conserva en un libro que no entiendo. Ese libro huele a árbol. ¿Dónde habrá otra rejilla aquí abajo? Busco y sólo veo el agua gris, más alta que yo, más gorda que yo, más vasta que yo, más fuerte que yo. A lo lejos despunta un barco con chimenea. Avanza meciéndose. *Mademoiselle* también se vuelve a verlo y me ve a mí. Me llama. Tengo ganas de correr hacia ella; que me abrace, que me diga que no es nada. Hace un gesto con la mano, la señal en lo alto de que me acerque, su guante parece cuervo. Nounou, Nounou, voy a ir, Nounou, voy a ir con ellas, Nounou, siento miedo y todo esto es grande, grande.

Al regresar, vamos desabotonando lo que antes habíamos abotonado. Lo más difícil es quitarse las galochas de hule, tan apretadas sobre los zapatos. Con razón algunos miembros del Travellers Club se enamoran de la *demoiselle du vestiaire*. Ha de quitarles las botas después del abrigo.

En Vouvray, escuchamos las noticias del frente por la radio; en el rostro de la gente grande vemos si son malas. Estamos en guerra. Yo nunca he visto a un alemán. Tampoco a mis papás. Hace mucho que Sofía y yo no los vemos. Andan vestidos de hermanos, los dos de kaki, con gorras iguales. Se quedaron en París en plena zona ocupada. Oímos todo el día la palabra *ocupación*. *Mademoiselle* Durand también se quedó. Ahorita mismo ha de estar caminando por la ciudad llena de uniformados, con sus boletos de racionamiento en la bolsa. No sé ni cuándo dejó de estar con nosotros.

—Sofía, ¿te gustaría verla?

—Prefiero un alemán.

Mademoiselle nos llevó a la nieve; las fotos lo comprueban: las tres tomadas de la mano sonreímos en traje de esquí, ella se acuclilló hasta quedar a nuestra altura. Le sienta bien el sol. Sofía tiene unos anteojos negros pegadísimos a la piel como los de un motociclista, parece un pájaro flaco de las especies que consigna la *National Geographic Magazine*. Creo que esa foto la tomó papá en uno de los fines de semana en que subía a vernos a la montaña. En otra foto se ve guapo, de bigote, deslizándose sobre la blancura deslumbrante. Mamá dice que *Mademoiselle* Durand metió a Sofía en cintura, que es la única persona que pudo con su carácter indomable. Un día vi a Sofía sentarse pegadita a *Mademoiselle*, a modo de poder frotar su cabeza contra su hombro. ¿Se estaría rindiendo? Ahora asegura que la odia, que sólo recuerda los golpes, pero no es cierto, en el fondo las dos somos llevadas por la mala. *Mademoiselle* lo intuía o quizá nos malacostumbró.

Después, fue a dejarnos a Vouvray. No reconocimos el Clos Baudoin. Habían pintado las ventanas de azul.

—Es por los bombardeos nocturnos. El alcalde lo ordenó. Así podemos prender las lámparas sin temor a los aviones —explicó Raquel, la cuidadora.

De día, esas ventanas parecen parches deslavados. En Vouvray pierdo el rastro de *Mademoiselle* Durand, simplemente no amanece. La guerra cambia las vidas. No se me graba escena alguna de despedida, porque mamá, de un día para el otro, viene a vivir con nosotras, dulce, inalcanzable como el agua dulce que cae del cielo. Se mezcla con la lluvia finita de Vouvray tan delgada que apenas se ve. Me da una angina de pecho: una cataplasma de antiflogestina reemplaza a otra. Qué euforia la calentura. Parece que voy a disolverme entre las sábanas. Por la ventana veo caer una cortina de chorritos de agua, gota a gota; a través de un vidrio impalpable veo a mamá, longilínea, de cara al cielo con toda la lluvia cayéndole encima, dulce mi mamá de agua. Extiendo la mano para secar su rostro empapado. No la alcanzo.

—Esta niña amanece bañada en sudor. No me reconoce. Tiene el rostro vuelto hacia la ventana. Doctor, creo que este clima no le sienta; va a acabar en los huesos.

Una noche llega papá. Escucho sus botas sobre el mosaico de la cocina y luego las veo vacías secándose cerca de la estufa. Viste de kaki pero tiene una bufanda de civil alrededor del cuello. Habla de la falta de gasolina; se ha visto obligado a tomar el tren, él, que siempre maneja. La vida es cada vez más difícil, «¿Qué comen?», nos pregunta.

Sofía juega a columpiarse sobre el portón negro y pesado de la entrada. Sola, empuja el batiente con un pie, se trepa rápido, se deja venir para saltar justo en el momento de la cerrazón. Nadie le dice nada o, si se lo dicen, no vuelven a repetírselo. En tiempos de guerra no puede prestársele tanta atención a las niñas. Escasean los *brioches*, escasean los pollos, escasean las papas, escasea el azúcar, escasean los papás. Sofía anuncia con voz de trompeta de Jericó.

—En toda Francia no queda una sola institutriz.

Poco después entra aullando con el brazo que cuelga miserablemente. No está roto; los ligamentos se han desgarrado. En los días que siguen, el brazo toma todos los colores de Vouvray; azul como los viñedos que se alinean en torno a la casa, morado como las hojas de parra, café de tierra, el mismo amarillo terroso de las cuevas en las que vive la gente. Raquel y su familia comparten el sótano caliente y oscuro donde se apilan los vinos. Vouvray es una sola cava y sobre su cabeza crecen como cabellos bien alisados hileras e hileras e hileras de vid. En el brazo de Sofía se dibujan paisajes, cielos oscuros antes de la tormenta, la grisura del Loire ancho y fuerte, los castaños pelones, nuestra casa encima de las cuevas, las calles por donde vamos a la escuela, el castillo de Valençay, la avenida que tomamos para ir a ver a Francis Poulenc una tarde en que nos tocó el piano y nos llamó: «Mis vecinitas». El brazo de Sofía se entinta con la preocupación de mamá. En la escuela pesco varicela y mamá, que ha conseguido unos bonos de gasolina, nos sube al coche:

—Díganle adiós a Raquel, nos vamos al sur, a la casa de los abuelos.

Allá se respira el Mediterráneo.

Se va. Regresa a París. Nos deja con los abuelos. Nos llevan a misa a Mougins, a Grasse, a St. Paul de Vence, a veces hasta a Cannes. Comemos rico. Engordamos. También escasean los víveres pero el chef hace milagros: *soufflés* de rutabagas, timbales de rutabagas, *mousses* de rutabagas con miel. A las diez nos manda un pan untado con jitomate. O un pan de ajo asoleado. Para las fuerzas. El abuelo se encierra en su biblioteca: *granma* sale al jardín tijera en mano a podar los rosales. Los olivos están cargados. Sofía y yo jugamos al cochero y al caballo. Ella siempre es el cochero. Tasco mi freno. Me jala las riendas, me da con el fuete: «Rápido: más rápido, estúpida». Corro tanto que me hago pipí. De vergüenza, al regreso tiro los calzones en la chimenea rogando nunca la enciendan. No me permito nada. Nunca dejo que me pierdan de vista.

En la mañana, *granma* nos pregunta:

—*Avez vous fait le grand chose?*

Dice «*le grand chose*», «*le petit chose*», cada vez que regresamos del excusado. Por eso en la escuela, cuando oigo a la maestra decir solemne que Napoleón hizo «grandes cosas», las ligo al interrogatorio matutino de *granma* y me quedo perpleja. La maestra me agarra tirria:

—Desde niños a estos aristócratas les enseñan a pasar por encima de todo.

⚜

Rezamos:

Que se acabe la guerra.

Que los alemanes salgan de Francia.
Que regrese mi papá.
Que regrese mi mamá.
Que no tenga que utilizar su fusil.
Que maneje bien su ambulancia.
Que Dios los cuide.
Que no se muera nadie.
Ni un perro.

Rezamos por:

El tío Vladimiro.
El tío Miguel.
El tío Stan.
Los soldados desconocidos.

Granma reza por sus hijos, sus nueras, y muy en especial por sus cuatro nietos que ya están en edad: Miguel, Andrés, Felipe, Edmundo, soldados en el frente. Sobre el dosel de nuestra cama cuelga una foto del mariscal Pétain con su *képi* y su bigote blanco. Dicen que se va a morir.

Sofía opina que no importa.

Que yo sepa, nuestro abuelo no reza.

†

No sé ni cómo le hace mi hermana para tener luego luego ese rostro fuerte. Yo me tiro de panza como los cachorros para que me hagan para todos lados, me meten los dedos en la boca, hurgonean bajo mi lengua. Ella se yergue sobre sus dos patas flacas, más largas que las mías y ladra. Yo dejo que me pasen la mano por el lomo, cosquillas, caricias, a todo me presto. Que me quieran, soy su perra, muevo la cola, que me quieran, que me rasquen la nuca, panza arriba, que me digan, que tornen en torno a mis orejas largas y peludas, la trufa húmeda de mi nariz, mi cuello calientito, encimosa quiero más, panza arriba, acepto hasta la patada en el costillar, le saco sentido, todo tiene sentido hasta irme aullando con el mismo aullido de mi antepasado el *pitecantropus erectus* con su mazo en la mano que se aleja, su cabeza aplanada, corre por el desierto, lejos de la manada que lo ha rechazado.

En «Speranza», veo su impermeable azul eléctrico por fuera, blanco de lana ligera por dentro, de dos vistas, tan distinto a las capas de los abuelos, *beige*, ocre, color del tiempo con los que salen a caminar. La abuela Beth a veces se detiene y con la punta de su bastón hace dibujos en la tierra. Le pregunto qué dibuja: «*Never mind, child*» y noto entonces que está triste. El abuelo camina rápido; tiene un propósito, los hombres suelen tener un propósito. Por eso no camina con nosotros. Lo vemos alejarse hacia su objetivo. Mamá no se queda sino un día o dos en la casa de piedra. Quizá la vida le resulta lenta; siempre hay algo que parece estarla esperando en otra parte y ella permanece hasta que viene el aviso y emprende el vuelo sobre las alas de su impermeable azul y blanco, aéreo, eléctrico que la lleva suspendida por los aires. No se despide para no entristecernos; al día siguiente la busco en su cuarto vacío y la recuerdo junto a cada uno de los muebles. Ahora pienso que sonríe porque sabe que después vivirá en otra parte. Sonríe mientras.

«*You see children this is Mexico*». La abuela Beth nos enseña en la *National Geographic Magazine* unas negras de senos colgantes y hueso atravesado en la cabeza. Sonríen, sí, porque van a comernos, son caníbales. «*This is where your mother is taking you*». Mi hermana ya no la acompañará a podar sus rosales, yo no las veré desde la ventana en el jardín mientras *granpa* me enseña aritmética, gramática. Por falta de gasolina no puedo ir a la escuela. A él le tengo mucho miedo, tanto que no le entiendo. «*Seriez vous betes par hazard?*». Habla en plural; se dirige a mi hermana inexistente porque desde un principio dijo no y le cayó en gracia. A él nadie le dice que no. «*Comprenez vous? A votre expression j'en doute*». Digo que sí en voz bajísima. La cabeza gacha, entre menos me vea, mejor.

Dentro de la casa de piedra, las clases centran en mí su atención y sufro. No puedo dormir. Y cuando *granma* sube a darnos las buenas noches se encuentra con ojos agrandados por la inquietud:

—¿En qué piensas?

—En la clase de mañana.

Nos besa y ya en la puerta entona: «*God bless you*» y en cada uno de los cinco rellanos repite: «*God bless you, children*». Ruedan los *God bless you* escalera abajo en cascada de piedras redondas: los oímos hasta en el último escalón cuando su voz apenas perceptible nos bendice: «*God bless you*».

Sentada en su cama, fuma. Acaba de coserle su cuadernito a Sofía; ahora le toca al mío. Dobla en cuatro unas hojas blancas y luego a la mitad. Encima escribe con mayúsculas: CUADERNO DE SOFÍA, CUADERNO DE MARIANA. Nos tiramos de panza en el suelo al lado de su cama y dibujamos mientras ella sigue fumando recargada sobre su *polochon*, sus almohadas, sus múltiples cojincitos. Todos los muebles de la recámara convergen en el lecho, lo cercan, parecen querer echársele encima, quitarle el aire; o quizá sea la cama una gran central de energía que los imanta. La abuela también es una estufita. Echa humo.

—Estoy segura de que te sabes la lección, Mariana.

—Sí, *granma*.

—No tienes de qué preocuparte.

—Sí, *granma*.

Siempre digo que sí, asiento con un ademán afirmativo, tengo un resorte dentro que me sube y baja la cabeza: arriba, abajo, arriba, abajo. Sofía, en cambio, tiene otro que va de derecha a izquierda y la hace negar reiteradamente, sacarla lengua, hacer bizco, muecas y gritar a todo pulmón: «No quiero».

Como un prestidigitador, de su bonete blanco saca el chef un pollo que se derrite en la boca como mantequilla. Se acaba demasiado pronto. Nunca he vuelto a probar nada igual. Al día siguiente, papá, vestido de militar, nos mira desde el andén. Le decimos adiós, adiós, adiós. ¡Qué aventura fantástica! Los últimos días los abuelos estuvieron siempre enojados y el abuelo más severo que de costumbre, sobre todo con mamá. De Cahors viajamos a Zaragoza. Al pasar la aduana le preguntan a mamá si trae dinero y cuánto; dice que sólo el de su portamonedas, pero yo le recuerdo con voz tipluda, servicial:

—¿Y el que escondiste en el bote del azúcar?

La obligan a vaciar los terrones conseguidos con dificultad. Le quitan el dinero. Al salir de la estación mamá le dice al taxista:

—Llévenos al mejor hotel.

Las recámaras son salones de baile. A mediodía mamá

ordena una paella. Al día siguiente baja a la administración a decir que no tiene dinero. El encargado le sonríe, es amable:

—La señora duquesa saldará su deuda más tarde.

Lo de duquesa lo vio en su pasaporte.

Subo por una escalera estrecha y larga de peldaños blancos; involuntariamente toco alguno de los tubos pegados a la pared de hierro, está hirviendo: «Ha de ser el del agua caliente». La escalera desemboca en un estrecho pasillo y camino bajo el túnel: cuántos pasos hay que dar para llegar a la luz. Penden focos de luz amarilla pero yo quiero la luz del día. Otra escalera de juguete, esta vez alfombrada, no me atrevo a tocar los tubos por los que zumba el agua, ni siquiera el pasamanos. La escalera se abre y surjo deslumbrada cual topo de su agujero al espacio blanco; la cubierta, refulgente, me produce una alegría prodigiosa, el aire me golpea la cara, corro con los brazos abiertos para abrazarlo, me doy a la nitidez de la mañana, qué feliz soy, esta luz inimaginable espera como un inmenso regalo. En pleno océano, el agua de mar abrillanta la mañana, hiere la retina, convierte las cuerdas de proa en escarcha, las cubre de escamas; el viento es nieve bajo el sol y uno avanza sobre la pureza. Esa mujer allá en la punta es mi mamá; el descubrimiento es tan deslumbrante como la superficie lechosa del mar. Es mi mamá. O es una garza. O un pensamiento salobre. O un vaho del agua. O un pañuelo de adiós al viento. Es mi mamá, sí, pero el agua de sal me impide fijarla, se disuelve, ondea, vuelve a alejarse, oh, mamá, déjame asirte. Se me enredan las pestañas. Camino sobre la madera bien lavada, todavía huele a jabón de Marsella, que pica tanto cuando se mete en los ojos, a madera tallada al alba por escobas de cerdas amarillas, y el agua jabonosa se va al agua de mar, escurre la espuma en la otra espuma, la poca que revienta en la cresta de las olas a medio océano, porque el marocéano, el que va en serio, no es de olas salpiconas sino un manto de hielo que no va a ningún lado y que el barco surca penosamente, arrancándose a quién sabe qué profundidades que lo quieren lastrar.

La veo allá, volátil, a punto de desaparecer o de estallar en su jaula de huesos, a punto de caerse al mar; el viento se lo impide o la espuma más alta de la ola que va abriendo el barco; el viento también sostiene sus cabellos en lo alto; el viento ciñe su vestido alrededor de su cuerpo; ahora sí, alcanzo a ver cómo arquea las cejas y entrecierra los ojos para llegar más lejos. ¿Qué estará viendo? Ni siquiera me ha oído, no sabe que estoy parada junto a ella, en el mar no se oye el ruido que hacen los humanos, sus gritos se confunden con el chasqueo del agua, los motores se tragan la risa. Mamá estira el cuello hacia el mar, le jalo el vestido, voltea a verme sin mirarme. ¡Dios mío, dile que me vea! A los que hablan con ella les desespera el hecho de que no parezca verlos, esa distancia que pone entre ella y los demás. Dan ganas entonces de sacudirla: «Aquí estoy, veme». Eso nadie se ha atrevido a hacerlo, ni siquiera papá. Hizo caso omiso de su distracción y se casó con la ausencia.

—Mamá.

Me toma de la mano sin decirme nada, y siento gratitud por su aquiescencia; nos quedamos las dos recargadas contra la barandilla, hasta que mi mano empieza a sudar y la deslizo fuera de la suya, maldigo esa mano que me falla cuando más la necesito. Algunos pasajeros se acomodan sobre cubierta en sus *chaise-longues*, una señora se ha envuelto como momia, muriéndose de frío, muriéndose de sí misma.

Un marinero pasa, y aunque el barco se llame Marqués de Comillas ofrece:

—*May I tuck you in?*

—¿Ya quieres desayunar, manzanita? Vamos. ¿Dónde está Sofía? Hay que bajar por ella al camarote, tiene que comer algo, aunque se maree. Lo peor es el estómago vacío.

Descubro a mamá a los nueve años. Antes, sólo son imágenes fugaces. mamá de traje largo yendo al baile de los Rotschild, al del Marqués de Cuevas, al de Lord y Lady Mendl, mamá en Guermantes, mamá en Garches, mamá cuyos vestidos permanecen incólumes al tacto y a las miradas. No huelen a abandonado o a risa o a *champagne*, a cigarro, desvelo, comida desairada o a tedio, a miradas; ningún residuo de la velada anterior.

❤

En cubierta Sofía y yo nos lanzamos a los juegos: un subibaja, dos columpios y unos aros para las machincuepas. Sopla el viento salado y se mete debajo de nuestra falda, dentro de nuestra blusa, Sofía amenaza: «Me voy a vomitar». Nos han dicho que no nos asomemos ni de chiste sobre la barandilla. Al rato mi hermana baja a la cabina, la travesía no le sienta. Me quedo sola en los aros. Mamá, desde su silla de lona, platica con un vecino, muchos quieren hablarle, uno le acomoda un *plaid* sobre las piernas porque hace frío; ella ríe negando con la cabeza.

Ensarto mis patas en los dos aros y procuro impulsarme sin lograrlo; en esa desventurada postura, se acerca un niño de pantalón corto y calcetas hasta las rodillas:

—¿Cómo te llamas?

Me cuesta mucho trabajo sacar mis patas de los aros.

—Mariana. ¿Y tú?

—Miguel Kores.

A partir de ese momento me sigue. Me mira en el comedor, en la cubierta. Me mira cuando bajo la escalinata. No me lo explico. Es a Sofía a la que siguen, por sus muecas, sus visajes, por cómo saca la lengua, pero ahora Sofía está demasiado mareada y la mayor parte del tiempo duerme en la cabina o bebe agua de limón y llora. Pide que el barco se dé la media vuelta. «Me quiero bajar». Mamá no nos peina; a Sofía para no molestarla con jalones al trenzarle sus guedejas, a mí porque con tanto aire ni caso tiene. Tampoco se fija si nos cambiamos de ropa. A ella la invitan a muchas cenas, a la mesa del capitán. Las reuniones se prolongan y Sofía y yo nos dormimos la cabeza vuelta hacia el hierro verduzco del muro de la cabina para no ver el mar por la escotilla porque nos da miedo que entre.

Al cuarto día el niño Kores ya no me busca. Aunque no nos hablemos me gusta saber que me sigue. Cuando cesa su asedio empiezo a preguntarme dónde estará, qué hará; recuerdo sus ojos serios, sus calcetas, voy tras de sus huellas y hasta me aventuro en el cuarto de máquinas donde está prohibido entrar.

En la noche le confío a mamá:

—Cuando él quería, yo no le hice caso, y ahora lo busco sin encontrarlo. ¿Es eso el amor?

Todos caminan sobre el mar, un manto mercurial, pesante, lejano. Los pasajeros lo miran desde la cubierta envueltos en sus abrigos. La travesía es larga y ya quisieran haber llegado. Cuando el barco atraca en La Habana, las autoridades suben a advertir que todos están en cuarentena, los extranjeros siempre traen epidemias. Cuarenta días en Triscornia. Una hermosa mujer con los cabellos al aire protesta, junto a ella dos niñas despeinadas. Habla español con énfasis, alega, levanta la voz, aboga por una señora enormemente embarazada. No puede ir a Triscornia. ¿Las niñas tan pequeñas van a ir a Triscornia? Total ninguna es puesta en cuarentena; ni la embarazada ni las niñas ni ella. A su hija, una muchachita de cara asustada que se repega contra sus piernas, le ordena que tenga cuidado con lo que dice. La otra ya bajó al muelle.

Sofía y yo no sabíamos que mamá era mexicana.

Por primera vez subimos en avión, un bimotor que hace el viaje entre La Habana y México. Desde la ventanilla pueden verse las hélices. La señorita nos da dulces, chicles.

—Mira la tierra, qué chiquita.

Sofía ni se asoma. El cielo es una tintura azul planchada en el aire que el avión va reventando.

—Volamos encima del agua, mira las olitas.

Mamá platica contenta. Sofía le dice que se calle, que si no se da cuenta de que está agonizando, que le diga al piloto que aterrice. Yo me conformo a todo, si el avión se cae también estaré conforme. Sofía advierte poniendo los ojos en blanco, la lengua de fuera y los dedos al revés:

—Me falta un minuto para morir.

—Ya vamos a aterrizar.

En cada bolsa de aire llenamos una de papel.

En tierra en el aeropuerto de México, espera nuestra nueva abuela.

¿Dónde estarán las del hueso atravesado en la cabeza?

En el Paseo de la Reforma, puede jugarse al aro y ya tarde regresar al castillito de torres picudas y balcón a la calle de Berlín. Al meternos a la cama, tenemos que hacer a un lado las muñecas que nos regaló la nueva abuela. Aquí todo es desaforado, la distancia, los sabinos, el Paseo de la Reforma que culmina en un ángel dorado detenido del dedo gordo del pie sobre una columna, y la nueva abuela que tiene el pelo rojo, se pinta los labios de rojo y anda zancona. Nunca se quita su *canotier* y Sofía y yo pensamos que va a ponerse a bailar.

El castillito es inmenso, la escalera también, flotamos en nuestra recámara asidas a nuestras muñecas hijas de gigantes de feria. Sofía sacude la suya para ver si se rompe, sólo procuro no mirar mucho la mía. A mamá la invitan todos los días, comemos con la nueva abuela del *canotier*, tiene ojos amarillos de gato que miran bonito. Y un novio; un pelón muy educado al que llama Mister Chips. Viene casi a diario y se despide antes de las cuatro; lleva puesto un traje muy bien planchado, nació vestido. Dice, «*Your lovely grandmother*», y le besa las manos, «*you, lovely girls*» y nos besa las manos, «*your lovely mother*», «*the lovely doggies*», «*this lovely house*», «*the food is hively*», «*what a lovely day*». Mamá avisó que iba a meternos a una escuela inglesa; el español ya lo pescaremos en la calle, es más importante el inglés. El español se aprende solo, ni para qué estudiarlo.

En el Windsor School nos enseñan a contar en *pounds, shillings and pence* y a transferirlos. Cantamos *God save the Queen* todas las mañanas al empezar las clases. Memorizamos el poema «If» de Rudyard Kipling, y cuando lo entiendo me da miedo. Veo una foto de Kipling con sarakof.

¡Cómo bailan sus patas sobre la madera! Las oigo en la escalera. Dan saltos. Se empujan para bajar más aprisa en una ansiosa carrera de patas y de lomos. Hasta que uno de ellos ladra y la nueva abuela regaña a toda la manada: «¡Cállense los perhos, cállense mis buenos perhos!». Abre las puertas de los cinco baños y los perros se abalanzan; olvida por completo su voto de silencio y grita en la escalera: «Rigoletto, Aída, Don Pasquale, Otelo, Dickie, Chocolate, Frijolito, Dolly, Muñeca, Chango, Traviata, Valkiria, Blanquita, Fausto, Duque, Satán, bajen perhitos, mis buenos perhitos, a desayunar, Paloma mi perha, y tú también Canela, perhita buena», saltan en torno a ella, se disputan el pan dulce. Sofía y yo tomamos nuestras batas y respondemos al llamado como dos perras más; nos disponemos a bajar a desayunar con nuestros veintisiete hermanos.

—Dale una concha a la Traviata, ya ves que a ella no le gustan los cuernos.

A mí me toca un huevo tibio con molletes, un día sí y otro no. La Negrita mastica ruidosamente sus violines, el Don Pasquale es afecto a los bolillos.

—Tú, una chilindrina, mi buen Rigoletto, a ti una rosca, Paloma, el polvorón para Tosca, la concha para Chocolate, las dos flautas son de Aída. A Dolly una oreja, y a Violeta su panqué de pasas.

El garibaldi que siempre se me antoja por sus chochitos pasa a la boca de Otelo. Frijolito se come una magdalena y Nemorino un panqué simple.

En los cuartos de servicio que dan al patio desayunan los perros que ya no son los favoritos, se hicieron malhumorientos y codiciosos como en un asilo de ancianos. La nueva abuela se los advirtió con anticipación: «No me gustan los envidiosos ni los gruñones», pero los perros se aventaron contra el recién llegado y fueron a parar al patio trasero; ahora ladran a mandíbula batiente, vistos desde el balcón, son una jauría furiosa. Crisófora que los atiende, los tapa en la noche y les da su comida, rezonga mientras les pone sus palanganas de agua: «Ya lo ven, ustedes se lo buscaron por miserables díscolos, ahora aquí se quedan como yo hasta que muera». Los perros quitan mucho tiempo. Desde las nueve de la mañana Crisófora pone a hervir la carne de caballo en varios peroles que mezclará con arroz para la comida de la una en punto. Los perros nunca están satisfechos, siempre piden. Demandan sus buenos días, su leche cortada con agua y su pan. Son veintiún perros de la calle, a veces veintidós, veintisiete y en una ocasión llegó a haber treinta, pero entonces las criadas se quejaron y la nueva abuela mandó a tres al asilo que dirige.

La nueva abuela los recoge en la calle mancos, cojos, tullidos, roñosos, calvos a punto de morir. Ellos la ven venir y aunque los vecinos griten: «Cuidado, es muy bravo», «Tiene rabia», «Más vale que no se le acerque», ella los toma en sus brazos. Compra litros de creolina, kilos de polvos de azufre, lava los ojos de los casi ciegos, espolvorea a los que tienen sarna. Mientras desayuna con sus animales, Cándida sube a limpiar los baños en donde duermen. Cada uno tiene su cajón y su palanganita de agua y leche:

un calentador en cada baño. Los periódicos tapizan el baño, se levantan con todo y los excrementos y se enrollan para tirarlos a la basura. Cándida trapea con agua y desinfectante. De suerte que de ese castillito de cuento de hadas, sale más mierda que del Hotel Reforma.

La nueva abuela sube a acostarse después y tres perritas consentidas, Blanquita, Muñeca, Canela, se meten bajo sus sábanas. Apenas si hacen bulto. La nueva abuela lee el periódico que más tarde leerán los perros. Lo lee con guantes: «Si no, las manos se me ponen negras». Cada vez que suena el teléfono la Muñeca ladra pero no sale de su nido. Por la ventana del jardín entra el aire de la mañana limpio y azuloso. La nueva abuela toca el timbre y desde la cocina responde una salva de ladridos. Sube también Crisófora y se detiene frente a la cama:

—¿Qué quiere que le haga de comer hoy, señora?

—Una entrada, un plato fuerte, una ensalada y una compota.

Así día a día la vamos conociendo. A Sofía le entra una verdadera pasión por los perros, los carga estén como estén y a las dos semanas recoge uno por su cuenta y le pone Kiki. Dice que va a dormir con él, pero mamá no la deja porque a Kiki le falta un ojo y le cuelga el pito.

Los perros oyen muchas cosas cuando duermen y no es que ladren abiertamente, no; gimen, gruñen, luchan con el ángel, se llenan de demonio, no sé, como cuando hay una perra en brama y la nueva abuela manda a encerrar a todos los que no ha llevado a capar. Los castra aunque se pongan gordos y se echen a dormir, al cabo y al fin son feos, son perros de la calle, corrientes y cubiertos de cicatrices. Incluso los barrigones en esa noche de brama no dejan de aullar; toda la casa tiembla enfebrecida y mi hermana y yo amanecemos desveladas, inquietas, al acecho de algo que debiera suceder y no acontece porque la nueva abuela dispuso encerrar a los machos.

Cándida no bautiza a los perros pero sus comentarios los definen:

—Ese perro que trajo hoy tiene lengua de perico.

Le abrimos el hocico y vemos un pedacito de lengua negra que le nada dentro, una mirruña que no alcanza para nada.

Este perro nunca va a ladrar, lo embrujaron

Cándida amplía su reporte:

—A veces a los perros les tronchan la lengua para pegársela a algún cristiano. Y a ellos les pegan la de otro animalito.

—Cállese, Cándida, ¿qué patrañas son ésas?

A la abuelita no le gustan los cuentos de espantos, mutilaciones, embrujamientos, pero al can se le queda el nombre: «Perico». Al de patas cortas y zambas: «Conejo», al negro lustroso: «Torito», al flaquito amarillo: «Canario». No sólo tenemos perros injertados de pájaros, perros-borregos, perros-burros, perros-niñas, perros-leones sino que cada uno tenía su pasado; su historia triste y banal como la del común de los mortales. Sofía, comentaba esperanzada ante el recién llegado:

—Éste sí es un poco fino, abuelita.

—¿Cómo lo sabes?

—Su mamá debió ser salchicha y su papá *fox terrier*.

A la nueva abuela le divierte que Sofía pretenda que caiga en la casa un perro fino de collar y placa en forma de casita, nombre de sus dueños y vacuna antirrábica. A los perros con reminiscencia de gente decente es fácil colocarlos, y algunos compadecidos se los llevan. Una mañana la abuela trajo un perro que debió ser fuerte y sano. Le abrimos el hocico; tenía tres clavijas en vez de dientes. Crisófora, conocedora, dijo:

—Este perro viene de lejos. No es de aquí.

—¿De dónde es?

—Es del campo, véanle los dientes; allá se los tumbaron. Los campesinos les rompen los dientes a sus perros para que no se coman sus mazorcas. Van y se tragan los elotitos tiernos.

—¡Qué horror! ¿Tú harías eso, Crisófora?

—Si un perro se quisiera comer mi maíz, claro que lo haría.

Sus ojos negros nos miran con rencor, se ríe en forma hiriente:

—En el campo, la carne de caballo la comen los cristianos.

La llanada es interminable; por donde quiera que uno voltee, la tierra se extiende cada vez más amplia, más perdediza. Bajo la inmensidad del cielo, de vez en cuando se desmadeja el humo de alguna fogata o el de una chimenea. Si el humo camina, Sofía advierte: «Allí viene el tren y nos va a machucar». Mamá ríe. «No, si esto no es Francia, aquí nada es de juguete». Nos perdemos en la tierra infinita. Mamá pregunta su camino: «Aquí tras lomita» y las lomitas se agigantan y avanzamos sobre cogidas por su inacabable desmesura. Nada tiene fin. El sol quemante amarillea y desolla los campos, nosotras somos una cucarachita que avanza tatemándose. Mamá nos dice que contemos los burros en el camino para entretenernos: «Un burrito… otro burrito… yo ya llevo siete burritos con sus atadijos de leña o de hojas de maíz para los tamales». Una vez nos dijo que contáramos magueyes: se nos venían encima como un ejército, avanzaban hacia el parabrisas hasta que Sofía gritó: «¡Los alemanes, los alemanes!», y mamá ordenó:

—Cesen ese juego, ya no, olvídense de él.

Amo los magueyes, los miro con detenimiento. Mamá dice que el pulque le da asco porque lo sorben con la boca a través del acocote y luego lo vacían todo ensalivado. Acocote, acocote, acocote, repito fascinada a través de la ventanilla. A mí el aguamiel me endulza el calor; los hombres que lo sacan parecen picaflores, apartan las pencas y hurgan cabeza adentro en el verdor y lo chupan. Lo dejan con su secreto en medio de las piernas verdes al sol. Vengan, magueyes, vengan hasta la ventanilla, vengan, hacia mí, vengan atentos, leales, severos, vengan guardianes, remonten las colinas, atraviesen los barrancos, vengan, soy su general, y ustedes, mi ejército, el ejército más portentoso del mundo.

—Mamá, Mariana está otra vez hablando sola.

Hace su aparición arriba de la escalera. Antes ha ido a despedirse de la nueva abuela que le dice invariablemente:

—Te brilla la nariz.

Con la mota de la polvera de la nueva abuela se polvea y luego baja decidida la escalera, cada día con un vestido diferente, una bolsa diferente, unos ojos diferentes. Los vestidos son de Schiaparelli y son divinos, dirán di-vi-nos y sí, me intimida su belleza, no quiero arrugarla, despeinarla. La palidez de su rostro bajo la mata de pelo que parece pesarle en la nuca, echarle hacia atrás la cabeza, el cuello frágil de tan largo, el hueso en la nuca dispuesto a la guillotina; allí podría caer la pesada cuchilla, sangrarla, desnucarla, descerebrarla, descabezarla, separar su rostro de altos pómulos del resto del cuerpo volátil, intangible, intocable. Porque nadie toca este cuerpo, nadie lo toma de la cintura; se volatilizaría, se rompería en el aire tan extremadamente delicado; la esmeralda cuadrada grande, ¿de dónde proviene? Cuelga en su mano delgadísima, la lastra, la hace aún más lánguida; el peso de un ser detenido a una esmeralda que a mí me parece burda, un cajoncito de mar congelado, una dura transparencia.

Mamá nos asigna a los hijos de sus amigos. En la misma calle de Berlín viven los Martínez del Río; en Dinamarca, los Rincón Gallardo, los Fernández del Valle; los Romero de Terreros en Durango, cerca de la Avenida Álvaro Obregón arbolada y con faroles de grabado antiguo, los Riba. En casa de los Riba hay una niña que amaré toda la vida: es la mayor de siete hermanos, se ríe conmigo y me dice la primera vez: «Tú y yo vamos a ser amigas». Me emociono mucho. Añade: «Amigas para toda la vida». No se lo digo a Sofía, es mi secreto. Pienso en la próxima vez que la veré, cómo será el encuentro, qué decirle, qué vestido ponerme. Esa misma noche le escribo una carta con florecitas, tantito en español, tantito en francés. Qué fuerza me da tenerla de amiga. Pregunto:

—Mamá, ¿cuándo vamos a casa de los Riba?

A Sofía y a mí nos encanta porque dan tamales de la Flor de Lis que les queda a una cuadra y chocolate batido con molinillo. A casa de los Martínez del Río vamos a pie pero allá jugamos en el sótano para no hacerle ruido al papá que es un sabio.

—¿De qué es sabio?

—De los huesos, contesta su hijo Carlos.

En el Windsor la seño Velásquez hace una encuesta: «¿Qué van a ser de grandes?». Todas las niñas contestamos: «Formar un hogar». Alejandro Ochoa responde: «Ginecólogo»; y la seño Velásquez lo castiga una semana sin recreo.

Apenas vamos al cine, Sofía y yo buscamos a papá en todos los soldados que aparecen en los noticieros. Cuando salen los nazis marchando con su paso de ganso, en la sala se escuchan aplausos. A mamá le da mucho coraje.

Me como las uñas.

Entre sueños veo su falda al caminar; sus piernas bajo la levedad de la muselina; sus vestidos son ligeros, por el calor del trópico ahora que vivimos en *le Mexique*, un *pays chaud* sin estaciones. Flota la tela en torno a su cintura; me hago la ilusión: «Allí viene, viene hacia mí», pero sus pasos la llevan hacia la puerta de la calle, la abre presurosa, sin verme, sale, cierra tras ella, ya está fuera y me he quedado atrás. El motor del coche y después, ya, la inmensidad.

En el movimiento de su falda hay la transparencia de los helechos que dejan filtrar la luz, la vuelven verde, la hacen bailar sobre los muros, la perfilan. Viene ella recortando el aire con los sonidos que salen de su amplitud cantarina. A veces sólo se deslizan y escucho un murmullo, pero a veces camina a saltitos y la falda brinca también sacudiéndose. Cuando llega a jugar con nosotras al «avión», hace trampa, sus altos tacones a caballo sobre la línea de gis blanco:

—Mamá, estás pisando.

—No, tengo la punta en el cielo.

—Tu tacón está del otro lado de la línea, mamá.

—No estoy pisando.

Con nuestras gruesas suelas crepé, no hay salvación posible, siempre gana y se pone contenta. La miro saltar, joven, flexible, sus muslos de venado tembloroso, su cintura a punto de quebrarse, su pelo una riqueza caoba sobre el cuello. Al rato va a salir, siempre se va, no tenemos la fórmula para retenerla. A veces la veo en su recámara, la riqueza caoba sobre la almohada, a punto de la somnolencia. Qué admirable su cuerpo delgado sobre la colcha. Se sabe mirada, vuelve la cabeza adormecida hacia la puerta, me adivina: «Déjame sola», murmura con una voz dulce, «déjame sola».

Verla caminar descalza sobre la alfombra y sentarse de pronto en posición de loto, las palmas hacia arriba, me hace espiar a las mujeres del mundo a ver si reconozco en ellas los mismos movimientos. Como un resorte se levanta del suelo y vuelve a emprenderla descalza en una playa de su invención. A nosotras nos ordena: «Pónganse las pantuflas», pero ella va y viene sin que la oigamos, dejando sus pies como códices en mi pecho, en mi vientre de niña, en mis muslitos redondos, en mis piernas que saltan a la cuerda. ¡Ay, mamá!

«Sofía está muy dotada para el baile. Mariana es muy estudiosa. Va a aprender a tocar el piano como su papá. Sofía, natación, porque no le teme a nada. Ya está más alta que Mariana y es la menor», les dice mamá a las visitas, mientras les sirve el té.

—¿Qué coche tiene tu papá?

—Mi papá no vive aquí.

—¿Dónde está?

—En la guerra.

—¿Es general?

—No, es capitán.

—Mi abuelo es general, estuvo en la Revolución, mató a muchos. Tú papá, ¿a cuántos ha matado?

—Mi papá no mata a nadie.

—Entonces tu papá no sirve.

No todos los días viene por nosotras a la escuela, pero cuando lo hace tengo una golondrina en el pecho, sus plumas en la garganta. Me salta a la boca, no puedo hablar. Con ella surge lo que me desazona. Llega riente, fluye, «Oye, qué bonita es tu mamá», sacude sus cabellos de piloncillo derretido, camina dando saltos hacia la Dirección, paga la colegiatura con retraso, fluye, florea sobre el pavimento del patio de recreo, da unos pasitos de baile, torea, escoge un avión pintado con gis y brinca del cuadro uno al tres, ríe y yo me avergüenzo, qué dirán, que ésa no es una mamá, que es un chango, oigo hasta su perfume. Las otras mamás atraviesan el patio derechitas, no tintinean como la mía.

—Oye, ¿y ese señor que está esperando en el coche es tu papá?

—¿Cuál señor?

Corro al coche que ha dejado en doble fila y en el asiento de al lado veo un policía.

—Mamá, ¿quién es?

—¿Quién es quién?

—Ese que está afuera, en el asiento.

—¿Quién?

—Ese tecolote, mamá.

—Ah, ése es Fernando; me quiso poner una infracción y le dije que mejor se subiera y me acompañara por ustedes porque se me iba a hacer tarde.

Fernando es muy guapo: todo café, uniforme, cara, *képi*, zapatos y no trae calcetines. Platica con nosotras por no dejar, pero a ella le coquetea, ríe a grandes dientes, sus ojos la recorren. Lo odio.

❤

—Mamá, queremos un hermanito.

—Pero niñas, su papá no está aquí…

—No importa, tú dale la sorpresa.

De pronto la miro y ya no está. Vuelvo a mirarla, la define su ausencia. Ha ido a unirse a algo que le da fuerza y no sé lo que es. No puedo seguirla, no entiendo hacia qué espacio invisible se ha dirigido, qué aire inefable la resguarda y la aísla; desde luego ya no está en el mundo y por más que manoteo no me ve, permanece siempre fuera de mi alcance. Sé que mi amor la sustenta, claro, pero su ausencia es sólo suya y en ella no tengo cabida.

✢

El día de la primera comunión, una peinadora viene a las siete con un palo café a hacernos unos chinos como salchichas largas, «*des anglaises*» las llama mamá. Longanizas tiesas de limón. En el Colegio de Niñas, frente a la fuente de la Ranita, en Bolívar, nos reunimos con las otras para pasar a la sacristía que relumbra según el rayo de sol que entra por una invisible rendija y viene a posarse sobre el traje de monja de Clarita Zárraga, un hábito blanco con un grueso rosario cuyas cuentas le caen más abajo de las rodillas. La envidio. No me gusta mi organdí. En los *scouts*, Clarita no corre, no grita, no se mezcla. Hoy, su figura de cera se derrite más que de costumbre y sus ojos miran al techo como si la Virgen de Lourdes fuera a hablarle desde una viga. Ahora no se le ve el cabello por la cofia, pero lo tiene de lino. De lino también el de su madre, una señora altita, tímida y desdibujada, que viene a recogerla. Ninguna de las dos habla, la madre infinitamente blanca se pinta los labios de anaranjado y eso la hace insólita. Dicen que el papá es pintor, lo imagino con una gorra y un batón, sus dos pálidas mujeres posando frente a él como jarrones blancos. O magnolias. O azucareras. Hoy beso a Clara Zárraga en el espacio libre entre sus anteojos y su cofia; besarla me sabe más que la hostia que deglutí hace un momento pidiéndole a Dios que me diera aunque fuera una pequeñísima señal de su presencia.

México (o Estados Unidos Mexicanos), República Federal de la América del Norte, limitada al norte por E.U.; al este por el Océano Atlántico (Golfo de México y mar Caribe); al sureste por Guatemala y Belice, y al oeste por el Océano Pacífico. Su territorio es de 1 972 546 km^2 y tiene 2 760 km de costa en el Golfo de México y 6 608 en el Pacífico.

Su población alcanza ya los 20 millones de mexicanos. La Ciudad de México está situada a 2 230 m sobre el nivel del mar.

En mi casa saben más de Francia o de Inglaterra que de México. A la hora de la comida anuncio a grandes gritos: «Francia cabe más de cuatro veces dentro del territorio mexicano, ¿sabían?».

Tía Esperanza, a veces, para ir a fiestas se viste de tehuana; se ve bonita de rebozo y enaguas largas. Como es muy alta parece torre que camina.

El coche va tomando la curva que inicia el Cañón del Zopilote. Ella lo maneja. Es un Chrysler y no está precisamente nuevo. Como mi hermana se marea va junto a la ventanilla; así puede pedirle a mi mami: «Estaciónate», abrir más pronto la puerta y vomitarse. Pero a veces le gana y sólo saca la cabeza fuera de la ventanilla, y a mí, que voy atrás, me salpica. «Ya vamos a llegar», dice ella para animarnos, «ya vamos a llegar». Maneja muy rápido, siempre lo ha hecho, y si el coche al cambiar de velocidad no responde lo llama «vieja vaca» en francés, o «camello», también en francés. Y se dice a sí misma: «Este coche es una vaca». O un camello, según el caso. Dobla todos los cargueros, todos los camiones de pasajeros, se lanza. Son las dos de la tarde, desde hace horas soportamos el calor, desde que pasamos Cuernavaca y Taxco. Así es ella: «Mañana nos vamos las chicas y yo a Acapulco» y salimos, con retraso, claro, así es ella. De nada valieron las protestas: «Es muy peligroso; tú sola con dos niñas es una imprudencia viajar». «No sabes a lo que te arriesgas». «Pones en peligro sus vidas, no sólo la tuya». «En la carretera asaltan». O pronosticaron: «¿Y si se te descompone el coche, ¿qué vas a hacer, Luz? ¿Qué, si se te poncha una llanta?». «Son muchas horas para una mujer sola, con dos criaturas». «¡Qué terca eres, Luz!».

«¡Inconsciente!». Nos sonríe; hoy lleva puesta su cara de obstinación y es la que mejor le sienta. Su cara de que no pierde el tiempo. Su cara de que sabe. Nos sonríe. Se me vienen encima las altas rocas calientes del Cañón del

Zopilote, ¿cuándo se acabará? Una curva continúa el laberinto, mi hermana está verde, destrenzada, creo que ya no tiene nada en el estómago; ha vomitado tanto que ella que primero se bajaba a sostenerle la frente, ya casi ni quiere detenerse. El coche huele a dulzón, a una mezcla de papaya fermentada, a leche y yo hago un esfuerzo por no vomitar también. «Tú nunca te mareas», me dice y no sé si es una constatación o una orden. Parece empujar el coche por su pura voluntad de llegar. «Falta media hora, falta un cuarto de hora». «Faltan 25 kilómetros», canturrea. Con ella, siempre faltan 25 kilómetros aunque sean 375. No es cierto, los cuartos de hora se acumulan; el calor hornea el coche y está a punto de hacerlo estallar; el coche es todo motor, mi hermana parece una lechuguita lacia, se le afiló la nariz, se le marcan los labios, recarga su cabeza en la ventanilla para sorber el aire caliente, su pescuezo largo y flaco a punto de quebrarse. Puedo ver el hueso que inicia su columna vertebral que de tan salido se ofrece al cielo para que le clave un cuchillo.

Insiste: «Vamos a llegar», y de pronto dice su voz más fuerte: «¿No huelen el mar?». Huelo sólo el calor y la gasolina. «Claro que huele a mar». No emitimos ni una débil protesta. Sigue animándonos: «Lo huelen, no me digan que no lo huelen, creo que hasta veo sal sobre el parabrisas». Somos dos gusanitos obedientes y miramos al parabrisas; una ondeada de calor nos golpea la cara. Como una cachetada. A ella le gusta dar cachetadas. O si no le gusta dice que son indispensables —educativamente hablando—, claro, educación francesa. A mí me ha dado unas cuantas; a mi hermana muchas. Ida y vuelta; de regreso de una mejilla a otra. Miro sus manos fuertes y tercas sobre el volante. Sobre los vidrios se han estrellado ya muchas moscas, abejas, insectos; dejan un líquido amarillo como yema de huevo. Al principio, Sofía gritaba: «Ten cuidado con el perrito». Aunque fueran grandotes; grandes y chicos los perros se meten a las carreteras para que los maten más pronto. Mamá siempre frena, podríamos irnos a la barranca con tal de no machucar a un perro, pero los camioneros ni siquiera disminuyen la velocidad. Aparto la vista de las masas embarradas sobre el pavimento, pero lo hago siempre después, cuando ya las he visto y el alma se me va llenando de perros muertos.

—Ahora sí no es posible que no huelan el mar, ahora sí, a la próxima curva...

Levantamos la nariz. Como que el calor ya no es tan espeso, como que un alguito de agua le ha entrado, como que el aire se está humedeciendo, ella nos amonesta: «Fíjense bien, a la próxima curva lo van a ver», pasan como cien curvas y de pronto, «Miren», allá se extiende como un metal ardiente, como si todos los lomos azules del Chrysler se hubieran ido a tirar a lo lejos, en un campo que le fue destinado hace siglos, qué brillo cruel, no puedo ver de tanto que me arden los ojos, «¿Ven?, niñas, ¿ven?, ahora sí, niñas, ¿ya lo vieron, niñas?», exulta, pisa el acelerador y la vieja vaca responde ansiosa, comienza a entrar el aire, disipa el olor que nos atosiga a las tres, «Allí está, allí está», «miren», alardea, el mar es de ella y de vuelta en vuelta, de curva en curva vamos descendiendo, «Faltan cinco minutos, faltan dos kilómetros, falta un kilómetro, miren, véanlo bien».

Parece el cielo al revés, me atrevo a decir, no me oye porque ha pisado el acelerador y como es de bajada, vamos como bólidos pasando coches y camiones que descienden rugiendo despacio como animales prehistóricos sedientos, tatemados por el sol. Al borde de la carretera un niño ofrece una iguana posada sobre su hombro y hace señas con una vara. Mi hermana revive: «*Ah, le petit cocodrile*!». Nunca puede decir «*crocodile*». Inicio una corrección indispensable y mamá corea, nos llama sus pequeñas cocos, sus *cocottes*, sus cocotitas, sus cocodrilitas. «Hemos llegado, vamos por la costera, coquitas, no hay una sola casa, no se preocupen, sé muy bien dónde las llevo, al Hotel Papagayo, es ése grande y solo, ése rodeado de palmeras, blanco y con balaustradas rojas, ¿han visto esos tabachines? (estaciona el coche), vamos a bajarnos, tú, coco, ve a avisar que vengan por las maletas y tú, cococita, cámbiate de ropa de inmediato, voy a pedir que laven el coche, apúrense, este coche es el infierno, apúrense».

Mi hermana desfalleciente interroga:

—¿Podemos irnos a meter al mar?

Son casi las siete de la noche, pero en el mar oscurece más tarde.

—Sí, pero primero échate un regaderazo para no ensuciarlo.

—¿Ensuciar qué?

—El mar.

En un segundo encontramos los trajes de baño y todavía al atravesar la costera corriendo, vamos amarrando los tirantes. En la arena tiramos las toallas y seguimos corriendo como animales hasta la espuma, la primera ola, entramos en el agua, «Son dos caballos escapados», dice siempre, ahora somos caballitos de mar. De lejos, la veo llegar; camina lentamente, blanca en su traje negro. Miro cómo se tira en la arena todavía caliente de espaldas a nosotras y esconde su cabeza entre los brazos.

Durante muchas horas, tras de la ventanilla estuve atenta a los bandidos para verlos salir de entre los árboles, su cuchillo atravesado en la boca, y decírselo a ella, que seguramente sabría qué hacer para que no nos asaltaran. Pero nunca vi sino hombres y mujeres cargados como bestias, su atadijo de leña sobre la espalda, descalzos, su rostro confundido con el color de la tierra. Allá estaba ella acostada sobre la arena, ¿cuándo vendría a meterse al mar con nosotras, cuándo? Seguramente había sido grande su esfuerzo y las predicciones en contra del viaje no podían haberle pasado por alto. Jamás decía cuando las cosas le hacían mella. Sólo miraba, sus grandes ojos de azúcar quemada. Yo era una niña enamorada como loca. Una niña que aguarda horas enteras. Una niña como un perro. Una niña allí detenida entre dos puertas, sostenida por su amor. Una niña arriba de la escalera, esperando. Una niña junto a la ventana. El sólo verla, justificaba todas mis horas de esperanza. Claro, hacía otras cosas; iba a la escuela, me esmeraba, tocaba el piano, asistía a cuanta clase quería, hacía popó, me bañaba, me lavaba los dientes, quería merecerla, en el fondo, la esperaba y el sólo verla coronaba mis esfuerzos. Era una mi ilusión: estar con ella, jamás insistía yo frente a ella, pero sola, insistía en mi ilusión, la horadaba, le daba vueltas, la vestía, hacía que se hinchara cada vez más dentro de mi cuerpo, como los globeros que de un tubito de hule hacen un mundo azul, rosa, amarillo, enorme. No me cabía en el cuerpo, me abarcaba toda, casi no podía moverme y menos en su presencia. Éramos unas niñas desarraigadas, flotábamos en México, qué cuerdita tan frágil la nuestra, ¡cuántos vientos para mecate tan fino!

Le platico a mamá de la Revolución, del entusiasmo de la seño Velásquez.

—No me hables de ellos, son puros bandidos.

Voy con la abuela:

—Son asaltantes de camino real, lazaban a las pobrecitas vacas, las mataban.

Consulto a Mister Chips:

—Tu familia perdió todas sus haciendas, no veo por qué tanto interés.

En casa de los Martínez del Río, los Romero de Terreros hablan de las minas de Pachuca, los Rincón Gallardo responden que México va de mal en peor:

—Los políticos son los mismos ladrones que hicieron la Revolución. ¿Qué tuvo de bueno la revuelta esa de muertos de hambre?

Hablan de un pintor que hace unos monos es-pan-tosos en todas las paredes del centro: «Como él mismo es un adefesio, a todos los ve igual de gordos y deformes que él. Además pinta indios».

No me entero de cómo se llama porque no le dicen por su nombre sino el monero; en cambio, uno que pinta paisajes y vive en la azotea del licenciado Ladrón de Guevara sí tiene que ver con el arte, nada más que es muy borracho.

Durante varios días no la vemos y de repente la presiento: «Allí viene». La envuelve su soledad verde esperanza; la nimba el verdor de los helechos. Ni cuenta se da del misterio que representa. ¿De dónde viene? ¿En dónde estuvo? Se sienta a la mesa con nosotros y ya para la tercera cucharada está ausente, sé que ya no nos ve aunque ponga sobre nosotras su mirada. Se ha ido no sé a dónde después de preguntarnos por no dejar cómo nos fue en la escuela, y si fuimos a la clase de piano, a la de baile, la de guitarra, la de gimnasia, la de francés; porque eso sí, vamos de una clase a otra, seguidas de la nana, y los domingos al cine

Vanguardias también con la nana, aunque le decimos que se siente por allá para que no se den cuenta.

Guardo silencio porque sé que no me oye pero mi hermana hace el recuento vindicativo de nuestras idas y vueltas, el calor a las dos de la tarde, los apretujones y reclama: no quiere viajar en autobús, huele mal, le dan ganas de vomitar, el chofer no hace la parada, hay muchos pelados, huele a pies, se echan pedos, tienen infecciones en los ojos, sarna, tuberculosis, pesa mucho la mochila, no le gusta llegar tarde. Enumera futuras catástrofes, siempre anuncia catástrofes. Eso la colma. ¿No ha pensado mamá que pueden asesinarla? Como Sofía grita en la noche y ve ladrones subir por los muros y asomarse a su ventana, mamá dice que sí, que va a poner remedio, que ya, que cesen esas jeremiadas agotadoras. Apenas si come, a nosotras nos exige que comamos pero a veces se le olvida. Casi todo se le olvida. Luego se despide, oigo su paso en la escalera, se va, va a salir, se le ha hecho tarde, siempre se le hace tarde.

☎

Todas las llamadas de teléfono son para ella:

Leo los recados:

—María Teresa Riba, que cuándo van las niñas a merendar.

—Eustaquio Escandón.

—Mercedes Fernández Castelló.

—Joaquín Cortina.

—Su prima Esperanza.

—Marilú Fernández del Valle.

—La Galería de Arte Mexicano.

—Luis Barragán.

—El pedicurista.

—La señorita que ensarta las perlas.

—Uno que no quiso dejar su nombre.

♠

—¡Qué contenta debes estar con la llegada de Lucecita! —musicaliza Lola Sanz.

—Es una preciosura, y tan activa, no para, ¿verdad?

—Oye, ¿que va a participar en el torneo del Club de Golf Reforma?

—Me contaron que hasta Cantinflas la sacó a bailar la otra noche en una fiesta en su casa.

—Sí, qué honor —ironiza mi abuela inclinada sobre su *petitpoint*.

—Tu hija es de lo más graciosa.

—Y estas niñas tan chulas de bonitas como su mamá ¿qué no extrañan a su papá? —pregunta María Cervantes.

—No sé, no dicen, las educaron a no decir.

Mi abuela nos ofrece dos terroncitos de azúcar, y sigue sirviendo el té.

—¿Quieres limón o prefieres crema? Tú, Nena, sé que lo tomas con limón.

—Yo, crema —tiende su taza con su brazo acolchonado Mimí Mendiola.

—Luz salió en la revista *Social* con un modelo de París que le sienta de maravilla. Seguramente ya la viste, salió chula de bonita…

—La revista *Social* es muy fea… —deja caer mi abuela.

—Ya sé que es el *non plus ultra* de la cursilería pero a mí me divierte muchísimo —dice Rafaela García Pimentel, a quien yo quiero porque tiene la voz ronca y mira fuerte.

Claro que hablan de otros temas, de Joaquina Villamil en su silla de ruedas, y de sus hijos, Tintín y Tantán, de que la artritis ya no deja en paz a Sofía Romero Rubio y que del bastón, tendrá que pasar a la silla de ruedas como Joaquina Villamil, pero al tema que siempre regresan es al de Lucecita-que-vino-de-París-tan elegantísima, partiendo plaza, con mucho mundo, el Ritz a mediodía, el Ciros, el 1 2 3 en la noche, los caldos de la Indianilla ¿alón, molleja, media pechuga?, en la Doctores entre las tres y las cuatro de la mañana para la cruda, no cabe duda de que el mundo se adquiere en el otro continente, aquí somos todavía muy provincianos, Lucecita tenía que casarse bien, tan linda ella, también tu hija Francis, y Diana, bueno todas tus hijas son especiales, las recuerdo en Biarritz, se veían bellísimas de blanco en el Chapelet, Pedro Corcuera las adora, sobre todo a Lucecita tan linda ella, Lucerito tan dinámica, llena de vida como lo son las francesas, claro, algo se le había de pegar, ¿sabías que el otro día la vieron en Cuernavaca, sola, manejando su coche? ¡Ah, bárbara, tan audaz! ¿Qué así serán las europeas de aventadas? Aquí eso no se usa, deben tener mucho cuidado. Ustedes, como se la viven en Europa se les olvida que están en México, pero deben tener mucho cuidado. Desde que se hizo la Revolución no puede una mujer andar sola. Ustedes como sólo vienen a visitarnos por temporadas no pueden darse cuenta. Lucecita anda jalándole la cola al diablo, en fin, así son ustedes, unos originales, siempre lo han sido desde que…

—Pues sí, supongo que somos originales —acepta mi abuela con sencillez. Sirve magdalenas y garibaldis de El Globo. Las visitas dan unas mordiditas y vuelven a su plática favorita, ¿adivinen cuál? Lucecita. ¿Te has fijado cuánto la menciona el Duque de Otranto en sus columnas? En la del martes contó de un gigantesco ramo de flores que le mandó Ezequiel Padilla, y Marie Thérèse Redo que lo vio en la sala dijo que era una cosota así, desproporcionada, claro que de mal gusto, del gusto de los políticos, del gusto de la Revolución Mexicana que no tiene el menor gusto, qué le vamos a hacer, la cultura no se aprende de un día para el otro.

—A propósito, ¿qué es lo que hace Lucecita en las tardes?

Mi abuela responde que juega Gin Rummy y que el otro día, con Marilú Elízaga ganó setecientos pesos, qué barbaridad, cuánto dinero.

—¿Así es de que Lucecita es suertuda en la baraja y en el amor?

Las visitas se despiden poniéndose los guantes, ¡cómo pasa el tiempo, se me hizo tardísimo! Las acompaño a la puerta, alegan que tienen mucho qué hacer, compromisos impostergables, «dentro de unos días es la boda Ortiz de la Huerta y corro ahora mismo al Palacio de Hierro a escoger el regalo», «tengo que llevar mi lámpara a que le hagan una pantalla» o «voy al centro a buscar hilos y agujas». Le pregunto a mi abuela si no hay mercerías en la colonia Roma y dice que sí, que claro, pero «es que ellas necesitan ir a matar la tarde. En Armand les abren una infinidad de cajas para que se pongan a ver botones…». Algo capta en mis ojos, algo de lo inquietante que puede volverse una vida a partir de dos o tres Lucecitas, porque pone su mano como pétalo sobre mi cabeza y dice:

—Tu mamá nunca va tener que matar tarde alguna.

†

Nuestra vida social no es tan ajetreada como la de mi madre pero tiene su chiste sobre todo porque gira en torno a la abuela que los domingos se pone un vestido de lunares rabón, porque así le gusta, rabón y nos lleva al centro a Sofía y a mí, en un coche de alquiler que nos deja frente a la casa de los Azulejos.

Caminamos por la calle de Madero hasta la Profesa a misa de doce. Después del calor en la nuca, en los hombros, bajar los escalones desgastados, limados por miles de pies para penetrar en la nave es un descanso. Me hinco como quien hace un garabato, achangada en el suelo de piedra y me escurro a una banca, quizá sea esto lo que más me gusta de la Profesa: su desgaste. Alguna vez las bancas acabarán por derretirse, volverse materia blanda, miel de piloncillo; se ofrecen íntimas. Nos arrodillamos sobre la madera bruñida, bajo la bóveda altísima y vacía. En la Profesa, todo está pulido; la voz del sacerdote, las bancas, la pila del agua bendita, los confesionarios, los muros, el altar solemne y distante allá a lo lejos, las mejillas y la frente de la nueva abuela, bajo el *canotier*, su rosario que ha tocado el Santo Sepulcro en Jerusalén, entre sus dedos pálidos. Casi no hay gente, apenas unos cuantos bultos enrebozados, morenos como las bancas, monitos que se rascan y se persignan, confundidos los ademanes. A veces capto, entre las cortinas del rebozo, el fulgor de una mirada huidiza; la mano vuelta hacia adentro como una garra que se recoge es la de un animal que erró su ataque y tuvo que retraerse. ¿Qué tanto hay dentro de esos rebozos? ¿Cuánta mugre rencorosa, cuánto sudor ácido, cuánta miseria arrebujada en el cuello y en el cabello opaco, grisáceo? Quisiera hablarles, sería fácil acuclillarme junto a una forma doliente, pero aprendí que no me aceptan, me ven en sordina, agazapados entre sus trapos descoloridos y tristes, hacen como que no me entienden, todo su ser erizado de desconfianza. Dice la abuela que es más fácil acercarse a un perro sarnoso.

Tengo que rezar por mi padre, mi madre, mi abuela, por todos los que son mi vida y también, como enseñan en los *scouts*, por los que están ahora en la iglesia, los cadáveres que aguardan sumidos en sus montones de ropa vieja: «Dios mío, dime, ¿qué les he hecho? ¿Qué les hacemos para que nos rechacen tanto?». Espío sus gestos hieráticos, vergonzantes y sobre todo, esa terrible tranquilidad oscura con la que esperan yertos a que el más allá les dé la señal. ¿Qué esperan? Magda me dijo una vez: «Es que no tienen a nadie». ¿Qué hago entre esas ánimas en pena?

Después de la bendición final saludamos a «*les gens de connaissance*», Pastora Dávila y el doctor Rojas Loa, islotes entre la espesura del reproche y vamos hasta La Esmeralda para desembocar en el Zócalo, esa gran plaza que siempre se me atora en la garganta. Mi mamá desde la casa de Capuchinas frente a Catedral vio al hombre araña subir por los muros hasta llegar al campanario. Una multitud esperaba para ovacionarlo. Abajo toda la plaza estaba cubierta de coronas mortuorias porque allí las vendían. Amo esta plaza, es mía, es más mía que mi casa, me importa más que mi casa, preferiría perder mi casa. Quisiera bañarla toda entera a grandes cubetadas de agua y escobazos, restregarla con una escobilla y jabón, sacarle espuma, como a un patio viejo, hincarme sobre sus baldosas a puro talle y talle, y cantarle a voz en cuello, como Jorge Negrete, cuando lo oía en el radio gritar casi:

México lindo y querido
si muero lejos de ti
que digan que estoy dormido
y que me traigan aquí.

Veo su cajón de muerto empequeñeciéndose en medio de las baldosas acunado por la Catedral, Palacio Nacional y sus manijas pulidas, las bolas relucientes de sus balcones, el Monte de Piedad, el Hotel Majestic, el Departamento del

Distrito Federal, todos inclinados sobre la cuna ahuecada de la plaza que canta al mecerse: «México lindo y querido, si muero lejos de ti».

Cada año, mi plaza se agiganta.

—¿Ya se van a quedar en México? —pregunta Geraldine en el Windsor School.

—No sé.

—¿Cuándo va a venir tu papi?

—No sé.

—¿Cuando termine la guerra regresarán a Francia?

—No sé.

De Tomatlán pegadito a Zacatlán de las Manzanas llega a la casa con un cesto. Mamá le pregunta si tiene referencias:

—¿Eso qué es?

—Cartas de recomendación.

—Sólo de los borregos y los chivos, acabo de llegar, señora, su merced.

Sofía y yo nos colgamos de sus brazos, la acinturamos, es más endeble, más pequeña que nosotras:

—Mami, que se quede, que se quede.

Podemos verle la cabeza y eso que trae unos tacones que la hacen caminar como pollo espinado. Sus trenzas brillan, su sonrisa de manzana jugosa y tierna también, así como su vestido color salmón y su suéter de cocoles.

—Mami, mami, por favor, mami.

—... sin cartas de recomendación.

—Es que desde ahorita la quiero.

Ese amor ha de durar toda la vida. Magda, lava, chiquéame, plancha, hazme piojito, barre, hazme bichitos, sacude, acompáñame un ratito, trapea, ¿verdad que yo soy tu consentida?, hace jugos de naranja, palomitas, jícamas con limón, nos despierta para ir a la escuela, nos pone nombres. Yo soy Miss Jujú, Sofía es Mandrake por veloz. En la oscuridad de la noche oímos con ella *El monje loco*, sus carcajadas espeluznantes y los siniestros acordes del órgano nos erizan la piel, la vuelven de gallina. Luego *El jorobado de Notre Dame*, *El fantasma de la Ópera* de quien me enamoro. Me enamoro de su sótano y de su sordidez, los túneles bajo las calles de París por donde navega; su rostro encapuchado. Me enamoro de veras. Canto como Lily Pons para que me oiga, camino mirando al techo —las rodillas hechas un santocristo de tanto zapotazo— por si se le ocurre descolgarse del candil envuelto en su gran capa negra. Más tarde cuando Alejandro sea mi cuñado y le digan: «Sabes, Mariana tiene un nuevo novio» comentará: «Ah, sí, ¿y qué defectito tiene?» por los estragos que el *Fantasma de la Ópera* hizo en mi alma. Además de la radio, Magda nos cuenta un episodio de «Pedro de Urdimalas» que remata siempre con:

> Colorín, colorado,
> este cuento está acabado
> y el burrito está contento
> con su zacatito adentro.

Protestamos airadamente y nos hace desatinar. Sofía de plano se enoja.

—Si no vas a contar bien, mula, mejor déjanos dormir.

Reclamo:

—Cuéntanos uno de Tomatlán.

Cuenta con voz misteriosa y baja para que nadie oiga, que una muchacha que iba al pozo a sacar agua, tenía una mata de pelo admirable pero no lograba sacar bien el agua hasta que un día amaneció muerta, flotando sobre el agua del pozo, su pelo rodeándola como una aguamala negra. Cuando le preguntaban por qué era tan hermoso decía que se tallaba tomate verde en la raíz. A la hora de la autopsia le abrieron el cráneo y vieron que el pelo le había crecido tanto por dentro como por fuera. Visualizo el interior de la frente tupido de cabellos y Magda concluye:

—Los que platican puras distancias es porque el pelo se

les ha enredado a los sesos hasta que acaban teniendo adentro así como un zacate.

—Éjele, éjele, Mariana, mira lo que te espera.

Los cuentos de Magda son presagios; los aplico a mi vida como ese feo del caldero lleno de aceite hirviente en el que meten a las envidiosas.

Quién me manda
por mentirosa
por tracalera
por envidiosa
por fraudulera.

Porque desde antes de la primera comunión me sé envidiosa.

Magda nos descubre la milpa, Tomatlán, Zacatlán, Apizaco, Puebla, las altas cañas, lustrosas varas mojadas, ahora sí este año se va dar bien el maíz, mira qué bien viene, qué fuerte la mata, la alfalfa, los elotes tiernos y cómo deben amacizarse las manzanas y los perones. De niña iba corre y corre tras de su papá bajo el sol fuerte y bajaba desde la sierra hasta Apizaco a vender la fruta:

—¿Y no te cargaba tu papá?

—No, qué me iba a cargar si llevaba el manzanerío aquel.

—Pero al regreso…

—Al regreso traíamos panela, azúcar, queso, jerga, lo que íbamos necesitando y habíamos mercado por la fruta. Una vez entre los dos, arriamos una becerrita.

—Y ¿cuántos años tenías?

—Siete añitos a lo más; la verdad no sé porque no tengo ni acta de nacimiento.

Nos invita a Tomatlán. Durante todo el camino la veo corriendo sobre sus patitas chiquitas de niña arriada.

—Él no me decía que fuera, yo era la que lo seguía porque era mucha mi querencia y tenía curiosidad de ver qué cosa había del otro lado de los árboles.

(Me hubiera yo quedado en la guerra, con mi papá).

A eso de las doce, cuando cree que no hay nadie, Magda se sienta al piano y con un dedo saca tonadas, las mismas que escucha en las tardes de clase, en la Academia de Belem Pérez Gavilán. También nos imita cuando bailamos. Todo lo que hacemos, quisiera que a ella también le tocara: bailar, cantar, nadar. Ríe su risa de manzana, se traga al mundo, comparte. Luego sigue escombrando, remendando calcetines, recogiendo nuestro tiradero, acatando órdenes a veces incomprensibles:

—Magda, vaya a la farmacia a traer un termómetro.

—Magda, empaque de inmediato porque mañana temprano salimos a Acapulco.

—Magda, échele levadura de cerveza al chocolate de las niñas.

—Magda, ¿cómo se le ocurre peinar tan mal a Mariana?

—Magda, ¿que a estas niñas les compra paletas en la calle?

—Magda, ¿por qué no me avisó que las niñas duermen con sus calzones puestos? ¡Es una cochinada!

—Es que ellas así quieren, para que no les gane la prisa en la mañana.

Sofía le da unas acusadas larguísimas y muy enrevesadas. En realidad Magda es nuestra cómplice. Apenas sale mamá, asaltamos su ropero, modelamos sus trajes, sus sombreros frente al espejo. Cuando oímos el claxon ta-ta-tatata

—porque sin saberlo o sabiéndolo toca una grosería— corremos a la cama mientras Magda levanta a toda prisa los trajes machucados.

Leemos *Archie, La Pequeña Lulú, Mutt y Jeff, El Príncipe valiente, Blondie, El Pájaro Loco, El Conejo de la Suerte* y aventamos las revistas debajo de la cama cuando entra mamá a darnos el beso de buenas noches.

Magda nos lleva a la Villita, nos compra gorditas envueltas en papel de china morado, y, en medio de la asoleada parlotería de los merolicos, abriéndose paso entre los puestos de pepitas y tejocotes, los penitentes que me horrorizan por sus rodillas sangrantes y su penca en el pecho, «No, niña, no te metas, ellos también merecen respeto, no se te vaya a ocurrir decirles nada»; nos enseña a la Morenita, nos retratamos entre el Popo y el Ixta: telón de fondo, probamos la horchata y la jamaica, nos cuenta de Juan Diego, es la primera vez que le rezamos a un indio. En el atrio los danzantes repiten el mismo paso cansino y sin decir agua va, Sofía se les une y baila entre los cascabeles y las plumas, pegadita al que a todas luces es el jefe porque trae la flauta y su penacho es el más aparatoso. Los mirones ríen:

—Mira a la güerita.

Sofía sigue dale y dale.

—Niña, se te van a acabar los zapatos.

No le importa la monotonía ni las llamadas de Magda:

—Niña, se nos va a hacer tarde.

Ponemos veladoras a la Guadalupana. Qué le cuesta a la Virgen devolvérnoslo, a ver, que venga nuestro papá, que no lo veamos más corriendo en los campos minados, entre las alambradas de púas; que no vaya a ser uno de esos muñequitos que se ven bajando en paracaídas porque a él lo echan en paracaídas y lleva ya quién sabe cuántas incursiones en terreno enemigo; para él son casi todas las misiones peligrosas, es héroe, ya lo ascendieron, ya lo condecoraron. Se llama Casimiro, nuestro papá, para que no se le olvide, y tiene bigote y el pelo peinado para atrás, se parece a Sofía, las mismas cejas, las mismas piernas largas, y cuando tocaba el piano nos permitía poner nuestras manos enanas encima de las suyas y así hacernos la ilusión de que tocamos, alcanzamos una octava, nuestros acordes son sonoros como los suyos, rápido una tarantela o un valsecito o una sonata, sobre sus manos grandes, prometo, Virgen de Guadalupe, prometo no volver a tomar jamás un Tin Larín ni una paleta Mimí.

Subimos hasta arriba del cerro, comemos enfrijoladas y muéganos. A Sofía se le cae un diente y se lo traga:

—Ya ves, mula, por tu culpa.

Pero al rato se le olvida porque Magda le permite subirse a las sillas voladoras.

El día de las Mulitas, el de los Manueles, nos lleva al Zócalo; una multitud de niñitos vestidos de calzón blanco y sombrero de paja, con su bigote pintado, niñas de rebozo con sus chapitas coloradas y sus faldas de india festejan con ramos de pinceles azules y de nubes al bienvenido: Emmanuel. Magda nos enseña los diminutos cacharros, los trastes de cocina de juguete, los guajes, las jícaras; todo nos lo explica, así como conoce la propiedad de las frutas, la de las hierbas, la de los tés, tan eficaces que cada vez que nos duele la panza reclamamos:

—Mejor un té de los que hace Magda.

Es sabia, hace reír, se fija, nunca ha habido en nuestra casa presencia más benéfica. El Jueves de Corpus en que hemos estado tan felices entre las mulitas de hojas de maíz y las de yeso cargadas de diminutas sorpresas y cintas de colores, al regresar en el camión siento un desconcierto cada vez mayor, una mano me aprieta las tripas, la tráquea, no sé si el corazón. Porque nosotras pasaremos a la mesa, con nuestra mamá y la visita en turno, y Magda se irá a comer a la cocina.

Veo sus manos enrojecidas cambiando los platos de un fregadero a otro; en uno los enjabona, en el otro los enjuaga. Los pone después a escurrir. ¿Por qué no soy yo la que lava los platos? ¿Por qué no es mamá la que los lava? ¿O la nueva abuela? ¿O para eso Mister Chips? ¿O el abuelo, tantas horas sentado en Francia? ¿Por qué no es Magda la que toma las clases de piano si se ve que a ella se le ilumina el rostro al oír la música que tecleamos con desgano? ¿A ver, doña Blanca, a ver Naranja dulce, limón partido, a ver jicotillo, a ver mexicana que fruta vendía, a ver qué oficio le daremos matarilirilirón, a ver cómo respondo yo, por sus buenas manos ajadas y enrojecidas sobre su delantal, sus manos como dos manzanitas pachiches que se repegan la una a la otra para protegerse?

Talla sobre el lavadero nuestros calzones, a pleno rayo del sol sube a tenderlos a la azotea, como antes tendió las sábanas pesadas, exprimidas trabajosamente y ahora retorcidas en la cubeta. Con un gesto cansado se levanta un mechón que le cae sobre la frente sudorosa o se le destrenza una de sus trenzas que entonces echa para atrás dejándola para más tarde, como diciéndole después te atiendo. Ella siempre se atiende a lo último. Para ella son los minutos más gastados, los más viejos del día, porque antes, todavía encontró tiempo para venir a contarnos el cuento de las tres hijas del zapaterito pobre.

Niña, niña, tú que riegas la maceta de albahaca
¿cuántas hojitas tiene la mata?

Magda responde, como nadie sabrá responder en la mesa de los señores:

Sacra Real Majestad, mi rey y señor,
usted que está en su balcón,
¿cuántos rayos tiene el sol?

En la noche sentada al borde de mi cama, de acuerdo con el orden del mundo y las vueltas que da la tierra, su respiración es la de los manzanos:

—Magdita, cuéntame un cuento.

Que… Éste era un gato
Con sus pies de trapo
y sus ojos al revés.
¿Quieres que te lo cuente otra vez?

Repite su encantamiento. Sé que nunca me va a abandonar, que siempre me lo contará otra vez.

❤

Nuestra abuela nos lleva al cine. Den lo que den siempre vamos al Metropólitan. Jane Russell se mete en la cama con un *cowboy* flaquito en *The Outlaw*. No entiendo por qué. La interrogo en la oscuridad del cine y responde rápido, en voz baja:

—Es que tiene calentura.

Jane Russell repega sus grandes pechos contra el pecho del flaquito. De nuevo, le jalo la manga para que me explique:

—Ya se lo va a llevar al hospital.

Por darle gusto a la abuela el *cowboy* va a dar al hospital. Cuando se mueven mucho mi abuela dice: «Es gimnasia sueca».

Vemos todas las del policía montado, Nelson Eddy y las de Jeannette McDonald, me derrito con el *Indian Love Call* que resuena por encima de los bosques canadienses: «*When I'm calling youououou, will answer tooooooooo?!*». ¿Algo así irá a pasarme en la vida? «*Oh, Rosemarie, I love you*». ¿Por qué no me pusieron Rosemarie? Cantar como Diana Durbin, he allí una razón para ser feliz. Shirley Temple, Mickey Rooney son nuestros ídolos. Sofía baila el tap mejor que Shirley Temple, es verdad, pero sus patas largas son de zancudo y tiene el pelo lacio. Cuando nos peleamos le digo que es igualita a la bruja Ágata; entonces me persigue por la casa; siempre me alcanza; pega durísimo, a pesar de que Magda aparece para defenderme. «Déjala, niña, déjala, juego de manos, es de villanos». «No estamos jugando, mula, yo lo que quiero es estrangularla». Sofía es terminante. Si no le presto algo, se sube al borde de la ventana del torreón y pone un pie en el vacío:

—O me lo das o me tiro.

Lloro. Me hace llorar. Y reír. A veces río tanto que lloro. Su poder sobre mí es ilimitado.

⚜

Mientras vamos a la misa dominguera con los *scouts*, mamá monta en el Club Hípico Francés. Una tarde de domingo va al Jockey, otra a los toros, cuando no hay torneo de golf o no sale de fin de semana a San Carlos, a la hacienda de Nacho de la Torre. Dice que Emiliano Zapata fue administrador de San Carlos y se la pasaba en las caballerizas; le fascinaban los caballos. Allá van mujeres muy hermosas: Dolores del Río, Mercedes Azcárate, Christa von Humboldt, Chacha Rodríguez Prampolini, Maruca Palomino y se enamoran de ellas Kike y Periquín Corcuera, Chapetes Cervantes, el Regalito Cortina, Uberto Corti,

Ruggiero d'Asta y otros italianos que pasan por México como chiflonazos y saben hablarle a las mujeres. Los domingos de toros comemos rapidísimo o de plano ella come en casa de Eduardo Iturbide o en el Lincoln que le gusta a Nacho de la Torre, o en el Tampico.

En el Hípico Francés, hay concurso. Es más difícil montar como amazona, el chicotazo recae sobre una sola pierna: la derecha. Verla saltar me da miedo. Es muy valiente, muy aventada, no tiene conciencia del peligro. Eso se lo oí a Ricardo Guash y lo retuve. Mi hermana y yo vamos poco al Hípico y juro y perjuro que jamás podré casarme con un hombre que juegue al golf porque desde el momento en que veo esos praditos redondos me entra una murria que sólo Magda puede curar. «Odio el golf». «No, niña, no, acompaña a tu mamá». Odio desde los casilleros en los baños hasta los carritos, los *caddies* que aguardan la propina, odio los juegos de baraja después y las carcajadas de Marilú Elízaga guapísima que con sus perlas en las orejas le dice a uno que se parece a Clark Gable: «¿Me das un pitillo, Raúl?». Sofía intentó jugar golf e hizo dos agujeros en uno. Los mayores la felicitaron, abrazándola. «Bravo, campeona». Nunca en la historia del Club de Golf Reforma una muchachita ha tenido un *score* semejante. Aunque mamá pone su aire de distracción no olvida informar que Sofía es buenísima en todos los deportes, en los saltos de longitud, en los de altura, en equitación, en el *crawl*. Más tarde pregunta:

—¿No quieren oír cantar a Mariana? Canta como Diana Durbin.

A veces dice que como Lily Pons, y alguien le sopla que como Vitola.

✤

Diariamente, entre las doce y la una viene el Chocolate,

un perro comestible como su nombre. Pachorrudo, cocoa, sus ojos continúan su pelambre. Al ver a mi abuela, se vuelven líquidos. Se acerca a ella bajando la cabeza y pega la frente contra sus piernas. Embiste así durante unos minutos como un niño que pone la cabeza sobre las rodillas de su madre hasta que mi abuela lo apacigua: «Chocolate, Chocolatito». Entonces él, reconfortado, la mira sonriente y dulce, meneando la cola. La abuela le da un polvorón; si le queda hambre manda a Crisófora por una escudilla de carne con arroz y huesos. En la esquina de la calle donde el perro la bebe, la gente apenas si se vuelve a ver, pues ¿quién se detiene a ver a una señora de canotier formando grupo con un viejo harapiento y un perro café? Porque el Chocolate tiene dueño; un viejito de pies negros curtidos, los tobillos y las piernas bajo sus hilachas llenos de cicatrices; si se quita los guaraches han de caerse hechos pedazos.

—¿También a usted se le antoja un pan, señor?

Dice que sí con la cabeza.

De vez en cuando le da un tostón:

—Para su perro.

Hace tres semanas que día tras día tiene más o menos el mismo diálogo en la esquina de la calle.

—¿No tuvo frío ayer el Chocolate? En la tarde llovió y pensé en él. Dígame ¿no tuvo frío?

—No.

—¿Qué no tiene cobija?

—No.

—Crisófora —ordena la abuela—, vaya a traerle una cobija.

—¿De las viejas?

—No, de las nuevas.

Crisófora lo hace de mala gana. Es avara. La abuela espera junto al viejo:

—Y ¿dónde está su casa?

—¿Cuál casa?

—La del Chocolate.

—Pos él vive conmigo.

—¿Dónde?

—Lejos. Allá en la loma.

—¿Cuál loma?

—La de Santa Fe.

—Ah. Y ¿qué le da usted a medio día?

—Lo que caiga.

—No le entiendo bien. Mejor que me lo diga el Chocolate. En fin, él se ve bien, no está flaco…

El viejo contesta entre dientes y no se le entiende. Lo más probable es que sea él quien no entienda las preguntas de la abuela que se impacienta:

—Mire usted —pone la cobija doble y envuelve al perro como niño.

El viejo no reacciona mientras mi abuela saca de una bolsa la cobija grande y envuelve al perro. Después le comentará a Crisófora: «Qué viejo más tonto. No entiende nada. Pobre Chocolate con un amo tan tonto. Ese perro estaría mucho mejor aquí conmigo».

Una vez y otra, en la esquina de la calle, el encuentro es el mismo. Cuando la abuela no está, Chocolate y el viejo la esperan sentados cerca del bote de la basura hasta que la ven bajar de un taxi mostrando los múltiples encajes de su fondo. Ella se apresura hacia ellos y el Chocolate corre a su encuentro mientras el viejo se hace el desentendido. Cuando el viejo se retrasa, la abuela patrullea la calle; deja abierta la puerta de su casa, entra y sale. Hace cinco días que no vienen. Ha llovido mucho.

—Crisófora, hay que ir a buscarlos.

En taxi, recorrieron Santa Fe. La abuela preguntó de

casa en casa: «¿Qué no conocen a un perro llamado Chocolate?», «¿El de doña Cata?», «No, su dueño es un viejo», «Ah, entonces no». La tanteaban. «A lo mejor es un pepenador». Reían: «Aquí, todos son pepenadores», «¿Cómo es el animalito?», «Fuerte, gordo», «No, yo vi un perro flaco de color chocolate», «Mire, mi perrita acaba de parir pero mejor no la agarre porque está criando». La gente le llega a mi abuela a través de los perros. Una gente con perro es ya un poco perro y por lo tanto digna de atención. La mayoría de sus relaciones se hacen a partir de los perros; esta mujer con un perro se salva ante sus ojos; reparte billetes de a cinco, de a diez pesos y los perros-gente ahora ofrecen ayudarle, pero nada, al final se desespera y grita por las calles destrozadas y polvosas:

—Chocolate. Chocolate.

Salen veinte perros. Ninguno es él.

—Es un nombre de perro muy común —explica Crisófora malhumorienta y asoleada—. Señora, ¿puedo tomar un refresco? No aguanto la sed. ¿No quiere usted que le consiga un vaso de agua? Aunque ni a agua llegan estos pobres porque no se las han entubado, así que un refresquito…

—Tome usted uno, Crisófora, yo no tengo sed.

Los chiquillos señalan caminos que desemboquen en posibles chocolates.

—Por aquí sé de una familia que tiene un Chocolate.

—No es cierto, seño, no es cierto. Éste nomás la quiere tantear.

—Sí es cierto, seño, yo la llevo. El perro es alto, un perro bien burrote, cafecito de a tiro.

—Color de frijol.

—¿Frijoles aguados o refritos?

Los chamacos se burlan, la cansan más que el calor que se levanta del terregal; cruzan frente a ella, le espetan en la cara: «¿El Chocolate? Yo ayer lo vi bajando rumbo al camposanto. Deme un veinte».

Al grupo se unen perros flacos, uno de ellos amarillo y enteco como el collar de limones secos que alguna mano compasiva enrolló hace mucho en torno a su pescuezo. El perro no puede ni rascarse, resuella lastimeramente:

—No se acerque señora, se le va a echar encima.

—Está tísico.

—Ese perro muerde.

—Señora, tenga cuidado.

La abuela levanta al perro. Por primera vez los niños guardan silencio. Le abre el hocico. Alrededor de sus ojos hay costras negras endurecidas de legañas.

—¿De quién es ese perro?

—Quién sabe.

—Está muy enfermo, si no es de nadie me lo voy a llevar a mi casa.

Pregunta siempre si los perros son de alguien.

Un mocoso aventura:

—Ese perro es del gobierno. Todos los callejeros son del gobierno, señora.

Crisófora se bebe una chaparrita como ella, recargada en la mesa del tendajón mixto. «Llevamos más de una hora buscando a un condenado perro», le dice al del mostrador. «De casualidad ¿no sabrá de un perro café que anda con un pepenador o sepa Dios qué será ese pobre hombre?».

—Puede que le dé una razón doña Cirila la comidera porque a veces les vende comida a los de la pepena. Vive aquí a la vuelta.

Resulta que doña Cirila es afable como cántaro de barro. Con razón da de comer:

—Don Loreto tiene un perrito de las señas que usted dice.

—¿Dónde vive? ¿Cuál es su casa? —se emociona mi abuela.

—¿Cómo va a alcanzar casa don Loretito? Vive en uno de esos tubos del drenaje, uno de los grandotes que dejaron tirados en el llano…

Corren con doña Cirila que explica que iban a entubar el agua, pero nada, el gobierno sólo promete, puras palabras en el aire, don Loretito era carpintero; a veces le doy para sus Faritos y le fío: «Ahí me paga cuando pueda», le digo. Ante la posibilidad de encontrar al Chocolate, la abuela se desembaraza del perro amarillo: «Me lo cuidan; regreso por él».

A sus gritos, sale el Chocolate, loco, loco, loco, por poco y la tira de felicidad. La lleva al interior del tubo. Adentro, está tirado el viejo:

—¿Qué le pasa?

—Ha de estar borracho —sentencia Crisófora que ya está hasta la coronilla.

—Es que está muy viejito —aboga por él la comidera.

—Véngase, don Loreto —ordena la abuela—, me lo voy a llevar a mi casa con el Chocolate.

Crisófora y Cándida lo bañan. Al viejito, no al Chocolate. Nuestra abuela va al Zócalo a comprarle sus Faritos, sólo se encuentran en la calle detrás de Catedral. Viste las camisas de *Mister* Chips aunque le queden grandes. Un traje gris, usado. Zapatos de El Borceguí, en Bolívar 27, aunque Loretito no pueda ver sus pies en la maquinita de rayos x.

Junto a ella, a las doce del día, don Loreto se columpia en la otra mecedora.

—¿Ya tienes un nuevo marido? —le preguntan a mi abuela.

Chocolate está a su lado, ya no junto al viejito. Su cuarto tiene vista sobre el sabino más grande, y Crisófora se queja: «Es un cochino, ese Loreto».

Una mañana lo encuentran muerto, en su cama, sus Faritos en el buró. Chocolate no se pone triste; al cabo tiene a mi abuela.

En Francia se ven vacas en los prados de dulce hierba verde; aquí las manchas negras movedizas son toros. Los miramos desde el automóvil, ya para llegar a Pastejé. Es la segunda vez que Eduardo Iturbide nos invita a su rancho. Mañana montaremos y a caballo iremos a ver los toros. Todos son de él. En Francia no se conocen hombres con toros. Aquí en México, de tanto que va a los toros, mamá se ha hecho amiga de varios dueños de ganaderías y sobre todo de Eduardo Iturbide que la invita a hacer vida de campo, «para que se les quite a tus hijas ese color verde que traen».

A las diez, en un revuelo de patas, en un puro rascar de baldosas con sus pezuñas, bailotean los caballos ensillados, impacientes, ganosísimos; de las caballerizas llegaron piafando, echando chispas, lumbre echan de sus belfos, así vienen de ganosos.

Sólo mamá y Conchita montan de amazona y tienen su silla de un solo estribo lo que vuelve más peligroso saltar zanjas u obstáculos, nosotras somos charritas, «para las niñas caballos mansos que no vayan a reparar». Eduardo, Bide le dicen, se ve magnífico con su sombrero galoneado que se detiene en un sitio muy raro, entre la boca y el mentón, sus charreteras, sus espuelas que rayan el patio, rayan su feudo, rayan el universo y brillan al sol. Los caballerangos sonríen mientras detienen nuestras cabalgaduras; Eduardo Iturbide nos ordena: «A ver, chiquitas, monten». Sofía lo hace con tanto ímpetu que va a dar al otro lado. Del coraje se levanta sola. Me subo al revés. «Me han dado un caballo sin cabeza», protesto.

Salimos a campo traviesa. Ni Hernán Cortés, ni Pizarro, ni Núñez de Balboa pisaron sus tierras con tanta soberbia. Frente a nosotros, se extienden hasta el horizonte de magueyes y entrecerramos los ojos para alcanzarlos. Levantamos el porte real de nuestra cabeza y desde lo alto de nuestras monturas, miramos los pastizales separados por zanjas. El aire nos agarra, nos limpia los pulmones. «Revigorizante, ¿verdad?», comenta Mame Buch que viene a apresurarnos. Pasamos de potrero en potrero, Eduardo Iturbide rodeado de su séquito: dos mujeres vestidas de amazona, Mame Buch de corto con sombrero cordobés, Aurora y Profe Branniff, Chucho y Lalo Solórzano, conocedores (vienen a ver los toros para su próxima corrida), Mimía y Elena Fernández del Valle, y nosotras atrás al cuidado de Nardoni, el administrador, nosotras, escuderas advirtiéndonos una y otra vez: «El paliacate tiene tantito rojo, mejor quítatelo». «Idiota, traes calcetines rojos, pues ¿qué no te diste cuenta?». Vemos más rojo que los toros. Tres o cuatro caballerangos siguen «para lo que se ofrezca» y se distinguen del resto de la concurrencia porque no van bien vestidos.

A las tres de la tarde, en la hacienda la mesa se extiende como un camino blanco y luminoso, una vía real cortada por los molcajetes rellenos de guacamole, el chicharrón, el queso blanco, las tostadas, la espesa crema de rancho que se pega a la cuchara y hay que esperar a que caiga, las camitas, las frutas cubiertas, el acitrón, el calabazate, los dulces de piñón, los de nuez. Todo se derrite bajo nuestra lengua, nunca hemos tenido más hambre. Eduardo Iturbide, después de dos que tres tequilas con sangrita, que no *whisky*, nos pregunta si nos gusta la vida de rancho, qué tal sabe la sopa de médula, la de hongos, el caldo de la barbacoa, los mixiotes, el cabrito, las quesadillas de flor de calabaza, las de huitlacoche, la gigantesca olla de arroz con minúsculas ruedas de zanahoria y chícharos saltarines, el pulque curado de tuna, el de apio, el de fresa para ustedes niñas que son unos dulces. Luego a Sofía y a mí nos enseña:

«Chon kina chon kinachon
kina naka saki yoko aka sako dake koy».

No pasamos del «Chon kina chon». «Igualito que la mamá. ¿La han oído en "rápido ruedan las ruedas del ferrocarril"? Es inenarrable». Pero mamá se desquita con «*Peter Piper picked a peck of pickled peppers*». Sofía no le hace tanto caso a Eduardo, a quienes todos llaman don Eduardo porque no puede quitarle los ojos de encima a Lalo Solórzano. En cambio, Iturbide me enseña a cantar: «Échale un quinto al piano y que siga el vacilón» y ríe cuando grito exagerándole: «Ay, mamá, me aprieta este señor, ay, mamá, que rico vacilón». Me toca aprender pompas ricas en colores, de matices seductores, con las que *La Gatita Blanca*, María Conesa, les cortaba la corbata a los generalotes de la Revolución que venían a aplaudirle al Principal, pero a mí esa canción me entristece y sólo la reconozco cuando quiero que me entre la murria:

Pompas ricas en colores
de matices seductores
del amor las pompas son,
pues deslumbran cuando nacen
y al tocarlas se deshace
nuestra frágil ilusión…

No me gusta que aconseje al corazón que no ame porque las dichas de la vida humo son. Y la saco de mi repertorio donde campean: *Allá en el rancho grande* y *Dos arbolitos*, y tonadas más sustanciales. Sofía en cambio está entregada al amor. Teje y desteje sus trenzas, nunca queda satisfecha con su peinado. Cambia su blusa por otra y vuelve a ponerse la primera. Es una tortura enamorarse. Los adultos sonríen ante su pasión y le dicen a mamá: «Vas a tener que cuidarla cuando sea grande». Hoy en la noche, Lalo prometió venir a darnos las buenas noches. Nos mandan a la cama antes de la cena de los mayores; merendamos aparte en una mesa redonda y en unas tazas hondas donde cae bonito el chocolate. Sofía no cabe en sí de la emoción, está tan nerviosa que de seguro le da el telele. Le horroriza su pijama de franela, se trae un camisón de encaje de la recámara de mamá, «quítatelo idiotonta, pareces araña», se cepilla el pelo, corre treinta y siete veces al corredor a asomarse a ver si ya viene. Afuera bajo la luna, sólo nos acompañan las macetas de geranios y los helechos recortados. Por fin, Lalo llega con Mimía de la mano y nos besa a las dos, su cabeza sobre nuestra almohada en la que fingimos el sueño. Al día siguiente, sin embargo, rinde homenaje al tormentoso amor de Sofía y nos brinda el toro a *las dos* para disimular. Le echa la montera a Sofía que la retiene contra su vientre. Afortunadamente no corta ni oreja ni rabo porque si no allí mismo Sofía se vomita. A cambio le aventamos al ruedo unas flores rosas como amapolas y otras largas amarillas que no tienen nombre y recogimos expresamente ayer en la tarde en ese campito que viene a morir contra el muro de la hacienda.

En Ixtlahuaca, visitamos los baños. Bueno, eso de visitarlos es un decir porque a mi hermana y a mí nos dejan atrás con Nardoni para que veamos sólo de lejecitos. Parece que algunos andan desnudos. Alcanzo a oír que hablan de círculos del infierno, «dantescos» dicen, y citan a

Dante, el que entre aquí que pierda toda esperanza, porque se trata de unos agujeros en la tierra de los cuales brota el agua caliente y en los que se meten familias enteras. Algunas familias son tan numerosas que tienen que levantar sus brazos al cielo —porque no caben— y entonces sí, en medio del vapor, parecen implorar la misericordia divina. Imagen dantesca, asienta en tropel el séquito de don Eduardo. El agua echa humo, por lo sulfurosa, creo, y a través de la neblina se ve la gente mojada, su pelo negro brilloso y triste, la piel morada, azul, que negrea entre las llamas del infierno. A los niños chiquitos su padre o su madre los sostienen en brazos; parecen levantarlos en una ofrenda macabra. Lo que no alcanzo a ver, lo invento o lo copio de un grabado que tengo en la cabeza: el infierno. Por Dios, niña, dice Nardoni. Sofía se queja: «Ya vámonos, ya vámonos». Cuando algo no le gusta encuentra el modo de decirlo. Yo no. Aguanto. Aguanto siempre. Por tonta, por tontísima, por mi grandísima culpa y golpeo tres veces mi babeante pechito de becerra.

Eduardo Iturbide es el gran señor que visita a sus siervos durante el baño. No, no, por mí no se detengan, sigan lavándose, sigan purificándose; los mira complacido chapotear en el lodo, cua, cua, cua, patos, cua, cua, son sus patos.

Habla del *folklore*, el color local, el misterio, la magia de México; las aguas termales que abundan en la República y deberían industrializarse como las de Vichy, Evian, Caracalla, Baden Baden; toda Europa está cubierta de centros térmicos turísticos que giran en torno al beneficio inconmensurable de las aguas. Sofía reclama: «Tengo sed». Mamá le dice: «Vamos a conseguirte un vaso de leche». Cuando lo pide, frente a una puerta, la enrebozada hace una larga pausa antes de responderle como si fuera a darle un vahído: «No hay».

Mamá patea el suelo con sus botas, cómo que no hay, si ésta es una región ganadera, no hay, no hay, no hay, repite a cada patada, no hay, en este país nunca hay nada, no hay, en cualquier pueblito mugroso donde te detengas en Francia te dan de comer estupendamente y aquí, no hay, no hay, no hay, lo mismo en la miscelánea, en la tlapalería, no hay, no hay, ¿para qué abren tiendas entonces si no hay?, lo que pasa es que no quieren atenderte, no hay, no hay, ya Luz, le dice Eduardo, no te sulfures como las aguas que tú también te estás azuleando, que se aguante la niña hasta que lleguemos a Pastejé donde hay todo. Pero, ¿de qué vive esta gente, qué come, si ni siquiera tiene un vaso de leche? Habla de la Revolución; antes con los hacendados, todos tenían de todo, ahora el país está muerto de hambre. No hay más que platicar con Nicho y con otros que trabajaron con su tío el hacendado para ver cómo les ha ido. Mal, muy mal, les ha ido muy mal, extrañan al tío Pipito tan fina persona. Pinche revolución tan pinche, sintetiza mamá y para darle peso a su concepto cuenta que en San Juan del Río cuando la Reforma Agraria les dio sus escrituras a los indios, Nicho comentó:

—Y ahora, ¿quién nos va a dar nuestros dulces?

Todo mundo felicita a Eduardo Iturbide por haber invitado a mamá al grupo, tan guapa, tan simpática con sus hijitas que son una monada, nada tímidas, cantan, bailan sin hacerse del rogar, monísimas, como ahora mismo que Sofía va a echarse una polka a todo lo largo del salón bajo los cuernos de los toros más bravos mientras yo entono, para acompañarla: «Échale un quinto al piano y que siga el vacilón».

En las mesas de sombrillas a rayas azules y rojas del Club de Golf inauguramos los club sándwiches y sorbemos club, club, glub, gue, gue, glug, glug, glup. A Sofía no le gusta la ensalada rusa que ponen en el centro y me la pasa junto con los jitomates. En la mesa de los grandes, al lado de la nuestra, mamá relata que los Fernán Núñez contaron que en el Club de Golf de Madrid, Piedita Yturbe de Hohenlohe le ordenó al chofer:

—Vaya a recoger al palacio a sus altezas los príncipes.

Un momento después la reina Victoria Eugenia le dijo a su chofer:

—¿Sería tan amable en ir por los niños y traerlos aquí por favor?

A Piedita la invitó mi abuela a comer. Seis a la mesa. A la hora de los postres, en el compotero había cuatro chabacanos en almíbar.

Piedita comentó en un *cocktail*:

—¿Siempre comen así?

❤

Cuando mamá va al Jockey, Magda nos lleva al Club Vanguardias. «Beso, beso, beso», coreamos, pateando el suelo cada vez que el padre Pérez del Valle tapa la pantalla en el momento en que se acercan las dos bocas. El beso jamás se consuma, el padre sube al foro, echa un sermón, se apagan de nuevo las luces hasta el próximo beso. Vemos la película a retacitos; más tarde temeremos la irrupción del padre Pérez del Valle en nuestros propios besos y su filípica aguará nuestro festín. «Dios mío, va a entrar el padre Pérez del Valle», saboteador de orgasmos.

En el Jockey a mamá la retratan en la cuadra de Gay Dalton el favorito, sus ojitos tapados. En el momento del arranque mira hacia la pista del Hipódromo o hace como que la ve. Pero ¿la verá? ¿Qué ve con la mirada perdida? Lleva puesto el sombrero de paja con el listón negro, el del ramo de lilas, el del velito de tul, el anaranjado, la toca de terciopelo vino, el bonete de mink, la gorra vasca, el fieltro de viaje que recuerda el negro más austero que *Mademoiselle* Durand usaba para salir a caminar y se ponía a las volandas, sin fijarse. «Vi a Nelly sin sombrero en la calle, la pobre debe haberse vuelto loca». La meningitis podía resultar de un enfriamiento del cerebro. Ir con la cabeza descubierta, el pelo expuesto a todas las inclemencias, equivalía a encuerarse en la vía pública. Hasta Nounou se enchufaba para bajar al Sena un fieltrito aguado gris rata: «Mi sombrero de invierno», le decía. Nuestra abuela Beth nos llevó a su *gantière*. Pusimos nuestro codo sobre un cojín, la vendedora abrió el guante con una tenaza de madera introducida lentamente en cada dedo, y luego lo hizo resbalar sobre nuestra mano regordeta y lo cerró con un botón advirtiendo:

—Es de presión, lo último que nos ha llegado, lo más moderno.

«*J'ai une tête à chapeaux*», afirma mamá y es verdad. No me canso de verla. Nos invita a una función de teatro de la compañía Louis Jouvet en Bellas Artes. Sentadas tras de ella, la observo. De vez en cuando pasa una mano alada sobre el cierre de su collar de zafiros y perlas del que cuelga una minúscula cadena. Del cuello sobresale la última vértebra, picuda, quebradiza (Sofía la heredó), que le confiere a toda su figura un aspecto vulnerable. Puedo percibir su perfil, su pómulo saliente; *Ondine* de Giraudoux se traga las respiraciones. Cuando salimos al *foyer* cuenta que lo que más le gustó fue el momento en que Ondine escucha voces que le dicen que no se escape con su amante y Louis Jouvet entonces la tranquiliza: «No les hagas caso; es la familia». En el entreacto, Sofía y yo vamos contentas entre el barullo de los vestidos y los perfumes, cuando nos ladra la Marquesa de Mohernando, Lorenza, que me cae bien por abrupta, por su velo violeta y porque parece caniche.

—Niñas, siempre se están riendo en el momento equivocado.

A Sofía y a mí nos une una risa secreta; de pronto, cuando nadie ríe, lo hacemos, sólo nosotras intuimos por qué y de qué y en eso confirmamos allá en lo más hondo, donde los pensamientos duelen mucho, en el manantial de la risa, que somos hermanas.

A los toros ya no vamos. No entendemos la faena, nos tapamos la cara cuando el torero esconde la espada dentro de la capa escarlata.

—Tus hijas no tienen sangre española —le dicen a mi madre Aurora y Profe Branniff, que nos llevan a Veracruz cada vez que hay norte.

—En el caso de Mariana es cierto, en el de Sofía, tendrían que verla zapatear.

Sofía protesta:

—*Oh, le pauvre petit taureau, le pauvre petit taureau.*

Nuestro libro de cabecera es *Ferdinand the Bull*, el que se detiene a oler el perfume de los claveles y de las margaritas acostadito a la mitad del ruedo.

Rezamos:

Angelito de mi guarda,
de mi dulce compañía,
no me desampares
ni de noche ni de día
porque si me desamparas
yo me perdería.
Virgencita de Guadalupe,
reina de los mexicanos,
salva a mi patria del comunismo,
Amén.

Pregunto:

—Mamá, ¿qué es el comunismo?

—Es una infección.

—Pero tú no eres de México, ¿verdad?

—Sí soy.

—Es que no pareces mexicana.

—Ah, sí, entonces, ¿qué parezco?

—Gringa.

—Pues no soy gringa, soy mexicana.

—No se te ve.

—Soy mexicana porque mi madre es mexicana; si la nacionalidad de la madre se heredara como la del padre, sería mexicana.

—De todos modos, no eres de México.

—Soy de México porque quiero serlo, es mi país.

—Güerita, güerita, ¡cómo se ve que usted no es de los nuestros, no sabe nuestras costumbres!

Al final de la guerra regresan todos aquellos que de chicos fueron mexicanos; tía Francisca, en Milán, conoció muchas privaciones, tío Ettore que hace reír sobre todo cuando cuenta cómo lo enviaron de *sarakoff* a la guerra de Etiopía y miles de monos araña saltaban de rama en rama chillando encima de su cabeza todos idénticos a ti, Tutucina, y le jala la nariz a su hija, nuestra prima Apolonia de ojos verdecitos; la dulce tía Diana y sus dos hijas y franceses, ingleses, alemanes, italianos, judíos, pero sobre todo el tío Ettore que se mueve con desenfado dentro de su traje de Cifonelli, actúa sus bromas, imita, canta, baila, riega el jardín, se carcajea, es bueno tener en una familia a alguien que juega a la vida, la avienta como una pelota, la recoge en el aire, salud, salud, salucita, chinchín.

—Pinches refugiadas.

Grita Nachita cuando dejas el cuarto tirado. O cuando Sofía canta:

Aquella muchacha gordita
se llama Nachita
y tiene una nalga grande
la otra chiquita.

—Cochinas extranjeras, regrésense a los Yunaites, lárguense a su país.

De azotea en azotea, entre las sábanas que chasquean resuena el grito y lo recibo como una bofetada. Qué vergüenza. Quisiera vender billetes de lotería en alguna esquina para pertenecer. O quesadillas de papa. Lo que sea.

En Gobernación el señor Chami, doblado bajo un portafolio atiborrado, tramita nuestra FM2. Es la imagen misma de la derrota. El campo de batalla de la calle de Bucareli es yermo, la parte trasera del edificio, inhóspita, la gente hace cola bajo el sol, en la ventanilla jamás encuentran los documentos. Las secretarias se pintan las uñas negras de mugre:

—No debería ser tan difícil, yo soy mexicana —alega mamá.

—¿Ya ve? ¡Tan chula que está usted! ¿Pa' qué se fue a casar con un extranjero? Mejor un mexicanito como yo, aunque nomás hubiera comido frijoles.

—Óigame, pelado, ¿qué le pasa?

En los pasillos calientes, las voces se entrecruzan:

—El señor subsecretario está en acuerdo con el señor secretario.

—Al señor secretario lo mandó llamar el señor presidente.

—El secretario personal del subsecretario no atiende este tipo de asuntos, si acaso puede turnársele a su secretaria particular, la señorita Cuquita…

—El ilustre señor director general de los Apartados B y C del Archivo de la Subsecretaría de Gobernación, licenciado don Agustín López a quien le fue remitido su expediente dice que no tiene antecedentes sobre su caso…

—El altísimo Señor Dios Padre, poderoso rey de todos los ejércitos, muy secretario de secretarios dice que por la tranquilidad de la nación…

—Regrese la semana que entra.

—Aquí todos esperan igual a Su Santidad.

—Si no les gusta, ya saben…

—Cochinas extranjeras que vienen a chuparnos la sangre —insiste Nachita—, pinches emigradas. «Pinches emigradas», repiten los feos muros de Bucareli.

—No puede pasar con Su santidad, el licenciado.

—De aquí mero sale el futuro presidente.

—Aquí se organizan las elecciones.

Los que no han nacido en esta bendita tierra no tienen derecho a participar. Si no les gusta, lárguense. A Sofía le entran unas cóleras sagradas: «Nos tratan como a malhechores».

Al ujier mantecoso que guarda la puerta le espeta:

—No vayan a creer que quise venir, me trajeron, bola de licenciados frijoleros y pedorros.

Los expedientes tienen números largos, iniciales, paréntesis, guion 5, cláusula 3. Los dedos van engrasándolos, el calor los resquebraja; puro papel amarillento, envejecido. Firme al calce. Mamá siempre lo hace más abajo, más arriba; vuelve a firmar, más abajo, más arriba, no se pase, aunque no le quepa, aquí va el sello, ¿qué no le dije que en la raya punteada? Ponga su nombre de soltera, después del de casada. Escriba con letra de imprenta. Hasta que no lo sellen en la Secretaría, será dentro de quince días, estamos en plena campaña, periodo preelectoral. No, si esto es cosa de paciencia. Diríjale una carta al licenciado con tres copias a doble espacio y la semana que entra me trae el sello de recibido.

El rey Caro, *Madame* Lupescu, ¿habrán hecho esta coleta? Dicen que son amigos del hermano del presidente de la República, Maximino Ávila Camacho, que tiene trescientos pares de botas y el doble de zapatos.

Cada vez que vienen amigas a jugar con nosotras, como un rito Sofía busca palabras en el diccionario:

Pedo: ventosidad que se expele del vientre por el ano.

Pedorrea: Frecuencia de pedos.

Pedorrera: Familia que con frecuencia o sin reparo expele ventosidades por el ano.

Pedorreta: Sonido hecho por la boca imitando al pedo.

Sofía sienta a todos en el excusado y tengo que adivinar:

—¿Quién hace caquitas de chivo, así clonk, clonk, clonk?

La Nena Fosca.

—¡Cooorrecto! ¿Quién hace viboritas?

—Joaquina Ascencio.

Pero la que va más allá de nuestras expectaciones es Casilda que recita canturreando:

El pedo es un aire ligero
que sale por un agujero
anunciando la llegada
de su amiga la cagada.

—¿Quién hace una cagadita de mosca?

—Anita Romero Rubio.

—¿Quién hace plaf así nomás?

(Aquí el nombre de una maestra que nos cae mal).

—¿Quién tiene chorrillo?

(Aquí el nombre del pretendiente en turno de mi mamá).

—¿Quién es el más grande imbécil de la Tierra?

(El mismo).

—¿Quién hace caquitas redonditas, duritas, de perrito bonito?

—Mi papá.

—¡Peeerfectamente bien contestado!

Un momento después de que nos sentamos a la mesa, el tío Ettore grita:

—¡Que se pongan de pie los cornudos!

Dice que no falla, que todos los hombres de la tierra se levantan. Buscamos la palabra cornudo: cabrón, gurrumino, sufrido, ver adulterio. Seguimos sin entender. El diccionario Herrero, Hnos. Sucrs, México D. F. 1943 no lo dice. En cambio en caca pone f. Excremento del niño, y en cabrón m. macho cabrío y fam. el que consiente el adulterio de su mujer. Guardo ese pequeño diccionario con devoción, oh, tesorito mío.

¡Qué risa!

Todos regresan de la guerra, menos papá. No me gusta cantar «Mambrú», la asocio con mi papá. ¿Cuándo vendrá? Mamá da un *cocktail* en el castillito de la calle de Berlín para el rey Carol y *Madame* Lupescu y su secretario y otros rumanos. No hay que preguntar por la reina. Nos da permiso a Sofía y a mí de verlo desde arriba, entre los barandales de la escalera, sólo un ratito, mañana es día de escuela. Creemos que entrará con su corona como rey del seis de enero y será gordito como *El Reyecito* de las caricaturas. Lo confundimos con Alfonso Reyes. Más tarde mamá habrá de contarme que vino José Clemente Orozco y observó desde un rincón, con su soberbia mirada furibunda.

A mamá no le echa miradas de furia; la invita a subir a los andamios de la Preparatoria de San Ildefonso con la Güisa Lacy y Marilú Fernández del Valle a verlo pintar.

Años más tarde, en la misma preparatoria, una procesión de cacatúas con un penacho de vanidad y de estupidez en la cabeza habrán de entrarme por los ojos:

—Mamá, ¿no las sacaría Orozco de tu *cocktail*?

—No seas bolchevique. Tú tienes el snobismo al revés. Basta con que alguien se vista de overol y tenga zapatos de plan quinquenal para que te enamores perdida.

Acompaño a mi abuela a Balderas y Avenida Juárez a hablar con su *homme d'affaires*, un viejito de borsalino y traje negro siempre inclinado con su bigote también colgado sobre hileras de numeritos. «Campos», lo llaman por su apellido, no le dicen ni señor ni nada. «Campos». Mi abuela se preocupa de que no tenga frío y le lleva una cobijita. Gris. Más bonita que la que le da a sus perros. Su escritorio es de cortina, su letra, bellísima. En el elevador que suena como vagón de ferrocarril, nos saludan. Cuando le pregunto por qué nos saludan en los pisos, mi abuela responde que el edificio es suyo y está pensando venderlo, Campos está muy viejo, es difícil administrar los edificios, cobrar las rentas. «¿Cuáles rentas?». «Mis rentas». «Vivimos de mis rentas». «Todo mundo vive de sus rentas». «¡Ah!», sigo sin entender.

En todas las casas a donde Sofía y yo vamos de visita dicen la palabra «apoderado» y repiten «rentas». El que cobra las rentas es el hombre de confianza y le mandan un regalo de Navidad. Lo invitan a tomar el té. No a la comida principal. Cuando el apoderado no puede subir las rentas y el edificio vale más de lo que producen las rentas, hay que venderlo. Siempre están vendiendo. Al fin hay mucho que vender. El edificio de Uruguay, el de Balderas y Avenida Juárez, el de República de El Salvador, el de República de Guatemala, el de Madero, el de Puente de Alvarado, no sea que el gobierno lo declare monumento colonial porque entonces sí nos amolamos, el gobierno paga muy mal. Para pagar menos impuestos ponen en los papeles: «S. A.», «¿Qué es eso?». «Sociedad anónima». «¿Quiénes son los anónimos?». Mi abuela me tiene mucha paciencia, de vez en cuando exclama: «Eres muy preguntona, un animalito muy curioso, una rebanadita de pan con mantequilla que quiere estar en todo». Así me llama: rebanada de pan con mantequilla. «Es el momento de vender». Aconsejada por sus abogados, vende. Nunca, ni en la mía, ni en ninguna de las casas a las que Sofía y yo vamos oigo la palabra «trabajo». «*La pauvre*!», dicen de la Nena Fosca porque tiene que trabajar y vende antigüedades a consignación. El tío Luis, por ejemplo, *maneja* sus negocios. «¿Cuáles son sus negocios?» pregunto, «sus edificios». Tras de cada adulto de traje y paraguas veo un rebaño de edificios. Las rentas congeladas son la plaga de los dueños, peor que la tifoidea, el paludismo. «Por eso hay que vender las casas». Venden para hacer estacionamientos. Cada vez hay más automóviles. «¿Cómo van a destruir el castillito de la calle de Berlín?». «Si no vas a querer entender, deja de preguntar». Hasta mamá hace cuentas pero luego olvida sumarlas. Poquitas. La que más es tía Francisca. Es ejecutiva. Inventaría sueños. Sabe dónde está todo y a quién deben tocarle los bargueños, a quién la vajilla de Compagnie des Indes y a quién la bacinica de *vermeil*. A mamá se le pierden las llaves a la vuelta de la esquina. Las oigo decir que han perdido el proceso, levantan actas, se amparan contra el catastro, contra la ley, contra tal o cual impuesto. Se van a segunda instancia. Pierden. No saben qué es el impuesto predial, la cédula, no encuentran el recibo. ¿En dónde se pagará la luz? ¿El teléfono? Eso es cosa del apoderado. No tienen número de registro ni de empadronamiento. Se encierran en largos conciliábulos. «Vete a jugar; tenemos que hablar de algo importante». Las odio cuando algo les importa. Desde que les quitaron las haciendas la mala suerte las persigue. Cada edificio se convierte en cuenta de banco, y se hacen cheques, y cuando exclaman: «No tengo un centavo», les digo que por qué no escriben un cheque en ese talonario cremita. Es que el gobierno es de barbajanes, gente sin educación, pelagatos de quinta. Y luego la burocracia. Equivale a la barbarie. Antes los caballeros les daban a sus amantes una joya, una casa, algo, pero ahora les dan puestos en el gobierno. ¿Se imaginan qué clase de gobierno con toda esa gente tan mal nacida?

«Pero ¿quién es esa gente? ¿De dónde sale toda esa gente?», pregunta tía Francisca como si hubiera descubierto una nueva especie humana.

—Tía, es gente común y corriente, gente del diario.

—Lo has dicho bien, gente común. Antes no había tanta en el mundo. Nunca he visto tal multitud de gente fea a la vez.

El rebaño de bisontes pisotea la playa. Por culpa de esa gente, la demás gente no vamos a Caletilla en la mañana ni a Hornos en la tarde, como antes. ¡Cómo me gustaba esa rutina! Ahora, por su culpa, por su culpa, por su mismísima culpa buscamos playas a las que no va nadie; rocas como las de Eden Rock cercanas a Pichilingue, playas aún no descubiertas; Puerto Marqués. La Condesa, El Revolcadero. Pie de la Cuesta. Si acaso algún pescador cuchillo en mano prepara su carnada del día siguiente, o unos acapulqueños retozan en el agua como delfines. Ellos no afean el paisaje. El pueblo-pueblo es otra cosa. Lo terrible es esta clase media baja que avanza pujando por el mundo, también en Europa, no creas, ésa, a la que se le escurre el espaguetti sobre el mentón, esa que trae a sus bebés a la playa en vez de dejarlos con la nana, ésa que huele a ¿te has fijado a lo que huele?, esa que grita sin vergüenza y se asolea, mira nomás el vientre de ese gordo, no hay derecho, es deprimente, y la mujer qué corriente y qué chocante, a quién se le ocurre ponerse un traje plateado. ¡Qué vulgar se está volviendo la humanidad! La supuesta democracia ha hecho que todo esté encanallándose. Yo con la canalla, nomás no.

En Pie de la Cuesta se alinean las hamacas vacías frente al cielo rojo. A ratos, las mecen los aires encontrados.

❤

La casa se sienta como una señora a tomar el té en su jardín. Junto al sabino, enorme como los de Chapultepec —el ahuehuete antiguo que exhala tanta memoria—, la casa busca su latido. En el alba del agua, el ahuehuete somnoliento, me mira todavía oscuro, me mira y lo miro, a su lado, acaricio su piel, la beso, tallo mi espalda contra su lomo. Su fortaleza es la nuestra; la de mi abuela, la de mi madre, la de tía Francis, mujeres fuertes, frágiles en la intimidad. La casa es mi universo, más allá no sé; aún no me asomo a la ventana. ¡Qué dulces son las cortinas que resguardan; dulces como la voz de nuestras antecesoras en su tono familiar!

El ahuehuete llama al amor, al que me ame he de sentarlo aquí, recargarlo contra su corteza, decirle que vea el cielo a través de sus ramas. Y el nido.

Tía Francis estira el brazo para tomar la tetera. En su casa el té se hace como en Inglaterra, primero le echa agua hirviendo a la tetera, la vacía, le deja caer tres o cuatro cucharadas de té, según los visitantes, y luego espera el momento en que las hojas se humedezcan con el vapor y vierte poco a poco el agua hirviente. La tetera se tapa con un capuchón acojinado; puede ser un gallito de tela o una simple cubierta floreada. Al verter el té relampaguean sus dos anillos demasiado pesados para sus dedos: una *chevalière* con el escudo familiar de Ettore y un zafiro cuadrado en una montura masculina. Llaman poderosamente la atención estos anillos de hombre en su mano blanca y delicadísima que ella sabe hermosa; hermosa por sensible, por inteligente. Sirve el té y coloca el agua sobre la lámpara de alcohol que actúa como calentador, diseñada por Sheffields, y vuelve a cubrir la tetera panzona con su funda de *patchwork* para que no se enfríe. Ofrece las mermeladas; la de naranja amarga, la de toronja con limón, la de ciruela y tiende el *toast* también caliente. El té quema la boca; le echamos crema o leche y la miramos disolverse lentamente en la taza hasta que le damos vueltas para agilizar el proceso. Francisca levanta la vista y advierte:

—No se sacude la cuchara en esa forma, Apolonia, Mariana, Sofía.

Engullimos de cinco a siete rebanadas de pan con mantequilla; tía Francis advierte con ojos críticos:

—Mariana, tú no tienes la suficiente estatura para permitirte un gramo más. El pan y la mantequilla engordan por si no lo sabes. Aquí hay *pumpernickel*, te conviene más.

A Sofía no le dice nada, podría comerse diez rebanadas y añadirle una montaña de mermelada sin peligro alguno. Las que lo corremos somos Apolonia y yo. Apenas ponemos un pie en la sala de Francisca, adquirimos conciencia de la más mínima llantita, del vestido machucado, de nuestros zapatos sin bolear o peor tantito que no hacen juego con la bolsa; cualquier desacato a la estética se amplifica y resuena solemne como los *Cuadros para una exposición* de Mussorgski. Avanzamos, entonces, como una fúnebre procesión de elefantes. Que no engordemos, que nuestro pelo brille, que nos vistamos bien, que sepamos recibir, que cuidemos las joyas de familia, que tengamos buenas maneras, y sobre todo buen gusto, elegancia, Apolonia, Mariana, Sofía, elegancia porque somos elegantes por dentro…

Si la palabra *ocupación* rigió nuestra infancia, «tener clase» es un término que regresa a sus labios carnosos y acompaña nuestra adolescencia. Tía Francis califica; los adjetivos etiquetan cada prenda, van a pegarse pequeños y cuadraditos a nuestras caras redondas, nuestras uñas aún mordisqueadas, a las lámparas y los cuadros, nuestros movimientos de cachorro. Es categórica. «No se dice *mande*, eso déjenselo a los criados». Sólo la *café society*, las *demimondaines* y los arribistas, nuevos ricos, rastacueros se retratan en las páginas de sociales. (Sin embargo, ¡oh, contradicción!, a nosotros nos gusta mucho figurar, que nos vean, que hablen; estar en el centro, ser el punto de mira). La gente bien aparece en el *Figaro* el día en que nace, en el que se casa y en el que muere. Sofía quiere vestirse como ella, ponerse cadenas y collares, tener joyas que la personalicen, un estilo, el mismo que hizo decir a Coco Chanel cuando la vio entrar a la mitad de una de sus colecciones: «Esa mujer, con su sencillo traje sastre tiene estilo». Francis también baila y hace yoga y se acuesta sobre la alfombra en la sala de su casa y desde allí conversa con sus invitados. Tanto ella como Diana y Luz, sus hermanas menores, están acostumbradas a caminar en los grandes parques, a oír las hojas muertas crujir bajo sus pisadas, a ver el sol de otoño colarse entre los liquidámbares. De Inglaterra, trajeron el *walking stick*, un bastón que puede clavarse en el suelo con una agarradera que, abierta en dos, se convierte en un mínimo asiento listo para recibir el peso del cuerpo cuando la caminata se ha alargado, bueno también para ver el polo, encajándolo en el pasto tupido. En principio hasta lo decían en inglés: «*Let's do some footing*» y salían con sus perros: «Ven acá, Robin, ¿dónde vas, Toby, *old boy*? Toby, acá, acá». Los perros regresaban con alguna reminiscencia del bosque, un cojín de musgo entre los dientes, una piña olorosa a brea; pero en la calle ahora de Mississipi todavía cubierta de maizales, levantan tierra con sus patas y su hocico pegado al suelo y su presa final es una inmensa rata extraída del canal del desagüe. Muy pronto los llanos por donde caminaban Francis, Diana y Luz se cubrieron de casas y hasta de edificios de varios pisos, adiós milpas, adiós girasoles; en el Paseo de la Reforma se hicieron dos veredas paralelas de arena amarilla para los paseantes domingueros.

De ese «*Let's take a walk*» les quedan movimientos jóvenes y desenvueltos, una manera de levantarse como resorte de su asiento, abrir puertas con todos los brazos como si fueran a salir por los aires. Verlas a las tres tonifica; son vigorizantes, pero Francis es más felina, hay en ella algo provocativo, se estira como gato en la alfombra, dobla las piernas bajo su cuerpo, se sienta en posición de loto, se yergue cual *Jack in the box*, adelanta la boca, sus labios plenos a punto de desgajarse. Es la que mejor se lleva con su cuerpo, la que más le exige, lomo que suaviza con lentas e intencionadas caricias como a sus gatos, gato y gata se afilan las uñas, gato de lengua rosa y rasposa, gato y gata hay en su mirada, gato y gata de bruces que se aprestan a dar el zarpazo, flexibles, inesperados, peligrosos. Hay un peligro en la tía Francisca y un reto en sus exigencias: «Atrévete, atrévete», pero, ¿a qué? Las expectativas familiares en cuanto a nosotras nunca quedan claras. ¿Qué quieren que seamos en la vida? Tía Francis nos inquieta. Debemos hacer méritos. Tengo miedo a su mirada detectora de torpezas e inseguridades.

Todas las mañanas, Francisca, como lo hace mi abuela, como lo hizo mi bisabuela la rusa, una chaparrita malísima, arregla las flores. Las criadas, en un gran ruido de llave abierta en el lavadero, lavan los floreros, cambian el agua y la traen movediza y transparente en los jarrones de cristal que colocan en el piso de la terraza. Las margaritas ensucian el agua, la enlaman. Mamá les habla. «No te seques, no te vayas a morir»; tiene grandes remedios para evitarlo: una tina en que las acuesta como Ofelias a lo largo del río de agua, un baño de cuerpo entero que casi siempre las revigoriza. «Ves cómo todavía te faltan muchas horas, muchos días». Es supersticiosa en cuanto a las flores, no machuca sus pétalos, no corta sus tallos, cree que las desangra, rompe sus huesos. «Cierra tus ojos, azucena, duérmete, pincel», les da las buenas noches y cuando el día se levanta las despierta: «Ya se hizo la luz, ya vino Luz a saludarlas», les ríe en las corolas al decir: «Qué linda está la mañana». Francisca acuclillada compone los ramos, sus tijeras podadoras en una mano, la destreza de sus dedos en la otra. Corta los tallos y va acomodando aquí los perritos y las margaritas, los chícharos y alhelíes, reemplaza un plumbago ajado, un iris morado, quita las hojas lacias de los margaritones, corta los rabos, encaja una rama, allá los altos delfinios, en el florero de cristal de pepita las espumosas nubes, las hortensias provenientes del jardín que duran lo que canta un gallo pero son azules; en el de plata, las rosas que irán a la biblioteca porque las rosas se ven bien en la penumbra, casi mejor que afuera, como las mujeres que al atardecer, a la luz de las lámparas ganan en color y hasta en aroma. Alguna vez, tía Francis me dio un perfume para la bolsa y puso en una tarjeta: «En espera de tu propio perfume de mujer», lo cual me intrigó:

—¿A qué huelen las mujeres, tía?

—Algunas a sándalo, a almizcle, a copal, otras a nabos. A salsifis, a coles de Bruselas, a *broccoli.* ¿Conoces a Arcimboldo? A eso huelen, a Arcimboldo. Las más jóvenes saben a trigo recién segado.

Mientras me instruye, Francis clava como una respuesta categórica un mastuerzo en medio de una tupida mata de nubes. El agua limpia las hace vivir más tiempo, la hojarasca a un lado del florero comprueba la poda. Hay que podar para que siga la vida; también poda sus rosales con su mano enguantada, en el jardín se inclina sobre un rosal y otro; ahora no es tiempo, cada cosa tiene su tiempo, cada acción su lugar dentro de la eternidad. Muchos aromas se mezclan en las tres casas, la de mi abuela, la de Francis, la de Luz. En la de mi abuela, «la señora grande» como le dicen las criadas, los nardos casi le voltean a uno la cabeza con su persistencia que imagino es la misma que la de San José; en la de Luz, los crisantemos no huelen pero de pronto se asoma una gardenia en un florero pequeño; en la de Francisca, las rosas sobre todo las Balme que sólo se oyen cuando caen sus pétalos desnudos, carnuditos como los labios de la tía. Las flores se continúan en los muros; las rosas de Redouté, una rama de lila blanca y azul casi violeta de Mathilde Saye, plumbagos que flotan del jardín a la tela de Marie Laurencin, y ramos pachoncitos, achocolatados y oscuros pintados en la Colonia que fueron adquiridos por «la señora grande» en algún viaje a su anticuario de toda la vida. Miro y remiro el cuadro donde se yergue la flor de muchos pétalos, timboncita de tantas enaguas superpuestas que va encimando para formar su corola opulenta: la dalia de México. Flores, flores, flores, siempre flores que tía Francisca arregla a grandes manojos en la ceremonia matinal de las ramas resucitadas al tercer día.

Las criadas tirarán el desecho, barrerán los pétalos muertos, los tallos tronchados, la savia derramada con un ruido amplio de varitas de popote e irán llevando el aroma de los pétalos arrugados, las flores machucadas, sus corolas aplastadas por toda la casa; la esencia misma del aroma en ese bagazo embarrado en el suelo, un olor intenso, melancólico y turbador, más sugerente que el de las flores sabiamente acomodadas en los cuartos de la casa.

Estas mujeres que van relevándose en cambiar el agua de las ánforas son mis antecesoras; son los mismos floreros que van heredándose de madre a hija, el de vidrio de pepita, el que pesa tanto de cristal cortado y que a mí jamás me ha gustado, el amarillo de Carretones, el que tiene asas. Me toca la cosecha de recipientes llenos de agua para que les vaya metiendo uno a uno los tallos verdes, el agua se me escapa entre los dedos, las palabras se me licúan y allá van resbalando hasta encharcarse, estoy a punto de tirar la vasija que se resbala. Dicen que las flores chinas de papel florean en el agua.

A diferencia de las flores de mi bisabuela, de mi abuela, de mi madre, mi tía, las mías serán de papel. Pero ¿en dónde van a florear?

☎

Una llamada de Washington. Mamá no está. Sofía y yo nos

arrebatamos el teléfono. Podría ser papá. Nos exigen hablar en inglés. Bendito Windsor School. Es papá. Lloramos. Viene. Viene. Recordaba su voz más gruesa, más segura. Nos dice «*God bless you*» como la abuela Beth. Viene.

†

Hace meses, mamá nos pidió que la siguiéramos a su recámara, su cara seria. «Tengo una mala noticia que comunicarles, deben ser muy valientes»:

Con la mano nos señaló su cama y allí en el borde nos acomodamos:

—Murió su abuela Beth.

No siento absolutamente nada, hace cinco años que no la veo. Por la expresión en el rostro de mamá pienso que sí debería sentirlo. Ninguna de las dos lloramos. No es que no la quiera, es que ya pasó. A lo mejor, si hago un esfuerzo puedo llegar a expresar eso que mamá busca en nosotras. Nada. Y es que la tristeza aún no la conocemos. Cómo será. La tristeza es, se cultiva. Ahora que sé que había enflacado treinta kilos por la guerra, siento tristeza. Por ella, por la guerra, por nosotros.

Llega vestido de militar. No sé cómo se saldrá de la guerra y se entrará a una casa donde hay recámaras, sala, comedor, una escalera que sube al segundo piso. Cómo hace él para salirse del noticiero y meterse a nuestra vida, qué campo minado atraviesa, qué alambrada evita. Desayunamos con él; es esta hora en que suceden las cosas más nimias, la del pan y de la leche, la de acábense su jugo de naranja porque tiene vitamina C. Hoy que llegó de la guerra quiso desayunarse con nosotras para vernos. Le cuesta trabajo adaptarse, no entiende de qué se trata. Yo tampoco entiendo qué hace uno con este papá que quisiera besar todo el tiempo entre bocado y bocado, con este papá antes inventado y ahora de a de veras, con este papá Dios, con este papá que se ha corporizado y ha salido del blanco y negro de la pantalla. «No jales así a tu papá, no estés de encimosa». Quisiera metérmele dentro para saber de qué está hecho, cómo funciona, desarticularlo. También él está cohibido; en el fondo es un hombre tímido, inseguro, nos mira con esa sonrisa que esboza otra sonrisa más fuerte, más grande, que no llega a ser porque no se atreve. Se queda en la orilla. Así será siempre; se quedará en la orilla. Papá, quiero comérmelo a besos, papá, quiero tronarte los huesos en un abrazo fuerte, fuerte, fuerte, abrazo de oso, estrujarte, papá. En mi casa ese tipo de manifestaciones se aplacan desde la niñez, no se usan, simplemente «*children don't do that*», «*children, it isn't done*». A papá sólo puedo sentármele en las piernas, poner mi mejilla contra la suya cuando se ha tomado sus copas, pero entonces mamá nos mira con una expresión que no es la de la luz. A papá lo quiero cuando me rehúye, cuando sus ojos son ese verdor de inseguridad y de expectación que después sabré que jamás se cumple, porque mi padre no conoce el camino, no sabe por dónde entrarle a la vida.

Quizá los que han estado en la guerra, después no saben bien a bien cómo se vive, cómo se sigue viviendo.

Papá camina fuera de la película; busca sus pasos, lo miro aventurarse por la casa, sin uniforme militar, sin más protección que la de nuestra acechanza. Busca dónde asentar sus pisadas. Desde que él está mamá es distinta; cuando dice algo aguarda su aquiescencia; los ojos de azúcar quemada se han oscurecido; antes era más libre, su pelo flotaba más, su vestido, sobre todo su vestido. El uno frente al otro, inquietos, se miran, veo el borde de sus orejas, sí, tienen las orejas paradas, se acorralan, no sé si van a pelear. En la casa nos tropezamos unos con otros. Antes pasábamos como chiflonazos. Es la calidad del aire la que ha cambiado; mamá ya no lo atraviesa. Papá nos retiene a las tres. Sofía y yo aguardamos. A que él diga. A que él quiera. A que él sea. «El señor», dicen Vitito y Felisa. «Su señor», dice Magda como si estuviera en misa. «Ahora la señora ya está bajo mano de señor». También nosotras tenemos señor, el señor de la casa. Antes vivíamos a la hora del recreo, el día entero era de los encantados, siempre en los árboles, ahora hemos bajado a la banqueta y las banquetas son serias, grises y monocordes, llevan a algún lado, tienen una finalidad, no se les ocurre nada fuera del camino. A los árboles sí; tantos pensamientos los agitan, tienen tantas ideas sacudiéndoles las hojas. Papá llegó y dijo: «¿Son niñas o son changos?». Como Vitito cuando gruñe: «Están siempre en las ramas enseñando los calzones, y su mamá, como si no las viera».

❤

A Vitito le importan mucho nuestros calzones. También en el Windsor, los niños hablan de nuestros calzones. Inventan juegos para vernos los calzones. Y cuando no, Óscar Roemer, que es el más ingenioso, diseña técnicamente una ramita de árbol con un espejo en la punta, que va arando la tierra del patio del recreo, y viene a estacionarse bajo la falda azul marino y tableada de la primera incauta. Todo sea por los calzones. La canción que entonamos con más fibra es la de: «Te voy a hacer tus calzones, como los usa el ranchero, te los empiezo de lana, te los acabo de cuero». Algo tónico tienen los calzones para ser tan vivificantes.

Nos vamos a Acapulco los cuatro. Él maneja. Hace bulto en el asiento. Es el hombre de la casa. Nos mira por el retrovisor. Sofía y yo tenemos papá. No vomitamos. A lo mejor vomitábamos por falta de señor.

Veo su nuca; una vez de niña fui a Vouvray con él, viajé como ahora en el asiento de atrás por temor a los imprevistos. Sofía en cambio se fue en tren con *Mademoiselle* Durand; por vomitona.

Más que el paisaje, más que su vida, más que Francia, a papá le importa el kilometraje, hacer mil millones de kilómetros por hora de una ciudad a otra; batir su propio récord como los corredores de automóvil; en una libreta apunta hora de salida, número de kilómetros en el cuadrante, litros de gasolina, etcétera, aportaciones que discutirá a la hora del café. En el camino a Vouvray, empecé a oír un ruido en el motor, cada vez se hizo más claro, seguro dentro del motor estaba un pajarito, esperé mucho para decírselo, giraba en la hélice despedazándose las alas, chamuscándose el pecho, hasta que no aguanté y le dije:

—Papá, *il y a un 'tit oiseau dans le moteur.*

—*Quoi*?

—*Un 'tit oiseau dans le moteur.*

Algo debió ver en la expresión de mi rostro al mirar en el retrovisor porque poco a poco aminoró la velocidad hasta que hizo alto al borde de la carretera. Abrió el capote y entonces me llamó:

—Ven, mira que no hay ningún pajarito allá adentro.

Hoy rumbo a Acapulco, su nuca es la misma, no hay pájaros, sólo el sonido de los insectos, el rugido del calor.

—¡Qué bien las has educado!

Mamá sonríe.

Dice:

—Quiero ver a Sofía bailar y oír a Mariana tocar el piano.

Toco y tiemblo; toco el *Concierto 23 en La mayor* de Mozart que en la academia repaso a cuatro manos con la señorita Belem Pérez Gavilán:

—Muy bien. Y ¿qué otra cosa?

—Nada más.

—¿No tocas Debussy, Ravel, Bach?

—De Bach, sí, un preludio.

—¿Y qué más?

—El Hannon, el Czerny.

—¿Del Czerny saltaste a Mozart?

—Bueno, antes la *Para Elisa*, y luego Mozart.

Al día siguiente mamá me dice que Sofía y yo ya no iremos a la Academia de Belem Pérez Gavilán, en la esquina de Liverpool y Dinamarca. Con mucha ilusión espero los lunes, miércoles y viernes; a Magda también le gusta sentarse a oír todos los pianos tocar al mismo tiempo: Raulito, en su piano de cola, el *Emperador* de Beethoven, Ana María Flores, Grieg, Bertita, Rachmaninoff. Sofía también va y toca tonadas de su invención; no le gusta leer música y compone lo suyo, tata chus, tata chus como papá o saca las canciones de moda: las de Cole Porter, Tommy Dorsey o Irving Berlin. En su piano de media cola la emprende con *I'm dreaming of a white Christmas* y *Chiquita Banana*; Glenn Miller, Xavier Cugat, Carmen Cavallaro, todo lo que se le antoja. Jamás la han destinado a un piano mudo o pianito de pared. Mientras leo atortugada las notas, Sofía inventa. No sé cómo le hace que a todos se impone. A veces la señorita Belem me pide que le repase la lección a un niño que pone sus zapatos sobre el teclado, Manuel Fuentes. Viene obligado por su mamá y toca puras notas falsas y cuando le hago que repita advierte: «Al fin que ni me voy a dedicar a eso».

♠

Sofía sí va a dedicarse al baile profesionalmente y yo seguiré tomando las clases porque hay que saber de todo y me servirá más tarde cuando me saquen a bailar en París.

✪

En su parte de guerra dicen que papá hizo dieciocho incursiones en territorio enemigo. Lo echaban en paracaídas. Cada vez que veía la lluvia de globitos abrirse en la pantalla en el cielo de los aliados decía: «Ahora sí ése es, acabo de verlo, son sus piernas, ahora sí estoy segura». Lo reportaron desaparecido un mes. Fue cuando no respondió a nuestro *V-Mail.*

✪

Con nosotras no habla de la guerra y nunca nos atrevemos a preguntarle nada. Sólo una noche después de la cena, dijo con la misma reserva de todos sus actos:

—Lo que sí puedo asegurarles es que nunca maté a nadie.

✪

Papá sólo sabe hablar con sus ojos, sólo sus ojos albergan una esperanza, pero un instante después, en un parpadeo, sus ojos parecen decir: de qué sirve albergar esperanzas. Papá no llega al final, no toca una sola pieza completa. Papá, a medio camino deja de creer. Su entusiasmo jamás crece; no lo va fomentando a medida que avanza, nadie le ha dado cuerda, siempre desmaya. Entonces ataca otra pieza, pensando que tendrá más suerte. Después de unos acordes, mamá le dice: «Ahora toca la pavana, o la *tarantella*, o el rondó o el pequeño vals». Le hace el juego. Papá levanta las manos, las deja descansar sobre sus piernas, luego las cambia de posición sobre el teclado, y las sume delicadamente, delicadas sus suaves, sus buenas manos sensibles, pero no se lanza a la nueva batalla blanca y negra, negra y blanca. Tiene buen oído; de pronto se detiene como los perros, no quiere ir más lejos, la angustia lo acogota, hace cara de perro, levanta la cabeza en espera de la señal. Entonces me atrevo a intervenir:

—Si no vas ni a la mitad, papi, ¿por qué te interrumpes?

El momento en que pone sus dedos sobre el teclado, la suavidad con que hunde las teclas, mamá la llama «*le toucher*», «*Il a un toucher extraordinaire*». Yo percibo otra cosa, siento que él sabe desde el primer momento que no va a poder. Porque mi padre es un hombre que tiembla; desde que se levanta a la vida, siempre algo lo desasosiega por dentro y no le permite estar; jamás podrá afianzarse. Se esconde de sí mismo, se esconde de sus propósitos y cuando llegan, él ya no está, no hay nadie para tomarlos y levantarse con ellos en brazos.

Cuando está con copas, mamá se encierra en su cuarto. Papá también, pero una tarde fue a abrir la tapa del piano, no sólo la del teclado, sino el ala grande y negra de madera que libera el sonido. Se sentó, los dedos de algodón, fofos, sin nitidez. Tocaba algo como una sopa de sentimiento enmarañada de sonidos apelmazados hechos engrudo, y de pronto, allí en medio, una nota de cristal, como la del pájaro rojo que se detiene en el ciruelo del jardín, una sola nota aislada en medio de las otras que le hacían coro, una nota que me cortó por dentro y me hizo pensar rápido: «éste es mi padre» y la melodía a partir de esa única nota empezó a apretarse nítida, rápida, espléndida, plantada de cara a la vida, y otra cabalgata de notas se puso a rugir bajo ese primer sonido, como si luchara por abrirse paso todo un acompañamiento singularmente decidido y exacto que iba camino a la ventana hacia el atardecer, hacia el aire en torno al sabino, el aire aún más allá, el que atraviesan los aviones alto en el cielo, en su camino a Francia. Algo seguía allá en el cielo; papá ya no estaba lloriqueando, al contrario, su música le había secado toda la borrachera, era coraje el que yo percibía en el acompañamiento; ahora sí se negaba a sentir vergüenza de sí mismo, el aire desde el piano transportaba los sonidos y los llevaba por la ventana, y se estancaban en la luz del atardecer, todavía cálida, todavía acogedora.

¿En qué va a trabajar, papá? ¿En qué trabaja un hombre que viene de la guerra y como Mambrú nunca se supo si regresaría? Desde luego no se dedicará al arte de la laudería que sería el suyo (porque en verdad, mi padre es un artesano), o a diseñar y construir automóviles, tendrá que hacer dinero, sentarse frente a un gran escritorio encerado como un espejo en el cual se reflejen su alma y sobre todo sus temores internos, una secretaria, buenos días, señorita, salir de la casa con un portafolio, asistir a juntas, buenas tardes, señores, darle cuerda a muchos relojes, sí, señor director, acuso recibo de su cheque número 1794 por… Mi padre se exige mucho. Mi padre se desespera mucho. Mi padre hace cuentas hasta muy noche, inclinado sobre hojas de papel rayado con un lápiz puntiagudo suma y resta, archiva recibos y notas de remisión, todo lo guarda en columnas de haber y debe con un cuidado extremo. Tensa su voluntad, la estira hasta adelgazar el hilo, busca obstinadamente, la noche es un abismo amplio en el que se avienta solo, controla, rectifica los errores, si él permanece allí, alerta toda la noche, en el mundo se cometerán menos errores, sus ojos que se van enrojeciendo por el desgaste, el humo del cigarro. Hace un esfuerzo desmedido. Impaciente consigo mismo, papá se maltrata; se tachonea, se recupera, y de pronto, entre tantos números recuerda al primer perro que amó de niño; a las tres de la mañana, alguien grita dentro de él, y, gravemente herido, desperdiciado, preso en la vida va a tirarse sobre su cama; siempre su cama parecerá un camastro, todos tenemos camas normales, hasta agringadas, con sábanas de florecitas; quién sabe por qué, la cama de él resulta carcelaria, a ras del suelo; hace pensar en una litera de calabozo, en la piedra que suda agua, en el último trago solitario.

Nace nuestro hermanito Fabián. Explico muy docta en la misa de los *scouts*, que a mamá se le abrió el ombligo y por allí salió de cabeza; para eso es el ombligo, para que nazcan los niños. De mamá embarazada no tengo un solo recuerdo, quizá porque no quiero tenerlos… Le pregunto cómo fue mi nacimiento; dice que no sabe porque en esos días no estaba; acompañó a papá de cacería al Mont Banni.

Somos las mamás chiquitas de Fabián: Sofía le lleva trece años y yo catorce.

Nos mandan a estudiar a Estados Unidos. Son dos las razones: una porque ya nació nuestro ansiado hermanito, y la casa se ha achicado. Y la otra es porque una vecina vino a avisarle a mamá ocupada en darle el pecho al recién nacido, que sus dos hijas estaban peleándose en la calle y «jalándose las chichis». Fueron sus palabras exactas. Muy duquesas, muy duquesas pero bien jaladoras de chichis. Entonces, tomó la decisión irrefutable. Al convento, cuales Ofelias. Magda y Vitito lloran a moco tendido, lo cual saca a mamá de quicio. A mamá le chocan las lágrimas. Es casi imposible que llore. Por eso le irritan sobremanera los que pierden el dominio de sí mismos. Creo que siente ganas de masticarlos crudos. Nosotras estamos contentas: ¿Ya viste? La lista que han enviado del internado es la del *trousseau* de la mujer del Sha de Irán. ¿Ya te fijaste? Nos damos de codazos, *6 pairs bras, 12 pairs silk stockings, 2 pairs shorts, 2 jumpers, 1 gym suit, 1 pair slippers*, todo por pares o casi y todo comprado en Lord and Taylor's, hasta un estuche para las uñas. *Manicure*. Y ahora, ¿qué haremos con nuestros dientes? Conoceremos Philadelphia y el sombrero de cinturón de hebilla trabada de William Penn.

No es que la extrañe, es que la traigo adentro. Hablo con ella todo el tiempo, hablo con ella en la lengua del sueño, me acompaña su pelo flotante, la expresión triste de sus ojos de agua profunda. Espero sus respuestas dentro de mí y sigo contándole todo hasta el momento de poner la cabeza sobre la almohada. Y todavía después sigo hablando con ella; espero a que me responda en el lenguaje del sueño. Más tarde en la vida una psicoanalista argentina me dirá: «Ya deje en paz a su madre, que ni la quiere como usted la quiere, olvide esa obsesión, no le conviene». No, doctora, soy yo la que no me convengo, aunque antes de niña, sí, solía reír mucho, y cuando reía, entonces sí, me tenía a mí misma, sí, como un pequeño sol de premio entre las manos.

No es que la extrañe, es más que eso. Corro tras de ella, de su día en México, de las horas de su día todo mi día de convento en Philadelphia. «Ahora desayuna, ahora le ordena la comida a Felisa, ahora le dice a Vitito que desmanche su falda, ahora besa a Fabián, ahora olvida las llaves de su coche que siempre olvida, ahora se detiene a medio cuarto a pensar en qué es lo que tiene que hacer, ahora pide ternura aunque no la pida». La sigo obsesivamente y eso que tengo bien establecida mi orden del día, las monjas nos mantienen ocupadas, no hay tiempo para divagaciones o el horror de los bostezos.

No es que la extrañe es que la vivo, aquí entre las paredes negras aunadas por las viejas puertas, las estrechas puntiagudas ventanas dizque góticas que dan a los árboles oscuros; cuando salimos a caminar la miro avenadada entre los troncos, estoy segura de que nos sigue, vestida de luz y sombra, se aparece en los claros y se detiene erguida la cabeza, me mira, la veo mirarme con esos ojos que ninguno de los tres hemos sacado, luego escapa, sedosa, y no puedo sorprenderla ya en ningún recoveco de la lluvia.

Mamá es la gran culpable de mi esperanza.

†

Nuestro convento se levanta en medio de otras dos construcciones: la cárcel y el asilo para locos. Fuera de eso no hay nada. Por eso cuando memorizo a Shakespeare, «*Life is a tale told by a fool signifying nothing*», la asocio a este escenario. Tres edificios son el telón de fondo: la cárcel, el convento, el asilo para locos. Sólo la pequeña estación y una *drugstore* que exhibe sobre el mostrador Crunch-Crunch y Milky Way, en sus envolturas de celofán. También venden *banana-splits* y *hot fudge sundaes* que uno puede tomar encaramado en la barra. Vamos allí una vez al año, en un último acto de libertad antes del encierro. O al irnos en el tren cuando pedimos en la caja: «*One almond Hershey bar, please*», para ir comiendo la tableta de chocolate mientras vemos por la ventanilla.

✣

Lo primero son las novatadas, para ver si somos «*good sports*». Además de los ojos vendados, del jabón en el pasillo para los azotones, del trapo viscoso y húmedo que nos da la mano, de la sábana que súbitamente cae de lo alto y nos cubre, del cubetazo de agua fría en la cabeza, a las nuevas nos avientan desde la azotea por el tubo de la ropa sucia de la lavandería; es ésta la prueba más dura, la del *laundry chute* porque el edificio tiene tres pisos y la caída a oscuras ha causado más de una crisis nerviosa. Sofía y yo salimos airosas sobre todo a la hora de la *performance* en que Sofía se echa un *French Cancan* de todos los diablos y deja encantadas a las gringas. El último acto de la novatada termina en el escenario frente al alumnado y cada quien debe hacer lo que puede: recitar, cantar, bailar, tocar en el piano de cola.

Seguramente por leer tantas novelas de misterio de Carolyn Keene, se me ocurre a la hora del recreo inspeccionar la vieja *laundry house* abandonada a un lado del convento. Antes me metí a la sacristía, vi una cómoda tallada, tres o cuatro sillas, la estola, la dalmática, siete atriles, un banquito cubierto de tela de damasco, los candelabros bien alineados, la deslumbrante blancura almidonada de la casulla de misa y sobre todo las capas pluviales que me gustan por su nombre. Hoy me abro camino entre las telarañas sobre el tablado de madera y de repente caigo y caen conmigo los palos del piso, caigo, caigo, caigo no sé cuántos metros porque cuando recobro el conocimiento todo está oscuro, un polvo irrespirable raspa la garganta y lloran en mi cara entierrada los ojos que apenas puedo abrir. Me duele el aire. Atontada, la nuca me pesa como piedra en el pozo, el piso es de tierra, busco una salida, por fin allá en el fondo, una pequeña escalera de fierro recargada contra el muro ofrece una esperanza. Por ella salgo a la superficie de madera, y repegada a la pared doy toda la vuelta a la pieza de puntitas hasta llegar a la puerta. Debí caer al sótano, al que fuera el cuarto de máquinas. Afuera miro el cielo oscuro; sólo la capilla iluminada trae las voces de la oración nocturna. He desaparecido desde las diez de la mañana.

Kyrie, eleison
Christe, eleison

Kyrie, eleison
Christe, eleison

En el comedor, Sofía me pregunta: «Oye tú, ¿dónde estuviste?». Mi hermana es la única. Nadie notó mi ausencia; a ninguna de estas gringas le hago falta; se completan solas. Las monjas tampoco. Las hermanas menos, afanadas siempre en las labores domésticas. Por soberbia, no diré nada, ni en confesión. Nadie sabrá que estuve sepultada un día y resucité como Lázaro. Siento gran compasión por mi piel asfixiada, mis poritos tapados, esas piernas torvas que me traicionaron. En la noche se lo contaré a ella.

Todo el tiempo pienso en ella; la veo mientras me baño, se atraviesa frente a mí, me raya el paisaje como la lluvia, se para frente al árbol negro que miro por la ventana. De pronto, presiento que camina tras de mí; vuelvo la cabeza y se levanta la construcción opresiva del convento, sus muros enmohecidos, el musgo casi negro que los calza, qué húmedo país, Dios mío, qué húmedo.

El tema del gran *Essay Contest* para todo el *high school* es Las Cruzadas. Escribo que los cruzados estaban cansados, tenían piojos, un sayal agujereado; hago el inventario de sus deficiencias, una escudilla, un costal, posiblemente un cuchillo, los pinto barbudos y desmañanados; bebían y se peleaban entre sí como cualquier soldado, escribo sin interrupción; leí en la biblioteca algo de Leconte de Lisle (creo) y sigo con mi panorama de impotencia. Mis cruzadas son sólo una manifestación del dolor del hombre, Cristo y su reconquista no aparecen por ninguna parte.

Mother Heuisler me manda llamar. Dice que por qué esta visión tan pesimista. No tengo la menor idea; pero como veo la curiosidad en sus ojos me hago la interesante e invento lo que nunca pensé. A mí ni me importan las cruzadas, sucedieron hace tanto tiempo, tanto que ni me acuerdo. Lo honesto sería decirle: «Reverenda Madre, a mí las cruzadas ni me van ni me vienen, simplemente me fusilé a un autor que encontré arriba en la biblioteca y leí por el solo hecho de ser francés; apliqué sus pensamientos a mi ensayo». Pero como quiero que siga mirándome con el interés con que lo hace, le digo que seguramente fueron más dichosos los que nunca se enrolaron en las cruzadas, le digo que a lo mejor lo único que importa es tener un lugar en el mundo, un lugarcito, le digo que para qué alinear a los hombres haciéndolos guerreros. A los hombres les gustan las causas, cualquier causa, denles una causa por la cual morir y eso le dará sentido a su vida; la causa más nimia, la más absurda; allá van todos corriendo contentisisísimos. Nada de lo que le digo es realmente mío, nunca he reflexionado en ello, a mí me gusta pensar en Cary Grant y punto, pero su mirada me espolea; quiero seguir haciéndome la interesante y le pregunto a mi vez que qué verdades merecen ser defendidas apasionadamente, a ver, cuáles, a ver, a ver, ahora sí me pasé de lista porque vuelve su cabeza enojada hacia mí y espeta, bajo su velo negro, dentro de su cofia blanca:

—Mariana, hágame favor de memorizar los diez mandamientos y venir a decírmelos dentro de quince días. Ésas y no otras son las verdades apasionadamente defendibles.

⚜

En el convento nadie habla de la pobreza, América Latina es un *banana garden*. Las latinas somos sobrinas del presidente de Nicaragua, del de Cuba, la hija del magnate de Vidriera de Monterrey. S. A., la dueña de plantíos de algodón en El Salvador, la del ingenio de caña en San Juan Puerto

Rico, la del rey del estaño en Bolivia, el café en Colombia. El club de Yates, Varadero, la finca en el campo con canchas de tenis, alberca cubierta y sauna son nuestros escenarios naturales. Para no ser menos Sofía inventa que somos nietas de Agustín de Iturbide, el de la capa de armiño y ninguno se preocupa por comprobarlo. Las otras se llaman de Bayle, Somoza, Barroso, Patiño, de Santodomingo, Ferré, Vicioso, Menocal, Mendoza, las otras sí son de a de veras, pero el dinamismo, la arrogancia de Sofía las supera en todo. Más democracia que la de Estados Unidos no hay; aquí es muy alto el nivel de excelencia y se estimula la libre empresa. Por eso venimos las niñas bien, las elegidas, las que siempre estaremos arriba, a recibir la última capa de esmalte, el barniz protector contra las fisuras y los cambios del clima. Es justo que sólo los mejores subsistan y nosotras estamos aquí porque somos *the top of the top*, la *crème de la crème*, la cereza en la punta, las dueñas del emporio. Y todavía jugamos a la sirvienta del señor como yo que lavo los 78 965 439 284 trastes del convento para obtener mi banda azul mientras Mirta Yáñez hace futurismo y me cuenta que cuando tenga un hijo lo enviará a West Point y a su hija Mirtita la mandará a recordar aquí mismo los buenos tiempos que vivimos. ¿Verdad que también vendrá mi hija Marianita para que sean amigas?, y después nuestras hijas, ambas a la par unidas, harán su *college* en Manhattanville como tú, como yo, como ella, como nosotras, y regresarán muy bien preparadas a casarse con Tachito.

Nuestro mundo es el de los champús y el del Ivory Soap, los *corn flakes* y las secadoras para el pelo. Somos las diosecitas. En la noche, bailamos nuestro paisaje, nuestras palmeras reales, nuestras hojas de banano, las lianas que unen nuestras selvas unas con otras, la ceiba que rasga el cielo y en el salón de juegos donde las gringas se sacan a bailar un *two step* sin salirse del cuadrito, nosotras tumbamos caña para acá y para allá con el movimiento de nuestras caderas, ¡no hagan olas!, nuestro talle acintura al trópico, el ritmo del tambor, el de las maracas hace que se cimbren los adustos corredores del convento copia de algún castillito medieval. Bailamos en rueda, arroyos de sudor escurren por nuestro cuello, nuestra grupa, *this is fantastic*, danzamos en nombre del Padre, del Hijo y del Espíritu Santo, del Dios poderoso de todas las armadas de mar y tierra. El convento huele a algo nuevo.

De regreso en el autobús que nos llevó al torneo de Jockey con Kenwood cantamos las canciones de Judy Garland en *El mago de Oz*. Dejamos para el final una tonada que nos mata: «*They say that falling in love is wonderful, wonderful so they say*». Todo eso que vemos allá afuera, el campo, sus íntimos musguitos que asoman por las rendijas, sus hojas, camas crujientes y movedizas, todo eso, el muchacho en el coche que nos mira desde abajo, todo eso es el amor que nos espera. «*Somewhere over the rainbow, way up high*». No tenemos dentro del cuerpo sino canciones, nos pican la lengua «*There's no business like show business, there's no people like show people*». La dulce tía Diana nos llevó a Radio City a ver a las *rockettes* tijeretear nubes, zas, zas, zas, zas, sus largas piernas levantadas al unísono. «*That's stamina for you*», murmura un espectador solitario. Las *rockettes* tienen muchos glóbulos rojos, explica la dulce tía Diana, toman espinacas como Popeye, zas, la derecha, zas, la izquierda, Sofía urge a la tía Diana, vamos a preguntar qué se necesita, tía Diana, no, Sofía, no, esto no es para ti, sí, tía Diana, tengo ganas, tengo tal energía, no puedes imaginar cómo me hormiguea la energía en los poros de la piel, tía, puedo bailar encima de todos los *skyscrapers* de Nueva York, en la punta del Empire State Building. Central Park lo cruzo con un solo *grand jeté*, el mundo es mío. Las comedias musicales se nos han subido a la cabeza, no hemos venido a Estados Unidos sino a zapatear sobre un piso de madera. El *highlight* de nuestra vida neoyorquina es la invitación de Irving Berlin a cenar. «No pueden ir, no tienen vestidos para salir de noche», la dulce tía Diana nos echa una cubetada de agua fría peor que la de las novatadas. «No importa, yo quiero ir», se impone Sofía. «No pueden ir, nadie va al Stork Club de falda escocesa y mocasines». Antes del gran día, Ellen Berlin, *Call me Madam*, nos invita a comer a su casa. La puerta es verde como nuestra esperanza y la manija brilla porque *diamond's are a girl's best friend*. Su hija Linda que es quien se lleva el *prosciutto* con melón a la boca levantando mucho el codo. Los mastica con parsimonia. Ellen, su mamá, nos avisa que el viernes enviará al chofer por nosotras a las siete. Cuando gritamos que tía Diana no nos deja, dice: «*Nonsense*» y cuando le explicamos por qué, dice: «*No problem, we'll get them at Lord and Taylor's*». Están de moda las *petticoats* a cuadritos, las *ballerina skirts*, los *pumps* rojos. Brincoteamos fuera de la tienda con nuestros chispeantes zapatos cabeza de cerillo. Al salir miro el cielo de Nueva York entre los rascacielos; todo el cielo de Nueva York es a tiritas; el chofer quiere desembarazarnos de nuestras cajas amarradas con una cinta que repite Lord and Taylor's. No me dejo. Sofía sí le cede la suya y se sienta atrás, principescamente.

Apenas entramos al Stork Club la orquesta se interrumpe y ataca: «*I'm dreaming of a white Christmas*». Irving Berlin sonríe, da las gracias, se inclina, vienen de otras mesas a saludarlo, es chaparrito y su pelo negro pegado al cráneo lo empequeñece. Ordenamos *turkey* aunque no sea Navidad, chomp, chomp, *vichyssoise*, un *chateau talbot*, estas niñas saben beber vino, Ellen, no como Linda que sorbe Coca-Cola a todas horas. Estoy a punto de pedir *banana split* mi favorito y desprestigiar la fineza de nuestro paladar cuando Sofía se adelanta, tonta, si no estás en el *drugstore* y deja caer su larga mirada de conocedora por el menú-cigüeña mientras pronuncia *profiteroles au chocolat*, estas niñas hablan un excelente francés, Linda, ves, es muy importante conocer idiomas, ves, Linda está a punto de comernos crudas *steak*-tártaro-de-pinches-francesas, cuando me distraigo y Sofía sale a la pista del brazo de Fred Astaire. Es más ágil, sonríe mejor que Ginger Rogers, los músicos de la orquesta no le quitan los ojos de encima, tap, tap, tap, va a tap-dancinguear hasta el fin del mundo, Irving Berlin seguro la escoge para su próxima comedia musical. Embelesada, no puedo oír lo que platican en la mesa, la pista es el único imán, el arco sobre los violines, los brazos de *smoking* blanco que los empuñan, las parejas giran flores boca arriba, somos fosforescentes, pescados rojos que nadan en *champagne*. «*Heaven, I'm in heaven*», somos el centro del mundo, una luz brutalmente blanca aísla a Irving Berlin bajo un *spotlight*, los gringos de cara redonda y rojiza quieren estrechar su mano, denos muchos días de éstos, *this is heaven*, lo aman *cheek to cheek*, Sofía ha perdido la idea de las proporciones, saluda a su público, su *petticoat* a cuadritos, desbocada, se amplifica y cuadricula las paredes del salón de baile, Ethel Merman la toma del brazo: «*Anything you can do, I can do better, I can do anything better than you*», ladea su sombrero vaquero, pistola en mano, *Annie get your gun*, la cortina está a punto de levantarse, Sofía y yo tras de ella saldremos tap, tap, tap, tap, nunca hemos sido tan felices, *whoopee*, éste es nuestro mundo, regresando al convento se lo decimos a la Reverenda Madre, *whoopee*, que dicha embriagadora; hoy en la noche, dormimos en brazos de Fred Astaire, bajamos nubes escalonadas que vienen del cielo, Esther Williams con su traje de baño de faja nada al interior del piano de cola de José Iturbi, el Pato Donald y el Ratón Miguelito nos dan de besos, nunca en el mundo ha habido muchachas tan atractivas como nosotras, nunca nadie que cante bajo la lluvia, nunca unos paraguas han girado con tanta sabiduría, le hemos ahorrado a Pigmalión mucho trabajo, los *top hats* nos saludan, brillan negros, obsidiana derretida aguas abajo, viviremos días de fiesta siempre, matarilirilirón este oficio sí nos gusta, matarilirilirón, ay, ay, ay, ay, mi querido capitán, la bailarina se subió al barco de papel con el soldado de plomo al que le faltaba una pierna y bogaron, bogaron mirándose fijamente el uno al otro, hasta que la fuerza del agua los empujó a la alcantarilla.

†

—No, no vinieron aquí a ser *rockettes*.

—Pero Reverenda Madre.

—No, no van a tomar clases de *tap*.

—Pero Reverenda Madre.

—Tienen que moderar aquí sus afanes exhibicionistas.

—Pero Reverenda Madre.

—El convento no es un *show*, sépanlo de una vez.

—Pero Reverenda Madre.

—Si tienen tanta energía, voy a aumentarles las horas de deporte. Sobre todo a ti, Sofía…

—Pero Reverenda Madre.

—Y tú, Mariana, regresa a la realidad.

—Pero Reverenda Madre.

En la capilla, ofrezco todas las misas del año por terminar, 30 *spiritual bouquets*, 77 rosarios y 977 jaculatorias porque ésas son muy rápidas, nada más se dice: Sagrado Corazón de Jesús, protégeme, Virgen María, condúceme, así facilitas, sólo se interpela a la corte celestial. Ofrezco también seguir lavando todos los trastes del convento en la máquina de vapor en la que termino ensopada, el pelo escurriendo, el uniforme chorreando agua, los brazos como dos trapos lacios, la cintura toda clavada de estiletes de tantas horas de pie sobre el banquito porque no alcanzo y tengo que inclinarme para llegar a la loza que enjuago antes de meter a la máquina. Todo, todo lo ofrezco; le tiendo su cama a Sofía, todo con tal de que me haga caso.

Estoy enamorada de Cary Grant. Sofía, ella, se ha enamorado de Gregory Peck, pero no hace méritos. Dice que qué más mérito que ella misma.

❤

Cada vez que la Reverenda Madre me manda llamar doy pasos en falso. No entiendo por qué me interroga. Me despide siempre con cara de que: «¿Qué se ha creído esta idiota?». Pero a los quince días encuentro en mi pupitre un citatorio: «*Private visit with Mother Heuisler: 5 p.m.*». Cuando le digo que odio a los que se quejan —tampoco es idea mía, es de Luz a quien procuro imitar en todo—, me pregunta por qué, le digo que en la iglesia lloran mucho. Jobs, Jobs y Jobs en todas las bancas de la nave, pura gente hincada, el rostro entre sus manos, los hombros sacudidos por los sollozos de su inmensa compasión por sí mismos; sonríe y me pregunta cuál es la solución y le digo que una bomba que los haga volar por los aires: puros pedacitos de *self-pity* desperdigados en el cielo, grotescas partículas envueltas en lágrimas, viscosos miligramos de mucosidades, y pañuelos ensopados, entonces se pone seria y me ordena que al terminar la visita, me ejercite en la caridad cristiana.

—¿Acaso sería usted una irresponsable?

La última visita concluyó también con una pregunta:

—¿Acaso sería usted tonta?

El convento es un gran generador de alegría, *gaudeamus omnes in Domino. Exsultate, exsultate.* Pero no es en el Señor en el que nos regocijamos sino en nosotras mismas, en las monjas de quienes nos enamoramos, en la gran bienaventuranza de no tener mayor obligación que repetir *Mater admirabilis, aleluya, inundantem gloria tuam* y las celestiales virtudes de los beatos Bartolomé Laurel y Avelino, de San Apolinar, Crisanto y Daría, San Proto y Jacinto, Sixto, Felicísimo y Acapito, de María Refugio de Pecadores y de otros santitos que traemos de la América Latina y añadimos al largo santuario como Fray Escoba, San Martín de Porres. Las monjas *vocem angelorum* ríen mientras corren con su providencia inefable, *Mother* Heuisler, la superiora derrama su sabiduría sobre las iniciadas. *Benedicite Dominum, omnes Angeli ejus,* corren al vuelo de sus enaguas negras. Me he hecho de amigas; Bárbara Sanders, Peggy, Liana, Rosemary, Flo, Sarah, Camilla, Eleanor, Kathleen, Ande, Ann De La Chapelle, Carol Kuser, Maribel, Teresita, Ann Mc Cormick, Lourdes, admiro a las que ya se van; las grandes, Charlton Merrick que es tan bella, pero a ninguna, a nadie como a Jane Murphy; toca el piano como papá y escribe novelas en un cuaderno rayado tirada en su cama mientras le rasco la espalda con una larga manita de chango.

—*Is Santayana a spanish name? Then I'm going to call him Santayana. Right now, they're eloping.*

Juntas nos ponemos *rimmel* por primera vez. Exclama al ver mi resultado:

—*Well, they're long but they're few.*

Pocas pestañas, como las de la ratoncita Minnie, la esposa de Miguelito, que tiene tres.

†

No nos planteamos problema alguno. Nunca hablamos de la injusticia, jamás de diferencia de clases. Hay unos que nacieron para servir a otros y sansiacabó. Si las hermanas se ocupan de la lavandería y el aseo del convento es porque no son capaces de enseñar como las madres. Frente a Dios, son las mejores puesto que ejercen los oficios más humildes. Como Marta y María, igualito. Todo se lo ofrecen a Cristo y a la madre Madeleine Sophie Barat, fundadora del Convento. Entre mayor el sacrificio, más grande el amor del Señor para ésta su criaturita modesta agachada sobre la jerga. No se consideran instrumentos de la Reverenda Madre o de las madres que tienen un rango más elevado. Cada hombre llega hasta donde puede. Las que limpian los excusados y las estufas cochambrosas irán al cielo más pronto. Por eso y para que Cary Grant me ame en un futuro no muy lejano y ponga en mí sus ojos de celuloide, aquí, sobre la tierra de Philadelphia ayudo a las hermanitas cuyo velo y cuya cofia son menos imponentes que los de las madres.

†

Santa Águeda, Virgen y Mártir, fue martirizada en Catania de Sicilia. Después de haber sido abofeteada y descoyuntada en el potro, cortáronle los pechos y la revolcaron sobre pedazos de vidrio y ascuas. Finalmente, por defender su fe y su castidad, murió en la cárcel, haciendo oración al Señor, el año 251.

Que el Señor me ame como a Santa Águeda y me haga sufrir como a ella.

⚜

Viene la emperatriz Zita de Habsburgo a dar una conferencia en el Concert Hall y las monjas nos escogen a Sofía y a mí para que le hagamos la reverencia y le entreguemos un ramo de flores de parte de la escuela. En su honor cantamos el *Tantum ergo sacramentum* en la capilla. Es una señora flaca, triste, vestida de negro con un sombrero atravesado por un alfiler largo como el de Mary Poppins. No recuerdo nada de lo que dice pero sí que huele a triste.

†

Cuando leo el Gradual: «Toda hermosa y suave eres, oh, hija de Sión: hermosa como la luna, escogida como el sol, terrible como un ejército en orden de batalla», pienso en Sofía.

♠

Sofía se afirma cada día más. Le encargan decir en público aquello de que César fue un hombre honorable pero Sofía está más versada en Agatha Christie que en Shakespeare:

—¿Cómo le vas a hacer, a poco ya te lo memorizaste?

—Tú no te preocupes —responde como papá, que dice siempre que no hay que hacerse mala sangre.

Una tarde en el Study Hall, regreso de la clase de piano y veo que todas me sonríen, incluso la *mère surveillante* como la llaman en francés para honrar a Madeleine Sophie Barat. «¿Por qué me estarán queriendo tanto?». Y es que Sofía subió al foro y sin más se echó una rumba-piña-madura-tico-tico-sí-Carmen-Miranda, y la comunidad quedó muy satisfecha con esta danza borradora de rutinas: esta brisa tropical a las cuatro de la tarde. Mañana es el día de Shakespeare.

Llegado el momento, mi hermana se levanta con un aplomo que me deja bizca y empieza, como senador romano, su mano deteniendo su invisible toga, mientras rezo enajenada del terror:

Friends, romans, countrymen, lend me your ears;
I come to bury Caesar, not to praise him.
The evil that men do lives after them,
The good is oft interred with their bones;
So let it be with Caesar. The noble Brutus
Hath told you Caesar was ambitious…

Y se sigue de largo, su inglés me parece algo extraño pero sus gestos son tan elocuentes que nadie, ni la Reverenda Madre ni el Capellán, ni toda la comunidad de religiosas (madres y hermanas) le quita los ojos de encima. Recitadas las primeras líneas, ya no tenemos la menor idea de lo que está diciendo ni ella tampoco, pero sigue en su inglés en el que a veces recojo las palabras *ice cream* y *hot fudge sundae*, Gregory Peck y Kotex *because, hamburger heaven* y *chop sticks* que no recuerdo consignadas por Shakespeare, pero que mi hermana lanza al aire con una vehemencia que nos apabulla a todos. Al final el aplauso de las alumnas es atronador y a la congregación perpleja no le toca más que reforzarlo.

☘

Al año siguiente, mi hermana convence a mamá y a papá de que no tiene por qué regresar y le dan toda la razón.

Se dedicará al baile.

S

Sofía ya sabe qué va hacer, con quién se va a casar, cuántos hijos tendrá, cómo y de qué modo vivirá. Yo no sé nada. Sofía se quiere como ella es, yo nunca me quiero sino como voy a ser pero ¿qué es lo que voy a ser? Me la vivo atarantada y más cuando regreso a México después de dos años y medio y ya no tengo el horario del convento para dividirme el día en actividades que den fe de la grandeza de Dios. Dentro de mí hay una inmensa confusión y para escapar de ella, me la paso inventándome historias: soy la heroína de la película. Amanezco un día Ingrid Bergman en *Saratoga Trunk* y al otro Joan Fontaine en *Rebecca*. O desayuno, Audrey Hepburn, en Tiffany's. ¡Qué añoranza por tocar el piano como Ingrid Bergman en *Intermezzo* y que Leslie Howard de perfil me bese a medio concierto, su violín bajo el brazo! Si canto como *Gilda* alias Rita Hayworth de mesa en mesa arrastrando sinuosamente la víbora negra y ahulada del alambre del micrófono, seré feliz.

Mamá ha cambiado; corre de Fabián a papá, de papá a Fabián, y nunca sabe bajo qué mano queda, como esos juegos en que un anillo va pasando de mano en mano por un mecate mientras todos cantan: «*Il court, il court, le furet, le furet du bois joli*». Durante estos años de ausencia, quién sabe cuántas prendas habrá pagado. Sofía la trae cortita; siempre le está reclamando algo. Papá y ella dan muchas cenas, «*diners d'affaires*» para papá y a ella la veo presa tras los vasos, perdida entre los platos que deben llegar calientes a la mesa. El metro, el desarrollo de Acapulco, la industrialización del paraíso, México es un inmenso jardín por cultivar. Lo único malo es la raza. Desdobla su servilleta como si desdoblara pliegue a pliegue su vida futura. Mamá, quisiera decirle, mamá, yo tengo los movimientos secretos que te faltan, mamá, no desdobles nada, no oigas al banquero, nadie te obliga a ver la fea corbata del burócrata, nadie, óyeme, mamá, nadie, a contestar a la voz chillona de su mujer que dice que le da asco la papaya. A la cabecera de la mesa, miro sus ojos de poza profunda y sé que para ella, la carne es de piedra. Es dura consigo misma mi mamá, muy dura, si yo me acercara, si a media cena me levantara de la silla a abrazarla, protestaría, lo sé: «Oh, no me toques ahora».

A lo largo de la semana capto el diálogo Luz-Casimiro:

—¿Cuándo me lo dijiste?

—Te lo dije anoche.

—Anoche, te encerraste a las nueve.

—Te lo dije antenoche, entonces.

—Antenoche, ni nos vimos.

—Bueno, no importa, Luz, estoy seguro de que te lo dije.

—Pues no te oí.

—Si no me oíste es cosa tuya, yo te lo dije.

—Pero ¿cuándo, cuándo? Por más que trato de recordarlo, no puedo.

—Pues yo te lo avisé. Si se te olvidó es porque siempre estás en las nubes.

Tía Francis fascina. Sus menús también. Al pan capeado en huevo que sirve con miel de maple le pone:

Poor knights of Windsor.

Al espinazo con verdolagas que a Inocencia le sale del cielo: *Cassoulet de L'Empereur Moctezuma.*

En el libro de recetas que Inocencia guarda en un cajón (lo más precioso: su letra) leo: «Dulce de Almendras», y a renglón seguido: «Se pelan las jícamas…».

También mi abuela se ha entristecido. Pasa de un jardín al otro, su bastón en la mano, y ya no ríe a todas luces como reía antes, ni se interesa, como antes. Quiero fijarla, Dios, que no sea demasiado tarde, obligarla, abuela, aquí estoy, mamá grande, soy yo, abuela, tú me quieres, por si no lo recuerdas tú me quieres, tengo terror a esta ausencia que la va poseyendo, salto, manoteo frente a ella, veme aquí frente a ti, crecida y nueva, no me falles, no te duermas. Murió Mister Chips y aunque ella dice que es mucho mejor vivir sola, también la muerte la ha alcanzado y le echó encima un pedazo de su cobija.

Lo más sólido dentro del laberinto son los *scouts*, la Cité, quisiera estudiar medicina, pero papá dice que mejor secretaria ejecutiva en tres idiomas. Además no me revalidan el *high school* monjil: son interminables las gestiones y el papeleo. Magdita viene de Tomatlán con su canasta de manzanas. Siempre, para toda la eternidad será una mujer viajando con manzanas. Vamos a misa diario; quisiera recuperar la seguridad del convento. Subimos a rezar juntas como lo hacíamos cuando papá estaba en la guerra y nos refugiábamos en uno de los torreones de Berlín no. 6 mientras Sofía gritaba:

—Mulas, ¿dónde están?

Sofía y Alejandro su novio se toman de la mano. Se aman. Por más que lo nieguen mi abuela, Luz y Casimiro, tía Francisca, tía Esperanza, el viejito Adolfo Ruíz Cortines Presidente de la República, el Papa, Dios Padre y la Corte Celestial, se aman. No pueden dejarse de amar. Es más fuerte que ellos. No se casen tan jóvenes, Sofi, no sabes nada de nada. Apenas son unos niños, Alejandro, de qué van a mantenerse, tienen la vida entera por delante. No hay poder humano que los separe. Por lo pronto, nos vamos de pinta a comer tortas a Toluca, porque Alejandro estrena su licencia de manejar y una retahíla de chistes que los hace desternillarse de risa frente al volante. Van con los ojos fijos en el parabrisas, sentados el uno encima del otro. Ocupan un solo asiento. Viajo en el otro. Los miro, abrazados, se dan unos besotes como de bomba de destapar el excusado. Van a Toluca, vienen de Toluca, Toluca y Toluca. Ale la recoge a la salida del Instituto Familiar y Social en la plaza Río de Janeiro, los sábados comen en el Hotel María Cristina, son siameses, nunca se separan. Hablan por teléfono durante horas. Alejandro no puede dejar de amarla, ella se refugia en él. Se aman desde que tienen once y doce años, ¿cómo no va a ser verdadero un amor así? En el Desierto de los Leones jugamos a las escondidas. Nos llevan gallo de «El Retirito». Bailamos mambo: «¡Uno, dos, tres, cuatro, cinco, seis, siete, ocho… maaaaaaambo!». ¡Ah, qué genio el horrible de Pérez Prado con sus zapatos de tacón! La raspa me hace pensar en los *scouts*, o en el Tyrol, es como Suiza, mucho menos motivosa. «Tienes que tener novio, como yo, como todas», me conmina Sofía. Nos prestamos blusas, suéteres. A mí me encanta vestirme de Sofía aunque me quede larguísimo. Nos prestamos, pero sé que la he perdido. Ahora es de Alejandro. Lo escucha de día y de noche. Todo el día, toda la noche. Así es su amor y no es de ayer. Hace siete años que lo ama así. La pasión según Santa Sofía. Siete años que sabe que es él. No puede haber otro. Sólo él. Mamá insiste. Te vamos a mandar a Francia. Haz un viaje. Si me mandan, me mataré. Oye, no exageres. O los mataré. Que teatrera. Me mataré. Sé que es Alejandro, Alejandro para toda la vida.

❤

Enseño catecismo. Los domingos después de la misa-*scout*, Casilda y su hermana Magdalena sugieren que toquemos guitarra y cantemos en los *jamborees* y en las veladas con los bravos *scouts*:

De la sierra morena, cielito lindo
vienen bajando,
un par de ojitos negros, cielito lindo
de contrabando…

Pienso en Magda que ya tiene arrugas en torno a los ojos. No está de planta con nosotros, va y viene, su mamá murió y tiene que acompañar a su papá, darle de comer, servirle su pulquito, va y viene, y cuando viene, rezamos mucho, nos reímos más y hacemos largas excursiones en autobuses y tranvías. Descubro el Mercado de Jamaica donde compra su gruesa (3 677 777 gladiolas salmón) que lleva a Tomatlán en el techo del camión envueltas en papel periódico mojado para la misa del santo del cual es madrina. Decimos que vamos a Xochimilco y acabamos en La Merced, a los baños del cerro del Peñón y pedimos la bajada en Tlalpan, ella porque no sabe y yo porque siempre, siempre estoy pensando en otra cosa.

Casilda es decidida; siempre busco a alguien que me mangonee, me diga por dónde. Los *scouts* nos llaman «Las dos cervezas», porque andamos juntas, la oscura y la rubia:

—¿A quién quieres más en el mundo?

—A mí misma.

Casilda agarra besos de su boca y se los planta en la frente, en las mejillas, en el lugar del corazón.

—Y después de ti, ¿a quién?

—Otra vez a mí misma ensimismada, a mí misma montada encima de mí.

—¿De veras, Casi?

—A quien más amo en la vida es a mí misma porque nadie puede quererme como yo (vuelve a llevarse sus propios besos, y a tirarlos a su alrededor). Tú, en cambio, no te quieres.

—Ya estarás, Sigmund Freud.

—No, no te quieres, algo te pasa por dentro muy horrible. Y no me vengas con tus risitas de conejo. ¿No te das cuenta que lo que tú no hagas por ti misma nadie lo va a hacer?

Casilda inventa unos juegos padres, arma pistas a campo traviesa, carreras tras el tesoro y otras competencias en cuyo origen está Baden Powell. Sus trampas en la tierra, las envidiaría el propio Emiliano Zapata y sus señales grabadas en la corteza de los árboles parecen de Matisse. «A la una... a las dos... ¡a las tres!», oigo su voz dar la orden de salida en las carreras de relevo. Mientras juego con una cajita de cienpiés.

En los campamentos, me responsabiliza de la intendencia. Reparto tazas de azúcar y de Chocomilk. Bolsas de espagueti. Salchichas Fud y malvaviscos. Nunca alcanzan. Lo que comemos es horripilante. En la noche, del puro cansancio, no puedo parar de reír.

☘

No podemos parar la risa.

△

En torno a la fogata, hablamos de México.

—México —aventuro— tiene una de las constituciones más avanzadas de América.

—Eso no es nada, todos los países de América Latina tienen la constitución más avanzada de América.

Casilda lo ha determinado.

—El de México es un pueblo heroico.

—A la hora de la verdad, en el momento de la desgracia, todos los pueblos son heroicos.

Entonces, hablamos de Francia.

Vuelvo al piano, ahora acudo a la avenida Chapultepec y me toma la lección Francisco Agea, el más caballeroso de los maestros. Toco dos preludios de Chopin, la *Pavana para una infanta difunta* de Ravel, Debussy y, fiel al Loire, *La plus que lente* de Francis Poulenc. Arranco con fuerza, feliz como los ríos, y de pronto flaqueo. Cambio de pieza.

—Termine, Mariana, por favor.

—Es que no lo estudié, maestro, la próxima vez se lo traigo.

—Si usted no va hasta el final siempre será una *dilettante*. Estaba usted ejecutando ese vals de manera muy correcta.

Es papá. Frente al teclado, aguardo con cara de perro como papá. No viene la señal, el «siga» que él esperaba. Es papá dentro de mí. Es su angustia. Son sus manos metidas en la mierda de las letrinas de Jaca cuando lo castigaron diez días porque gritó en vez de Franco «Viva salaud». Son sus manos mordidas por los perros al atravesar los Pirineos. Son las manos que pasó por su cráneo rapado de hombre preso. Papi, soy tu hija, te amo, papá. Alguien cometió un error en alguna parte, papá. ¿También me vas a heredar tus números en la noche? ¿Caeré hasta el fondo del pozo con un lápiz puntiagudo en la mano? Francisco Agea espera tras de mí, su olor a jabón me toma por la nariz. Pregunta con melancolía, porque él es así, pulcro y triste:

—¿Entonces?

—La próxima clase, maestro.

Pero no habrá otra.

En mi reporte del convento anotaron: «*A tendency to procrastination that has to be taken care of*».

Nadie sabe que *procrastinate* quiere decir soñar despierto, cambiar de un día para otro, diferir, tardar en decidirse, nadie sabe que sueño y jamás actúo, nadie sabe que me creo mis ilusiones. Nadie sabe que invento acciones heroicas a lo largo de las horas. Mamá y papá me felicitan por mis buenas calificaciones y la abuela quiere que viva en su casa.

Como ya se murió Mister Chips, yo le hago de su marido y vuelvo a los perros de mis ocho años.

AGNUS DEI, QUI TOLLIS PECCATA MUNDI: MISERERE NOBIS.
AGNUS DEI, QUI TOLLIS PECCATA MUNDI: MISERERE NOBIS.
AGNUS DEI, QUI TOLLIS PECCATA MUNDI: DONA NOBIS PACEM.

Pero tú no eres de México ¿verdad?

—Sí soy.

—Es que no pareces mexicana.

—Ah, sí, entonces ¿qué parezco?

—Gringa.

—Pues no soy gringa, soy mexicana.

—¡Ay! ¿A poco?

—Soy mexicana porque mi madre es mexicana; si la nacionalidad de la madre se heredara como la del padre, sería mexicana por nacimiento.

—De todos modos, tú no eres de México.

Busco trabajo de secretaria:

—No vayas a decirles que no naciste mexicana porque ni caso te hacen.

—Si no eres de México, no tienes derecho a opinar.

—¿Por qué? Tengo interés en hacerlo.

—Sí, pero tu opinión no vale.

—¿Por qué?

—Porque no eres mexicana.

—Mamá ¿de dónde soy? ¿Dónde está mi casa?

La calle de Jalapa es umbrosa, los rayos del sol tienen que abrirse paso a través de los fresnos. Don Porfirio se trajo por barco de París muchas casas que le gustaron; por eso la colonia Roma tiene la nostalgia de Francia. Los hoteles particulares —que así les dirían en Neuilly— son altos y severos, tristes y distinguidos. Sus aleros para la nieve se resquebrajan bajo el sol y sus tejas se han ido desprendiendo poco a poco hasta caer estrelladas sobre la tierra húmeda. Nadie vive en las buhardillas. Desdeñosas las casas parecen decir: «Yo no soy de aquí». Cada año en el número 32 se hace el retiro de Cuaresma. Don Hipólito Berthelot donó la casa expresamente para ejercicios espirituales e incluso hizo construir un edificio anexo que sirviera de dormitorio a los penitentes así como seis excusados y seis regaderas modestas pero funcionales. Por eso los excusados no tienen tapa y el chorro de la regadera es tan desganado que pocos recurren a su servicio. Para ahorrar se eliminaron los lavabos que gastan tanta agua y ni falta hacen y en cada alcoba reverbera en la opacidad vermeeriana, una jarra esmaltada y un aguamanil de peltre. «Sin pretensiones —estipuló Berthelot—, limpio pero sin pretensiones». Por eso la mesa del refectorio es de pino, la capilla encalada y blanca tiene las paredes desnudas, Cristo encima del altar se ve muy solo, la Virgen esquinadita cierra el camino de la cruz que consiste en dos espigas cruzadas sobre un número romano. En el fondo se apilan varias sillas plegadizas de la Cervecería Modelo por si aumenta la concurrencia. La casa grande —que fuera de don Hipólito Berthelot antes de quedar viudo— aloja al predicador en turno. Los tapices de los muros son color berenjena y los pesados cortinajes de Pullman transiberiano más que de viejos se caen de orgullo. Lo terrible es que teniendo tanto tiempo para reflexionar, los penitentes no encuentren nada digno de verse, ni un solo cuadro en la casa grande, en el dormitorio o en el refectorio, sólo el Cristo de la capilla cuyos ojos fijos penetran hasta en las tumbas y se vuelven una obsesión.

✢ ORDEN DEL DÍA ✢

7.30 A.M.	Despertar
	Abluciones
8.30	Misa
9.15	Refectorio
10.00	Primera instrucción
11.00	Tiempo libre
12.00	Segunda instrucción
13.00	Examen de conciencia
13.30	Refectorio
15.00	Descanso o recreo
15.30	Tercera instrucción
16.30	Rosario
17.00	Cuarta instrucción
18.00	Tiempo libre
18.30	Vía crucis
19.00	Tiempo libre
19.30	Refectorio
20.30	Quinta instrucción
21.30	Dormitorio

1. Se ruega a las asistentes guardar silencio. Un retiro es una pausa en la vida. Entramos en contacto con el Señor y nos adentramos en nosotras mismas.

2. La única comunicación que debe existir es entre Dios y nosotras. Está absolutamente prohibido el uso del teléfono;

no es necesaria la comunicación con el mundo exterior, salvo en caso de extrema urgencia; ej.: muerte, terremoto, incendio. Ninguna debe acudir a la puerta de entrada o asomarse a la calle como si fueran unas cualquieras.

3. La penitencia cristiana no es una renuncia ni una disminución sino una purificación para preparar la venida del Señor.

4. El sufrimiento puede convertirse en un instrumento de redención que culmina con el ÉXTASIS.

5. Esta Casa de Ejercicios Espirituales no permite que las jóvenes introduzcan al dormitorio alimentos ni bebidas adicionales. Ni chicles, ni chocolates, ni cacahuates, ni crunchcrunches. Nada sobre esta tierra puede saciarnos, sólo Él, Él que nos ha creado, nos alimenta con su obra de amor.

6. Las jóvenes que lo juzguen pertinente traerán de su casa toalla y jabón. La Casa de Ejercicios proporciona el papel higiénico pero no así las toallas sanitarias que deben ser envueltas cuidadosamente. Queda, como todos los años, estrictamente prohibido arrojarlas al W.C.

7. Nos vemos en la penosa obligación de recordarlo porque a pesar de todas nuestras recomendaciones, siempre, después de la Cuaresma quedan tapadas las cañerías de esta Casa de Ejercicios.

8. Esta Casa de Retiro es de todos; debemos cuidarla.

9. La cuota es de $150.00 (ciento cincuenta pesos M.N.): deberá cubrirse con anticipación. Puede hacerse el domingo o en el Colegio de Niñas después de la misa. Dirigirse a la señorita Leclerc. No se admiten cheques.

✢ DIOS ES AMOR ✢

—¿Qué es el Mal?

El padre hurga con la mirada entre todos aquellos ojos como platos. Algunas bocas entreabiertas enseñan su saliva, otras tienen dos arrugas en la comisura. Las manos se crispan en torno a las rodillas.

—¿Qué es el Bien?

El chirrido intermitente de algún pájaro rompe el silencio y unas enormes hojas verdes y untuosas se enroscan cerca de la puerta. En Francia no se oyen chirridos como éste, sólo en los países salvajes o en las películas de Tarzán. Frente al vitral zumba un calor de pantano, húmedo y misterioso como la boca de estas becerritas de panza que desde sus bancas de madera miran sorprendidas al sacerdote.

—A ver, ¿qué es la libertad interior?

Ninguna se mueve. El padre inspecciona los tiernos dedos entrelazados, dedos de niña que todavía no buscan, ni se detienen, ni palpan lentamente, ni se asombran.

—¿Qué es la libertad interior?

Recubiertas por una espesa envoltura humana, las sillas rechinan. En cada respaldo se apoyan unos hombros, unos omóplatos, un cóccix, los pies en el suelo. Si se les sabe hablar se puede convencer a un ejército de sillas, pero también pueden quedarse simplemente allí, esperando, inútiles.

Más que a personas, el sacerdote parece dirigirse a una asamblea de sillas femeninas. Somos de palo.

—Sé que es difícil iniciar el diálogo pero no puedo predicarles la cuaresma si no tengo una mínima idea de quiénes son ustedes. Mi pregunta no es compleja: ¿qué es la libertad interior? A ver, aquella, aquella del fondo... ¿Qué estás haciendo aquí?

Algunas ríen para disimular su preocupación. ¿Qué es lo que voy a contestar? ¿Qué puedo contestar si se ve a leguas que soy la menos informada? De seguro, ni siquiera he escuchado; las sillas rechinan.

—¿La libertad interior, padre?

—Sí.

—Pues… pues, por ejemplo, alguien le habla a uno por teléfono, quizá algún latoso y uno tiene derecho a mandar decir que no está, ¿no? Haciendo uso de su libertad interior, ¿no?

Mónica masculla en voz baja: «¡Cretina, el padre va a creer que todas somos idiotas. Cretina, mil veces cretina!». Aunque alcanzo a oírla, el padre me ha mirado tan bonito que de puros nervios me como un pedacito de roncha de la pared.

✠ AD DEUM QUI LAETIFICAT JUVENTUTEM MEAM

Durante la noche permanece expuesto el Santísimo Sacramento para la adoración. A cada quien le toca hincarse media hora ante el altar, Casilda y yo escogemos nuestra adoración juntas, en lo más difícil de la noche o de la madrugada, de las tres y media a las cuatro. Las veladoras —fuego de crema y de aceite— chisporrotean, discuten consigo mismas, se apagan y vuelven a encenderse. Los reclinatorios todavía están calientes y nos acomodamos en las huellas de las rodillas anteriores.

Casilda reza el rostro levantado, y yo juego al cinito. Es muy fácil, se aprietan los puños contra los ojos y comienzan a verse cosas muy chispas; puntos azules que son estrellas, nubes blancas y luego anaranjadas, dos ladrillos que se transforman en ventosas, manchas de leche vueltas ostiones, ópalos lilas, ópalos grises, ópalos que se estiran, ay, no, ópalos no, traen mala suerte, ópalos no, y sin embargo se endurecen en el fondo del ojo. Abandono la cueva de mis manos, levanto la cara y veo que allá a través del jardín hay luz en el cuarto del sacerdote. ¿Por qué no duerme? Pobrecito, es que es un santo. Pobrecito de él, pobrecito. Para cualquier gente normal es imposible decir ocho sermones al día, confesar y conceder audiencias y no dormir en toda la noche, pero a él Dios lo ha distinguido como distinguió a su Hijo.

—Mariana, ¿estás rezando?

—Hice cuevita y ahora pienso en el padre. ¿No se te hace que da toques?

—¿No has rezado?

—No.

Casilda mira con reproche.

—Vamos a rezar juntas, ¿quieres?

—Sí.

—Saca tu rosario.

—No, Casilda, no seas, las letanías nomás, ¿no?

—Bueno, ándale.

—Oye, Casilda, ¿qué crees que esté haciendo el padre? Oye, ¿tú crees que San José estaba muy enamorado de la Virgen? ¿Tú crees que la besaba en la boca?

—Ay, Mariana, tú siempre con tus cosas. ¿Crees que tu papá está muy enamorado de tu mamá? ¿Crees que mi padre está enamorado de mi madre? N'hombre, no seas babosa. Se soportan y ya. Oye, se nos va a pasar la media hora y no nos va a valer la hora santa.

—A mí me gustaría ver a San José y a la Virgen como en el beso de Rodin, así bien, pero bien amartelados.

—Ay, cállate, siempre andas diciendo cosas que no se dicen y haciendo cosas que no se hacen. Ándale, pon atención, tú nomás tienes que responder: «Ruega por nosotros».

—¿Torre de Marfil?

—Ruega por nosotros.

—¿Casa de Oro?

—Ruega por nosotros.

Las veladoras ya no truenan. Su llama se ha serenado y se yergue como un pensamiento de pureza. En medio de ellas, Jesucristo aguarda metido hasta el fondo de un viejo marco. Con una mano sobre el pecho señala su corazón rojo y grande, con la otra bendice blandamente. Donde quiera que se pone uno Jesucristo lo ve, los ojos miran para todos lados, comienzan detrás del cuatro y terminan en la inmensidad, una mirada aún más grande que la capilla.

«Sí, Él todo lo ve», aseguró cuando éramos niñas la señora Signoret y siento que la mirada me sigue para espiarme hasta cuando voy al baño… También está allí viéndome desde el Santísimo Sacramento dentro del ostensorio: Jesucristo se desespera en la hostia, estira los brazos, hace unos cuantos movimientos de calistenia, abre y cierra los ojos, sonríe pequeñito tras del vidrio de la custodia, Jesucristo vive en la hostia, allí duerme y bosteza al levantarse. ¿Qué diablos hace en esa oblea de harina tan endeble, tan plana? El padre Jacques Teufel jamás aceptaría verse así reducido, jamás. ¡Ya habría roto el vidrio de un solo puñetazo para poder sentarse entre los hombres, las mujeres, los viejos, los niños! ¡Junto a mí, Mariana!

—Santidad infinita de Dios, purificadme.

—Sabiduría infinita de Dios, instruidme.

…

—Eterna Bienaventuranza de Dios, preparadme, llamadme, recibidme.

Sobre nuestras cabezas se oyen los pasos de las que pronto vendrán a remplazamos. Atraviesan ya los corredores del dormitorio para tomar la escalera exterior que baja a la capilla. Casi nadie puede dormir pero nos aguantamos porque uno puede incluir el desvelo dentro de los sacrificios de Semana Santa. Año tras año, Marta Dupasquier escoge la alcoba junto a la puerta de la escalera porque es la del terrible chiflón. Por allí bajamos de dos en dos cada media hora a hacer la adoración y la dejamos entreabierta porque rechina a la hora de cerrarla. Marta se queda allí separada del frío y de la noche por la delgada cortina de lona. Unas cuentan que se abre el camisón y rechaza las cobijas para que le dé más fuerte. Cierra los ojos y tirita hasta que le castañetean los dientes. Los flechones de aire llegan cada vez más fríos a medida que avanza la noche y Marta los recibe ya casi insensible pero llena de la grandeza de su sacrificio que todas envidiamos.

—¿Estrella de la mañana?

—Ruega por nosotros.

La llama de la veladora chisporrotea vivamente, se alarga y palidece, y de golpe se achica ahogándose en el aceite. «¡Ay, Dios mío, que no se apague!».

—Oye, Mariana, sólo nos quedan diez minutos. Vamos a cantar el *Adoro te Devote* pero no muy recio para no despertar a los demás.

La llama surge de nuevo alta y limpia y le doy gracias a Dios.

—Sí, vamos a cantarlo, Casilda, pero fuerte para que venga el padre y vea lo buenas que somos. ¡Ay, no sabes qué ganas tengo de ver al padre!

—Mariana, si sigues con todos los pensamientos parásitos que cultivas en tu mente, un día se van a apoderar de ti y no sabrás ya cuál es la realidad.

Casilda ataca con decisión el *Adoro te Devote* pero en voz baja, comprimida, intensa.

—Sabes, Casi, me siento tan fuerte como si fueran las nueve de la mañana y acabara de despertar. Hay sol. Ahorita me voy a echar río abajo, nadando. ¡Ay, qué rica está el agua! Después voy a tirarme al sol. Si me ahogara tantito, un muchacho guapo me salvaría y... —Pongo las manos en forma de trompeta y canto la marcha nupcial de Mendelssohn— Tu tu, tutu, tu tuuuuuuuuuuuuuuuuu.

Cada vez más indignada Casilda canta hasta terminar el himno.

—Te prometo que mañana haré la adoración con Estela, eso sí te lo juro, ya no te aguanto.

Pero ya no la escucho. ¡Qué bien jugaría si ahora fuera el partido de voleibol! Después de comer, todas las jóvenes —excepto las señoritas de más respeto—, jugamos para descansar del retiro. Nos lanzamos la pelota con todas las fuerzas reprimidas durante las horas de silencio, levantamos polvo con pies que son pezuñas de caballo, nos tropezamos, caemos unas encima de otras, se nos va el aliento. En el desgaste común, se establece el encuentro verdadero.

—Oye, Casilda, ¿tú no me quieres más después del juego de volei?

—No, me chocas, perdimos por causa tuya, nunca te empeñas, ni en el volei ni en el rosario. Siempre con tus pensamientos inútiles. Haz un sacrificio, siquiera uno: concéntrate.

—Pues a mí me gusta cómo corres, eres la mejor de todas y tienes los tobillos flaquitos. Eres mi mejor amiga, Casi.

—Híjole, tú estás re loca, te patina de a feo.

Se reblandece un poco.

—Haz algo por mí, ¿quieres? Cállate mientras rezo la última «Magnífica» de la noche: «Glorifica mi alma al Señor y mi espíritu se llena de gozo, bzzzzzzz, bzzzzzzzz».

De pronto me siento cansada. El reclinatorio es duro y la madera se adentra en mis rodillas. Tiro el devocionario con un movimiento del codo y murmuro un «No lo hice a propósito» dirigido a Casilda, quien ni siquiera voltea. Al recoger el libro me machuco un dedo. Es suficiente. Un dolorcito punzante sube por mi brazo; un hormigueo. La capilla se hace dulce, fofa, de algodón y luego sofocante. Dios mío, qué tengo. Me llevo la mano a la frente. Está fría; un sudor helado tiembla entre mis cabellos. «¡Qué chispas, tengo un tambor en la cabeza!». La capilla gira dentro de una gran nebulosa anaranjada y de la bóveda surge un reflector igual al faro del día en que nos operaron del apéndice a Sofía y a mí; una grúa desciende de lo alto y vertiginosa se abre, viene hacia mí con sus fauces abiertas; un ruido rancio y oxidado empieza a envolverme. ¿Será Dios? Ay, Dios mío, Dios mío, si vienes por mí, date la media vuelta y vete.

—Vengan, por favor, ayúdenme, Mariana está tirada en el suelo de la capilla.

Mi madre
mi corazón.
Mi corazón
mi madre.

Aquí en la misma calle de Jalapa, en la casa vecina, en el 30, vine alguna vez invitada por Thérèse Nissan, una compañera de la escuela que me llamaba la atención. Digo llamaba porque ya no la veo y pienso que si está en su jardín y se sube a la barda, cosa que tenemos prohibida, a la mejor me ve y se da el reencuentro.

Thérèse esculpía adentro de su escritorio, en una plastilina verde oscura para profesionales, y me explicó: «La tomé de mi casa». Al ver mi interés me enseñó una de sus piezas, ya montada sobre una base de madera. «Es una mujer acostada», le dije. «Sí, ¿cómo te diste cuenta?». «Por esta forma: es su cadera ¿verdad?». Nos hicimos amigas. En la clase tenía una expresión seria: pálida y grave, que los demás compañeros juzgaban displicente: a la hora del recreo leía; recuerdo sus trenzas apretadas y pegadas a su cráneo, su piel delgada sobre los pómulos, la firmeza de su quijada. En clase, nunca la vi sonreír. Me invitó a comer. sola sin Sofía, y a la salida del Liceo, fui a su casa de la calle de Jalapa. Comimos con la ventana abierta hacia el jardín floreado. El servicio no era como en mi casa. De los platones puestos sobre la mesa de madera limpísima cada quién se servía cosas que se parecían al jardín, flores de calabaza, ensalada verde, tomates rebanados, frutas brillantes, duraznos grandes, enrojecidos en la parte que daba hacia la ventana. Con sus mangos de madera los cubiertos no parecían duros o cortantes y los platos eran de cerámica, creo, un poco gruesos, el café se sirvió en tarros, y cuando se levantaron de la mesa, algunos llevaron el suyo a su taller para seguir trabajando. No tenían recámara sino taller. Vi una puerta abierta y aventuré un pie: «¿Quieres verlo? Es el atelier de mi tía Simone». Era un cuarto amplio y franciscano sobre un piso de madera sin alfombra, una cama baja y muy estrecha, de las que se compran para las criadas, sin dosel, dos sillas de paja, y cerca de la ventana que también daba a otra parte del jardín, un caballete y sobre él una tela luminosa y amarilla que representaba algo inexplicable, un estado de ánimo cercano a la felicidad. Me quedé en suspenso. «Ojalá pudiera entrarse en un cuadro y quedarse a vivir allí para siempre». La tía Simone tenía el pelo corto, y las otras mujeres adultas de la familia también compartían ese corte severo, casi hombruno, tampoco se maquillaban, y nunca las vi vestidas sino con una falda gris, una blusa inmaculada, un suéter y zapatos de tacón bajo. No hablaban de modas ni de épocas. La casa entera estaba amueblada con cosas traídas del mercado, una gruesa mesa de pino, sillas de paja, un petate en el suelo, su tejido hermosísimo valorado ante mis ojos por vez primera. Plantas verdes en macetas de barro. Barro, madera, luz, agua, jabón, cortinas, cuando las había, de manta blanca. El cuarto de Thérèse, también desnudo y sin sombrero exponía una camita en un rincón, una lámpara para leer y una mesa giratoria en la que esperaba el montón verde oscuro de su plastilina. Sobre los muros, cosas que iba recogiendo en sus paseos; un girasol en proceso de disecación, un copito de algodón, cuatro espigas, un caracol fósil, una maceta en la que crecía una sábila: «Tiene propiedades curativas, sabes». Un madero con una forma curiosa, y los cuadros de la familia: los de la tía Simone, los de su propia madre, los de su padre. ¿Así es que se podía vivir en otra forma? Claro, había yo ido a comer a otras casas, pero eran remedos de la mía, malas copias de lo auténtico. El papá o la mamá cortaban el *gigot* en la mesa, «Eso es porque son burgueses», decía mamá, y los muebles, las porcelanas, no estaban firmadas, nada había pertenecido a Napoleón, a Catalina la Grande, a María Lezcinska; las sábanas no tenían cifras ni iniciales. Burdas imitaciones, compradas en sus tiendas comerciales.

La familia Nissan no imitaba a nadie y no percibía yo en su modo de vida ni una falla de gusto. Al contrario, me entusiasmaba. «¿Qué está pintando ahora tu tía Simone?», le preguntaba a la hora del recreo a Thérèse y me sonreía: «Si quieres ven a comer mañana, te invito». La emoción debía transparentárseme en el rostro porque la tía Simone preguntaba después de comer si quería subir a su estudio, ver el cuadro nuevo.

—Tanto alboroto por ir a casa de esa pequeña judía. ¿Qué tanto les ves? —preguntaron papá y mamá.

Mi turbación fue muy grande.

—Me gusta cómo viven, todo lo hacen fácil. Me siento tan bien con ellos. Son muy buenas gentes, buenísimas gentes.

Si describía yo su forma de vida, confirmaban:

—Eso es muy judío, muy judío. Qué ignorante eres, ¿qué no sabes que los judíos no comen carne como nosotros?

Me prevenían contra Thérèse:

—Alguna vez te va a hacer una mala jugada. Así son los judíos.

—¿Qué jugada?

—Una jugada de judío.

Cuando Thérèse fue a comer a mi casa creí que la deslumbraría.

—Mariana —me dijo—, todo esto es tan viejo, tan del pasado…

—¿Pasado de moda, Boldini? —me ofendí.

Me miró con una expresión triste. Al día siguiente puso en mi pupitre, durante el recreo al que no asistió, un libro sobre Picasso. No sabía yo qué pensar y preferí usar las palabras de papá para darle mi impresión: «*Tout cela c'est fait pour épater les bourgeois, tu sais Thérèse*». No cejó. Puso a Matisse al día siguiente, luego a Chagall, a Klee, a Kandinsky y fue yéndose para atrás; me fascinó Renoir, Toulouse-Lautrec, pero más, más Monet, porque algo tenía de su tía Simone y de las amapolas que se anclan en los trigales de la cabeza. Volvió a invitarme a comer pero había yo perdido el candor de las primeras veces; lo que decía papá pesaba demasiado. Thérèse percibía mi confusión. De ser menos delicada, menos respetuosa hubiera concluido: «Quieres estar en los dos lados a la vez, ¿verdad?», pero nunca pronunció palabra alguna. Poco a poco dejamos de vernos y ella fue creciendo dentro de mí, en la noche, me repetía yo: «Cuando sea grande, quiero vivir como viven en la casa de Thérèse». Ninguna de mis amigas, Casilda o Magdalena, o Leticia, ninguna de las *scouts* la trataban fuera de las horas de escuela. Thérèse me anunció que durante las vacaciones grandes de verano iría a Francia con su madre y su tía Simone. Seguramente para estas fechas habría vuelto, quizá podría verme desde su ventana, reconocerme desde arriba, llamarme, tenía yo ganas de volver al blanco vacío de su casa, al caballete, a la comida de flores, a los ojos sabios de Thérèse.

✠ JUDICA ME, DEUS, ET DISCERNE CAUSAM MEAM DE GENTE NON SANCTA

A la hora de la meditación, muchas deambulan por las veredas del jardín y sus velos blancos las hacen parecer novias abandonadas. Una por una se dirigen a la habitación del sacerdote para la visita privada. En cada retiro, los predicadores invitados para la cuaresma ofrecen recibir en particular a la que así lo solicita. Los temas de consulta son la vocación, Francia, el matrimonio, el novio que no le gusta a la familia, los malos entendidos, las frustraciones. Pero este año todo es distinto, inusitado. El padre Jacques Teufel exclamó con vulgaridad: «Vine de Francia para dictarles una buena Cuaresma; el viaje cuesta muy caro, se les ruega por lo tanto que pongan atención y voluntad. No me gustaría estafar a nadie». El año pasado el buen padrecito Didier con su francés canadiense las arrullaba a todas. A las tres de la tarde, sugería una a una las piadosas imágenes: «Ahora, por favor, señoritas, cierren los ojos para profundizarse mejor y vean cómo San José va guiando a la Virgen montada sobre el burro paso a pasito. Ella grávida, la más dulce, la más humilde, llena de gracia va sentada sobre el borriquillo que con su inteligencia animal intenta esquivar las asperezas del camino consciente de su preciosa carga... Va cayendo la tarde. Por fin después de muchas horas de vaivén, allá, allá, sí, alláááááá al fondo, allá, sí, allááááááááá surgen los primeros techos de Bethlehem... ¡Oh, Bethlehem!». Ya para cuando el padre Didier llegaba a Bethlehem las jóvenes mecidas por el dulce trotecito del burro aquel tan considerado estaban totalmente dormidas; habían tenido el firme propósito de meditar acerca del destino del hombre, pero Susana hija de don Hipólito Berthelot roncaba como aserradero. Cuando daba fin a la instrucción de las tres de la tarde y el padre Didier abría los ojos, una congregación de vacas rumiantes, blanquísimas y dóciles exhibía su respiración uniforme que hinchaba y deshinchaba su costillar, prueba irrefutable de sus conciencias tranquilas. «Son buenas muchachas —asentaba el padre— buenas muchachitas». Y se retiraba a su habitación a echar la siesta que le imponía el sol mexicano y la blancura canadiense de sus cansados cabellos.

✠ AB HOMINE INIQUO ET DOLOSO ERUE ME

Con el padre Teufel, desde el primer momento una expectación anormal nos invadió. Hicimos ruido en el refectorio alterando el silencio de rigor. Sin querer tiramos los cubiertos, derramamos la sopa, algunas bebían con demasiada violencia y nadie quiso servirse dos veces. Esa misma tarde, en vez de escoger un pasaje del Evangelio para la meditación nocturna, el padre se puso a interrogar a todas, clavándoles una mirada de brasa ardiente:

—A ver, a ver, señoritas, ¿qué estudian ustedes? ¿Historia del Arte, Letras Francesas, Literatura Contemporánea?

Su tono se hizo burlón, hiriente casi.

—Por Dios estudien algo útil, sean enfermeras, laboratoristas, maestras, costureras, boticarias, algo útil, qué se yo, algo que hace falta. ¿Por qué estudian lo que va a instalarlas en su estatuto de niñas bien? Pobrecitas niñas empeñadas en cavar su propio tedio. ¿Cuándo van a servir a los demás? ¿Cuándo van a perderse en los demás?

Como si esto no bastara, al día siguiente quiso darnos la mano a cada una, oprimírnosla en medio de las suyas. Sus dedos daban toques eléctricos. Clavaba sus ojos hundidos y muy negros con mil alfileres dentro en el rostro del interlocutor, clavaba su cara blanca y su pelo negro, el levísimo sudor de su frente pálida, su olor a hombre (y francés) en la retina de la joven en turno y naturalmente todas solicitamos visita privada. La única que pareció conservar su sentido crítico fue Casilda, aunque también quiso hablar a solas con el sacerdote.

†

No falla. A cada meditación me interroga:

—A ver, tú, Blanca, la pequeña Blanca.

—No me llamo Blanca, padre, mi nombre es Mariana.

—No importa, para mí eres Blanca.

Dice Mónica que Teufel se dirige a mí porque le sirvo de risión.

No me importa que se burle de mí con tal de que me distinga.

❤

—Tú, ¿qué quieres ser de grande?

—Quiero vivir un gran amor, como el de Ana Karenina, el de Madame Bovary…

—¿De qué sirve eso? Ana Karenina se tira bajo un tren.

—O el de *Le Diable au corps* de Raymond Radiguet.

—¿Por qué?

—Porque no concibo la vida sin estar enamorada.

—Eso no es el amor, es la pasión, y la pasión acaba siempre en desgracia.

—No le aunque, al menos haberla vivido.

Casilda interviene:

—Por favor no le den cuerda a Mariana que ni falta le hace.

—Estamos platicando, tenemos derecho a platicar, ¿no?

Cuando Casilda se aleja enojada. Marta comenta:

—¿No se les hace que Casilda se parece cada vez más a un caballo? Es de la especie de los equinos.

QUIA TU ES, DEUS, FORTITUDO MEA

Sentada en la banca del jardín, Casilda anota todo lo que dice el padre y lo que hace, con una letra acusatoria y puntiaguda que de tan negra me hace exclamar: «Oye, a ti te está dictando el diablo». Sus cabellos cortos, negros y azules envuelven su rostro y la hacen parecer un San Sebastián sonriente y sin saetas. Mónica Mery es la más distinguida: alta, delgada, nerviosa, sus dedos largos, trémulos y casi siempre rojos subrayan la vehemencia de sus sentimientos. Suele tararear un vals que nada tiene que ver con las marchas edificantes o los trabalenguas que cantamos:

Un elefante se columpiaba

sobre la tela de una araña
como veía que resistía
fue a buscar a otro elefante…

Elefantitas nosotras, pero no Mónica que hace oír su voz de soprano mientras gira complacida cerrando los ojos. Lo que ella canta, Danielle Darrieux lo cantó en los brazos del apuesto oficial que la guiaba bajo arañas de cristal como las de Versailles en un vals interminable:

Todo vuela
muy lejos sobre el ala del viento,
todo se borra,
promesas que se hacen soñando
y la melodía
se acabó,
despidámonos sin una palabra
adieu, chérie!

A Mónica muy pronto la quema el sol. Sus cremas son de Guerlain, su cepillo de cerdas de jabalí; los sicoanalistas jamás podrían decirle: «Quiérase a sí misma», su chofer la recoge puntual y se ve muy propia sentada allá atrás, su falda bien planchada sobre sus piernas, su bolsa entre sus manos, sus zapatos boleadísimos. Lleva el cinturón de Ortega, las pulseras de bolas de oro de Ortega, los aretes de Ortega. Por eso mismo Arlette la empuja a la hora del voleibol y Ginette le grita: «Te vamos a ensuciar tu falda de María Pavignani». En vez de huir lejos de esos pequeños atilas, Mónica procura su compañía. Los extremos se atraen. Su padre va de consejo de administración en consejo de administración y su madre de velorio en velorio porque la gente en el Distrito Federal muere como pajarito, y las honras fúnebres y los novenarios se multiplican. El padre de Mónica es el primero en llegar al banco a pesar de dirigirlo. A ella la educaron en *finishing schools* en Canadá y en Estados Unidos. Todo le dieron. Por eso resulta inexplicable el rencor de Mónica. Cada vez que venía de vacaciones, su padre había mandado redecorar su cuarto y ni modo de instalarse entre los andamios. Dormía en otra pieza. Casilda le hace burla:

—¿Sabes cómo llaman a Barbara Hutton la dueña de todos los Woolworth?

—¿Cómo?

—*The poor little rich girl.*

Angelis suis Deus mandavit de te,
ut custodiant te in omnibus viis tuis

—Sabes, cuentan que en esta mismita vereda, el año pasado, la señorita Florencia levitó. Se elevó a diez centímetros del suelo. Dios mío que me sea concedida esa gracia, Casilda, porque si las demás me ven suspendida en el aire, me amarán siempre.

Paseo mi inseguridad por las veredas del jardín que se asientan inciertas, borrosas, no por el tiempo sino por las intensas miradas de los que van a la Casa de Retiro a cumplir sus ejercicios espirituales, y las gastan ensimismados.

—¿Ya viste, Casilda, cómo camina Marta?

—Es que está meditando.

—Cursi. Mira cómo deja colgar su rosario para que todas se lo vean. Mírala con qué embelesamiento examina los árboles. ¡Hi, hi, hi, está descubriendo la obra de Dios, comunicándose con la naturaleza! ¡Cursi, cursi, cursi, diez veces cursi! Mírala, ya se puso en la misma postura que sor Lucía ante la Virgen de Fátima, los brazos desmayados, las palmas de las manos hacia arriba.

—Mira nomás quién habla, hace un momento querías volar por los aires.

—Ah, sí, pero yo soy yo y las demás son las demás… ¿Te fijaste qué gordos están los pájaros en este jardín, Casi?

Se ve que nunca los molestan, no emprenden el vuelo cuando alguien se acerca. Les echamos de nuestro pan de cada día. Engordan en Cuaresma, también el resto del año; siempre hay conferencias en la Casa de Retiro: preparación al matrimonio, a la maternidad, resignación a la soltería, al sufrimiento, al destino, a la enfermedad; para todos está el remedio: la aceptación de la voluntad de Dios.

En la Cuaresma —marzo y abril—, piso unas campanitas color azul tirando a lavanda. Al ponerles el pie encima revientan, hacen tac, tac, castañuelas vivas. A su lado, unas vainas rojas que el colibrí abre en el árbol. Pero, ¿qué clase de país es éste que tiene árboles que producen flores? En Francia hay árboles frutales, sí, pero los árboles no se vuelven nubes, no incendian el cielo como aquí. Lilas y rojos, la calle es un tapete de flores. ¡Qué país, Dios mío, qué país!

Mamá ya lo decía en el Marqués de Comillas:

—*Vous verrez, c'est un tres beau pays.*

Nunca nos dijo que veríamos montones de planetas en la esquina de la calle, que las naranjas rodarían aún tibias a nuestros pies como pelotas de luz, que en el desayuno nos tocaría un chorro de oro líquido llamado jugo de naranja, cuando en Francia nos daban *une orange pressée, un citron pressé*, con un vaso de agua al cual había que exprimirle el jugo de la mitad de una naranja. No supimos por adelantado que en México los pajaritos eran adivinadores. No nos contó tampoco que en México atrincheraban los melones y las papayas ni que las sandías encimadas podían servir de barricada o que los montones de pepitas a ras del suelo eran diminutas pirámides del Sol y de la Luna. Pobrecitas, tan secas, tan necesitadas de un sorbo de agua. No sabíamos que las piñatas chorrean tejocotes ni habíamos visto nunca a los papalotes de papel de china con cola de trapo que pueden volarse en marzo y abril:

Ahora se asombra:

—*Mais vous êtes en train de devenir très mexicaines.*

Como si dijera, mira, mira, cuánto apache, cuánto indio sin guarache.

Leticia escribe en un papelito:

«Soy floja.

Me cuesta mucho levantarme en la mañana.

Me cae gordísimo mi hermano Federico.

He deseado que lo manden de interno 675 veces.

Me escondo para no hacer deportes».

Va en busca de Marta Dupasquier:

—¿Tú crees que se me ha olvidado algo?

Marta le sonríe como a una tarada:

—Trata de encontrar algo más, debe haber un alguito.

—Sí, ¿verdad? Voy a pensarle otro rato.

Susana, la hija de don Hipólito Berthelot, teje al pie de un árbol que no le da sombra. En todos los retiros termina un suéter opaco para el dispensario de las Damas Católicas; este año se le ha prolongado infinitamente la manga izquierda y nadie se molesta en decírselo. Sigue empeñada en esa manga larga y hasta se queja de que se le han ido los puntos. Después las Damas se lo pasarán de mano en mano tocándolo con la yema de los dedos «el suéter de la señorita Berthelot» con respeto sin detenerse en la manga. Los ojos de Susana son boludos, desvaídos, ni tristes ni contentos, ojos así nada más. Posa sus dos huevos hervidos en las cosas y los deja ir sin detenerlos en nada.

Me mira blandamente y pregunta:

—¿Qué tanto ves, Mariana? Dicen que en tu familia hay varios locos. ¿Será por eso que eres tan fijona o porque no tienes nada que hacer?

Susana es fea, la palabra «pobres» está siempre entre sus labios «mis pobres», y cada vez que enrojece, la invade una oleada de pecas: todos los Berthelot son pelirrojos, todos entran animosos frotándose las manos listos para ponerlas a la buena obra que está allí sólo para esperarlos, todos le han pedido a Dios una buena digestión y la gracia les ha sido concedida, su tiempo está medido, la perfecta organización de su vida es una garantía de su eficacia. Marta Dupasquier hace ruidos raros con la lengua: la estrella contra sus dientes, chasquidos indescifrables, buchitos, fuetazos. En el refectorio ensarta algo con el tenedor, lo lleva hasta su boca que achica hasta convertirla en una uva negra y un momento antes de meterlo, hace una pausa, levanta un poco los ojos, se detiene para cerciorarse de que la miramos, baja los párpados e introduce el tenedor entre los labios negros para luego masticar su bocado a conciencia, frunciendo los gajos de su boca y distendiéndolos. Su lengua es única, hasta puede metérsela en la nariz. Leticia Lavoisier dice que la ha visto lamerse las pestañas, y Leticia con su piel de magnolia apenas si miente, es casi un alma de Dios. En este retiro corta su carne con precisión quirúrgica, pasea su arroz con leche entre su paladar y sus dientes (en todos los retiros, dan arroz con leche sin canela) y su lengua aguarda aplicada y colérica. Junto a ella se sienta la señorita Margarita Lemaitre, que viene al retiro de las jóvenes, ¡ay, qué pena!, porque no puede asistir al de las señoras y mucho menos a las pláticas de los casados que discuten si se puede comulgar en la mañana después de haberse excedido un poquitito por la noche. Se parece a Amadita y Amadita a Florencia y Florencia a Isabel, Isabel a Berta, Berta a Antonieta, cogidas de la mano de su virtud, tiras de muñecas de papel cortado con tijeras de punta redonda que no lastiman. Ninguna conoce la amargura y se dan a querer como hermanas mayores, comparten sin rencor la felicidad de las más jóvenes a sabiendas de que un día las llamarán quedadas, solteronas, mulas, como Sofía le dice a Magda. Sin embargo leen *La joven y el matrimonio* o a los esposos Maritain, a Claudel, a Léon Bloy, a Alain, a Ernest Psichari, a Mauriac, a Bernanos y de seguro el padre Teufel —que ha distinguido a Estela Rivet— le habla de Bergson y de la eutanasia.

QUARE ME REPULISTI. ET QUARE TRISTIS INCEDO DUM AFFLIGIT ME INIMICUS?

—Pérate, pérate, Mariana, bajo contigo, tengo cita con el padre.

—¿Ahorita?

—Sí.

—Pero si son las diez. ¡No es posible!

—Sí, sí es posible.

—¡Qué suertuda, Leticia!

—Si quieres acompáñame hasta su puerta.

(Y yo que iba como hormiguita a ayudarle a la hermana Clotilde a preparar el refectorio para el desayuno de mañana, me muero de la envidia, me muero).

—Está rete oscuro, dame la mano, Mariana, tú que conoces bien el jardín.

Dejo a Leticia Lavoisier frente a la recámara del padre. Ahorita mismo va a leerle su estúpido papelito: «Soy floja, me cae gordo el pinche Federico» y demás ñoñerías. Camino rápido, tras de mí adivino la mano episcopal prendiendo el cigarro número 77 777 777 777.

—Hermana Clotilde, vine a ver qué se le ofrecía.

—Ya está todo, Marianita linda, pero Nuestro Señor y

la Santísima Virgen le tomarán en cuenta su buena intención. Ande súbase a dormir.

A mí la Santísima Virgen me tiene sin cuidado. No entiendo qué le hizo la paloma del Espíritu Santo, como tampoco entiendo el misterio de la Santísima Trinidad. Los dogmas de fe, qué lata dan. Prefiero mil veces a la Morenita de Magda, o a mamá, Luz, Luz y Luz, ésa sí me enamora y no la estatua de ojos bajos, pliegues inamovibles y banda azul que nos asestan en la iglesia. Todavía si la Madona corriera como Luz o jugara al «avión» o perdiera sus llaves, pero no hace nada, nada salvo poner cara de mustia, cara de víctima, cara de mártir. Para mujeres, mi mamá: Luz. O mi abuela. O de perdida tía Francisca, o tía Esperanza que podría cargar Catedral sobre sus hombros. La única vez que me ha caído bien la Santísima Virgen es en la Anunciación de Simone Martini, porque se ve huraña, malhumorienta, muy poco complaciente por más que el arcángel Gabriel intente persuadirla en la claridad de la mañana.

Al pasar frente a la alcoba de Marta Dupasquier, la espío por una rendija en la lona. Su cabeza erizada de bigudís descansa sobre la almohada y bajo los chinos apretados, una plasta blanca de crema la asemeja a un mimo. Hoy, nada de camisón abierto a la intemperie, su tratamiento de belleza es otro y no es precisamente el de su alma.

—Hijos, Casilda, acabo de ver a la beata de Marta toda embadurnada de Teatrical como fantasma.

—También yo caché a Mónica en el baño maquillándose. Las pasmó el padre. No te rías que nos van a oír.

Todas las noches, Casilda y yo tenemos nuestros conciliábulos, mejor dicho, nuestras sesiones de carcajadas.

—Estela Rivet lo va a invitar a cenar a su casa.

—Híjoles, pobre de Teufel, con la cara de culo que ponen los papás de Estela. ¿Tú crees que vaya?

—Ya aceptó. También va a ir a casa de los Berthelot.

—¿Cómo lo lograría Susana? Seguro le va a tejer su suéter. Oye, a mí no se me ha ocurrido invitarlo a nada. Dice Mónica que yo nada más le caí en gracia y ya.

—Pinche Mónica tan pretenciosa, tampoco que se las dé de sabionda.

—Ay, Casi, cómo te quiero, siempre jalas rete parejo conmigo.

De las otras alcobas salen unos «cállense» y unos «schtttt».

—¿No se te hace que el padre Teufel se parece un poquito a Cary Grant?

—Ay, estás loca, si está muy feo, y lo más feo es su sonrisa, su boca parece un corredor oscuro. Seguro huele a coliflor hirviendo.

—Ay, pues a mí se me hace que le da un aire a Cary Grant, en *Bringing up baby* con Katharine Hepburn. ¡Me chifla su aire de profesor distraído!

—¿Se van a callar? —grita una voz furiosa, pero Casilda prosigue.

—¿Te imaginas la reacción de Teufel cuando vea en casa de don Hipólito la loza blanca de El Ánfora, los vasos de la Vidriera Monterrey, los manteles de medio uso de La Francia Marítima, todo lo que les saca a sus proveedores en cada uno de los consejos de administración? Parece que Berthelot se llevó hasta las sillas de la Cervecería Modelo para su jardín.

—¡O se callan o bajo ahora mismo a acusarlas! —insiste la voz furibunda.

La emprendo descalza a mi alcoba.

Hago la segunda adoración con Leticia, en realidad lo único que quiero es mirar hacia la recámara del padre. Atravesando el jardín hay luz en el cuarto del sacerdote. En la noche, la casa oscura y negra enredada de hiedra parece la torre donde vive el mago, la casa a la cual no tengo acceso. Todavía. Entrar allí es una transgresión, sólo llama a las privilegiadas, sin embargo, salen con las mejillas enrojecidas, el pelo alborotado, las faldas desarregladas, el olor y la mirada de quien acaba de aprender algo definitivo para su vida. Vista desde abajo, como puedo verla ahora, la casa se levanta hasta convertirse en castillo encantado porque allá arriba vive un ser inquietante que al mismo tiempo causa goce y temor. ¿Por qué no duerme? ¿Nunca duerme? Algo le sucede, pero ¿qué? Algo pide, pero ¿qué? Estamos dispuestas a dárselo, pero ¿qué es lo que quiere?

Hoy, sentado en medio del refectorio sobre una silla de madera, el sacerdote luchó con Luzbel. Se llevó la mano a la frente, la pasó entre sus cabellos:

—Quizá no pueda terminar la instrucción, quizá no pueda continuarla, tendrán ustedes que perdonarme.

Lo escuchamos tensas, ¡cuántas de nosotras no nos levantaríamos a tomarlo en brazos, a confortarlo, a acompañarlo a descansar, a llevarlo a bañar si fuera necesario! Sin embargo, ninguna se movió, él mismo nos retenía con sus ademanes cortantes. Tuvimos conciencia de que éste era un momento de seriedad extrema; estábamos en presencia de un hombre que podía absorbernos con la sola fuerza de su intelecto o de algo más oscuro y demoniaco. A Margarita le entró temblorina.

—¿Por qué se confiesan de cosas que no están prohibidas ummmmmmmm? ¿Qué parte juega Dios en su pequeña historia, en su destinito personal ummmmmmmmmm?

Demandante mantiene nuestra atención en su voltaje más alto. No sabemos rechazarlo. Ni siquiera cuando alguna cierra un instante los ojos para disminuir la tensión, Teufel se apiada; al contrario, grita indignado:

—Un ser humano debería hacer aquello para lo cual tiene talento con toda su energía, a lo largo de toda su vida. Si no, es preferible que muera.

Así se lo gritó a Estela Rivet:

—Muérase, muérase, Estela, pero no cierre los ojos. Llegue usted a la última de sus posibilidades de placer o de dolor. ¿Qué caso tiene prolongar su existencia? ¡Es preferible morir a no hacer las cosas con pasión!

Clic, de pronto, se apaga la luz. ¿Cuándo la apagó? ¿Por qué me hizo esto? ¿Cómo pudo írseme en ese preciso instante, en el momento de la Marcha Nupcial? Me parece oír el apagador, clic, aún suena en mi oído. Me duelen los ojos tan fijos en la casa del mago. En realidad, no quité la vista un solo instante de la ventana iluminada en la torre, nunca bajé los ojos; toda la adoración la hice en función del sacerdote, toda y cuando me sentí más unida a él, en el colmo de la exaltación, clic, el interruptor de la luz opacó la imagen, la nulificó rechazándome. «Yo estoy adentro en mi torre de silencio, tú allá afuera, y el camino es largo».

Tiene razón Leticia Lavoisier; el jardín del retiro es mi territorio, mi coto de caza, lo conozco mejor que nadie justamente por lo que me reprocha la *ojos de sapo* de Susana, porque me fijo en todo. Sé de la docilidad del pasto en algunos rincones pero más me atraen las hierbas que se atreven a crecer duras, con una coraza especial y adquieren ese color mate de todo lo sobreviviente, porque lo fuerte no es escandaloso, es mate. Este jardín comprimido entre cuatro altas paredes me embriaga por oscuro, por denso; el cielo no es espacio abierto sino cobertura; una cobija con manchas sospechosas. Los juncos dejan escapar un líquido viscoso, blanco que se pega a las manos como leche. La hiedra se aferra no sólo a la pared sino al árbol, lo enreda, lo taponea hasta el estrangulamiento, aparenta ser frágil sólo para agarrarse mejor. Jacques Teufel dice que es malo ser posesivo, hay que abrir las manos, abrir todo, dejar entrar el aire, pero no me gusta el ademán que hace para abrirlas, sus manos se ven cortas, chatas, no se afilan en el aire como las de Casimiro, mi padre. También sus zapatos negros son gruesos, toscos y de punta levantada. Siempre parecen estar enlodados. Dice Susana Berthelot que su padre sembró pasto inglés esperando que creciera como una tierna alfombra, pasto de sombra, pero no se dio cuenta de que se aferró al suelo una víbora insistente y primigenia, la guía de Cuernavaca y si el jardinero abonó el cepo de las azaleas, las rosas Balme y las rositas pompón, algo les sucedió en la tierra de México, demasiado vigorosa para su finura y crecieron descabelladas y voraces hasta adquirir el tamaño de una coliflor. La bugambilia es menos posesiva que la hiedra pero se retuerce lenta e insinuante cerca de un naranjo y, en el aire que huele a azahares, hay algo de pimienta, de chile, de pequeño incendio. Tras de los juncos descubro rincones que huelen a agua estancada, peor que eso, podrida, un olor casi obsceno que aturde y sin embargo me jala por indescifrable. Todo lo que no puedo domesticar me atrapa. ¡Qué inoportuno este estancamiento pluvial en la Casa de Dios! Trapacero se sube a la cabeza, marea como el copal, la mirra y ese humo pesado de la

Elevación, que nada tiene de santo y llega hasta el techo haciendo volutas desde un incensario que va y viene, viene y va; esos efluvios, esos tufos dulzones y lilas se expanden, suben a untarse en las cortinas de lona de las alcobas, macerando especies, girando sus perfumes lascivos entre los exámenes de conciencia, nos alucinan, son nuestra vigilia. Los inhalo malignos, más tarde iré a besarle las manos a mi hermanito Fabián, una y otra vez, para purificarme.

Tallada en un tronco de árbol, la banca nunca está libre. Dos árboles flacos siempre a la defensiva sirven de postes para colgar la red del volei, y alejada del ruido, se aísla la habitación del padre que este año es una piedra imán. Castillo del mago, o guarida del monstruo, o cueva del ogro. No importa, sea lo que sea, la escojo. Escojo su escalera pegada como rémora a la puerta, una escalera gris con una enredadera de hiedra sucia, en cuyos peldaños me gusta sentarme porque queda al lado del cuarto del padre y allí me entretengo limpiando cada una de las hojas con un pañuelo. Me las pongo en la mejilla como unas manitas verdes del árbol para calmar mi fiebre. ¿Cuándo funcionará la escalera como puente levadizo para llevarme al palacio? Si supiera el padre cuántas horas he pasado aquí sentada. Desde la escalera puedo espiar el menor movimiento de la puerta pero este año no hay manera de controlar los acontecimientos, el ajetreo es inaudito, i-nau-di-to. En este momento sale Margarita Lemaitre, ni siquiera me ve, tiene los ojos perdidos, los labios le tiemblan, flojos. Da un paso en falso, se va a caer, le tiendo mi pañuelo, me rechaza, echa a correr sollozando.

—Margarita, dime que te pasó.

—Déjame, criatura.

—¡Madre de los apachurrados! ¿Qué sucede aquí? ¿Por qué tanto misterio?

Casilda acaba de pasar después de decirme que no iría. ¿Qué la haría cambiar de decisión? En este retiro todo es muy raro, desde el predicador hasta nuestra ausencia de la capilla. Lustro una hoja de la hiedra con tanta fuerza que le hago un agujero. Por fin sale Casi. Su visita no ha durado mucho y tiene los ojos en batalla, las manos hechas puño, y la boca apretada de los días malos.

—Casi, Casi, ¿qué te pasó? ¿Qué te dijo el padre?

—Nada, no tengo ganas de hablar.

Del fondo del jardín sube un rumor, las jóvenes giran en torno a Estela Rivet, las voces que eran cuchicheos poco a poco alcanzan y exceden su tono normal.

—Mira, Casilda, allá están todas las que no quieren hablar.

Estela Rivet antes sedienta y ahora saciada, ebria de felicidad cuenta todo lo que le ha dicho el padre, a ella, solamente a ella. Sus compañeras saben que a Estela no le gusta confesarse o, ¿es que no lo recuerdan? Siempre ha hablado con desdén de los negros confesionarios untuosos de arrepentimiento. Bueno, pues el padre le ha dicho nada menos que la confesión no es necesaria, que cada quien debe asumir sus propias responsabilidades, que no vale la pena descargarse en la espalda de otro, ya que de todos modos vuelven a cometerse los mismos pecados. Estela resplandece. Por su propio razonamiento científico llegó a la conclusión de que confesarse es el recurso de los débiles de espíritu y un sacerdote inteligentísimo y seductor avala su buen juicio, ¡ustedes son testigo! Las jóvenes, hechas bola parecen gallinas que esponjan sus plumas. Susana ya no teje. Tiene los ojos tiernos y malheridos del perro que ha perdido a su amo. Y es que Susana ha sido la protagonista de un incidente penoso para el grupo. Sobre sus hombros pesan las tribulaciones del mundo y los ojos siempre se le llenan de lágrimas por los chinitos, por los negritos de África, por la guerra, por la peste, por los leprosos, por los misioneros, por los hindúes inertes en la calle, por la niñez abandonada. Ayer en la tarde, en vez de confirmar ante todas que era una-bella-alma-Berthelot como lo asegura la colonia francesa en pleno, Teufel la interpeló:

—No lloriquee usted. No resisto a Jeremías. Eso es sentimentalismo. La religión nada tiene que ver con el sentimentalismo. ¡Señoritas, no me vengan con sensiblerías!

Habló con los dientes apretados, la mandíbula hacia adelante, exasperado. Más tarde, se amansó un poco porque Casilda de plano lo cuestionó:

—Bueno y para usted, ¿qué cosa es el sentimentalismo?

Sólo retuve la voz ríspida, el traqueteo, un sonido de matraca y las frases que se abrían paso hasta salir al aire.

—Es prolongar innecesariamente un sentimiento y envilecerlo. Nada más nocivo que repasar sentimientos y regodearse en ellos. Una mujer capaz de sentir algo muy intensamente sin tratar de exhibirlo, es sin lugar a dudas una mujer con clase. Para ustedes es muy difícil liberarse del sentimentalismo, porque son niñas ricas, no tienen de qué preocuparse, a sus problemas no se les puede hincar el diente, no son reales. Entre más sentimentales sean menos podrán sentir verdaderamente —Se señaló a sí mismo—. Entre más sentimental me vuelvo más disminuyo mi capacidad amorosa… Un niño no será jamás sentimental, jamás. Saben ustedes, señoritas, el cinismo es lo opuesto al sentimentalismo, y entre el cinismo y el sentimentalismo prefiero el cinismo.

Susana, atónita, permaneció esquiva y nadie ha vuelto a verla en la adoración. De vez en cuando toma una de sus largas agujas de tejer y se pega en los muslos, en las piernas. ¡Tantos años de estar rezando por esos pequeños salvajes para que le salgan con una reprimenda. «Pide audiencia», le aconsejamos todas. «Pide audiencia, a ver qué pasa». Pero el predicador no ha vuelto a dirigirle la palabra. ¿Estará al tanto de que la gorda es una Berthelot?

—Míralas a todas, Casilda, quién sabe qué les pasa. Estela se cree la mamá de Tarzán.

—Este retiro es tan extraño. ¿Te has fijado que en vez de sermones el padre no nos habla más que de nosotras mismas, de encontrar ese «yo» interno? ¿Te has fijado cómo se dirige personalmente a cada una retándola? Y ¿en qué estado puso a la pobre de Margarita Lemaitre?

—Teté es una estúpida. Ponerse a llorar delante de todo el mundo, mejor dicho, delante de esta selecta cofradía.

—Pero la pobre tiene razón. Se llega a la perfección a través de la costumbre, del esfuerzo diario.

—La costumbre es algo horrible, Casilda, horrible, fíjate cómo se indignó el padre. Una mujer que muestra sus esfuerzos es un ser deplorable. La gente no tiene que darse cuenta del trabajo que cuesta ser mujer, todo lo que la mujer haga debe tener aspecto de un don gratuito.

—Ay, Mariana, en vez de repetir tontamente lo que no entiendes, sírvete mejor en el refectorio, no comiste papas.

—Es mi sacrificio de Cuaresma.

—¡Qué mustia! No quieres engordar. Luego te desmayas en la capilla y molestas a todo el mundo. ¡Eso es lo que más me revienta de todas ustedes, su capacidad para mentirse a sí mismas!

✠ IPSA ME DEDUXERUNT ET ADDUXERUNT IN MONTEM SANCTUM TUUM ET IN TABERNACULA TUA.

Caminamos lentamente por las veredas lejos de las demás que siguen agitándose en el fondo del jardín. Casilda, decidida sobre sus piernas firmes, yo, lánguida, porque dejo caer mis pies en donde sea, estoy cansada, tanto que ni siquiera puedo echarme para atrás el mechón que cae perpetuamente sobre mis ojos. A veces se me va la vida y no logro seguir adelante. Las demás ríen: «Miren a Mariana espantándose las moscas». Dentro de mis mocasines puedo mover los pies, agitar los dedos, hacerlos para adelante y para atrás, los zapatos se independizan, siguen su propio instinto, se enchuecan escapando a las reglas del buen calzado. Mi dejadez preocupa a Casilda:

—Oye, Mariana, ¿cuándo te hiciste ese moretón?

—¿Cuál?

—¿A poco no lo sentiste?

—Los moretones no se sienten, el golpe sí, de ése ni cuenta me di.

Pongo mi mano en la de Casilda, sintiendo esos bordecitos duros que el deporte le ha dejado y que me son particularmente gratos.

—Casilda, dime lo que te dijo el padre, no se lo digo a nadie.

Casilda suelta mi mano.

—No, Mariana.

—Por favor.

—Cállate la boca, no insistas.

—Entonces no eres mi amiga.

—Justamente porque soy tu amiga, no quiero que vayas a ver al padre; a ti te haría más daño que a nadie.

—¿Por qué?

—Porque tú te vuelas con nada... Si lo ves, te vas a poner como cabra.

—Óyeme, Casilda.

—Si te lo cuento, ¿no irás a ver al padre?

Miento, a sabiendas.

—Claro que no.

—Fíjate lo que me hizo. Entré al cuarto. Me quedé de pie esperando a que me invitara a sentarme y ¿sabes lo que hizo? Volvió su rostro hacia mí, me miró de arriba abajo para luego decir: «¡Qué linda es usted!».

—¿Eso es todo?

—¿Te parece poco?

—Me parece maravilloso.

—¡Qué maravilla ni qué nada! De veras, estás mal. Me enojé. Le respondí sin más: «Me sobra quien me diga bonita; todos los muchachos lo hacen. No es eso lo que yo espero de un sacerdote». Me señaló un sillón pero escogí una silla como un perchero para poder mirarlo desde arriba. Me dijo que le gustaban las personas combativas como yo, que nada más me había recibido así para probarme, que me reafirmaba ante sus ojos. Conversamos acerca de los temas tratados en el retiro y me preguntó cuál era el que más me había interesado.

—Y ¿qué le dijiste?

—Por favor, Mariana, camina junto a mí y no tantito delante o tantito pisándome los talones. Le hablé de que somos múltiples y debemos tener un solo personaje, el verdadero al cual poder regresar a la hora de la muerte. Qué impresionante es eso, ¿verdad? ¿Te imaginas morir dentro del papel equivocado? Dijo entonces que para regresar al personaje inicial, al auténtico, había que escogerse y para ello se necesita una gran libertad interior, un profundo conocimiento y respeto de sí mismo.

—Mi abuelito dice que eso de «escogerse a sí mismo» ha llevado a las mujeres a cometer las peores barbaridades.

—¿Sí? Después me habló de los instantes de absoluto.

—Eso lo recuerdo muy bien, cuando habla del absoluto, habla del amor.

—Sí, pero no sólo del amor entre el hombre y la mujer que es el único en el que piensas sino de los instantes en que la gracia nos es dada y nos sentimos absolutamente unidos a la naturaleza; Dios-naturaleza está tan cerca que nuestro «yo» disminuye para dar lugar al Universo.

—¿Tú crees que un beso es un absoluto?

—No, zonza, pero la maternidad sí lo es.

En ese momento el padre abre la puerta y se dirige a la capilla. Casilda se aparta bruscamente y examina la punta de sus pies. El padre, encorvado, trae las manos en los bolsillos. Es hora de la próxima instrucción y a ninguna se le ha ocurrido tocar la campana para anunciarla. Estela es la encargada pero no lo hizo, temerosa quizá de que las campanadas delataran su júbilo interior. Jacques Teufel nos mira a Casilda y a mí larga, tercamente. Penetramos a la capilla y nos hincamos ante Cristo ofreciéndole nuestro «yo» recién descubierto.

Dice un rápido *Dios te salve María* con voz neutra y vuelve a reinar un silencio anhelante, lleno de respiraciones entrecortadas, aleteos, como si una bandada de palomas estuviera a punto de emprender el vuelo. El padre está rodeado de palomas inocentes y lascivas. Un blando calor de plumas se estremece al alcance de su mano y él tiene la elocuencia del gavilán que planea sobre el palomar. Se saben protegidas porque es un sacerdote a pesar de que los ojos hundidos dentro de su cuenca tienen la fijeza del ave de rapiña y la voz se hace ronca, dura, con palabras que son fauces.

Canto a todo pulmón *La vida en rosa*.

Confitebor tibi in cithara,
Deus, Deus meus

Toco. La voz contesta: "Pase", abro suavemente la puerta y me cuelo en el cuarto.

—Ah, la pequeña, la pequeña Blanca.

—No me llamo Blanca, padre, me llamo Mariana.

—Pero para mí, usted es Blanca. Siéntese, niña.

El olor del tabaco me toma por asalto. El cuarto del sacerdote no es la estancia impersonal que le prepararon las señoritas del retiro; en todas partes ha embarrado su presencia. El aire espeso de humo inmoviliza y las ventanas permanecen cerradas. Sólo una lámpara ilumina la recámara; la penumbra protege el desorden, los ceniceros retacados de colillas apagadas con encono, despanzurradas hasta en la taza vacía; una mochila a punto de reventar hunde con su peso el único asiento. En el buró, al lado de la cama de colcha arrugada se amontonan unos frasquitos: más tarde sabré que son para los nervios. Se murmura que al padre lo torturaron los alemanes, que tiene la Legión de Honor a título militar pero que jamás la usa. Del respaldo de la silla pende una camisa sucia. En el momento en que entro, lo veo tirar apresuradamente en el cesto de papeles los pedazos de algo que sin duda fue una carta:

—¿Qué le pasa, niña Blanca? —dice el eclesiástico en un tono afectuoso.

—En realidad, nada, padre, vine nada más porque las otras vinieron.

—Bueno, pues aunque no le pase nada a mí me gustaría platicar con usted.

Su voz está llena de inflexiones. A veces es una cueva donde uno puede meterse; otras se extiende, cubre espacios y se hace tan inaccesible como el cielo o la bóveda de una iglesia.

—Siéntese, niña.

Para obedecer tengo que quitar la mochila y al sentarme mi vestido cruje. Ojalá el sacerdote no lo haya notado. Un vestido cosido de murmullos, un vestido que suena y denuncia es siempre inoportuno. Para dar prisa a la entrevista, el padre se sienta en el brazo de un sillón con un pie en el suelo y otro colgado en el vacío. Fuma sin parar y su dedo índice y el anular se han amarillado hasta ennegrecerse. En cierta forma, todo en este cuarto es negro.

—Blanca, usted ya se confesó, ¿verdad?

—Sí, padre.

—¿Conmigo?

—Sí, padre —me enardezco—, pero a usted le dije lo mismo que al padre Didier el año pasado, al Padre Bonhomme hace dos años, al padre Duchemin, al padre Caselli hace tres. Siempre los mismos cinco pecados: distracción, orgullo, indolencia…

El sacerdote hace un gesto de fastidio:

—Sí, sí, ya sé. Pero ¿qué me dice usted de sí misma?

Lo miro con desconfianza, primero porque no sé hablar de mí misma y segundo porque no tengo nada interesante que decir. En mi casa, la conversación en la mesa gira en torno a lo que se ha hecho durante el día, enfatizando los encuentros fortuitos: «¿Saben a quién vi en Madero?»; pero nunca he oído a papá o a mamá definirse: «Yo soy, yo pienso, yo digo». Al contrario, no debe uno ponerse por delante. Así como nadie toma sus medicinas en la mesa, hablar de sí mismo es considerado de mal gusto como lo es hablar de dinero o de experiencias desagradables. Y mucho menos de enfermedades. Nunca he oído a mi padre o a mi madre decir: «Yo soy así». Al contrario, sólo la gente mal nacida hace confidencias. Sin embargo, en los ojos del eclesiástico hay tanta solicitud, tanto afecto profundo y verdadero que en ese instante lo daría yo todo por tener algo importante que comunicar: una súbita vocación religiosa, un terrible problema familiar, una irresistible inclinación al mal. Sus ojos son un abismo presto a incluir todos los precipicios, en particular el mío. ¡Qué desesperación! ¿Por qué no soy más especial? Qué decirle. Dios dime lo que le digo, Cristo, San Tarcisio, díganme lo que le digo, algo para que vea que ya soy una gente grande, que lo entiendo y soy capaz de poner en práctica lo que nos ha enseñado. Dame, Dios mío, la autorización de mentir para que yo sea para él un alma atractiva, digna de misericordia.

—Blanca, hábleme de su vida.

—No sé, padre, yo no tengo nada que ver con mi vida.

—¿Por qué, niña?

—No me la he hecho yo, hago lo que quieren mis papás.

—¿Y qué quieren sus papás?

—Que esté sana, que sea buena… lo que quieren los padres.

—Blanca, ¿cómo era usted de pequeña?

Agradezco la pregunta como maná caído del cielo. Ya no me considera pequeña. Quiere saber cómo he sido. Qué fácil es contestarle. El vestido cruje nuevamente, esta vez con decisión.

—Ay, padre, no recuerdo bien cómo era, hace tanto tiempo de eso. Creía que ser gente grande era algo extraordinario. Un día pensé: «Cuando entienda lo que platica la gente grande seré dueña del mundo así como ellos deben serlo». Pero el día que entendí lo que decían me sentí defraudada. Yo creía que los mayores hablaban de cosas grandes, maravillosas, que siempre estarían descubriendo algo, como si escalaran la montaña y hubieran llegado a la cima, que eran gigantes más altos que las ramas de la punta de los árboles...

El sacerdote abandona la postura que adopta para que los visitantes se vayan pronto y se arrellana cómodamente. Veo cierta diversión en sus ojos. Sin más me interrumpe:

—¿Usted cree en el diablo?

—Uy, sí, pero menos que Luz.

—¿Quién es Luz?

—Mi mamá.

—¡Ah, sí! Y ¿en su casa creen en el diablo?

—Mi mamá, padre, mi mamá.

—Ah, y ¿de dónde es usted Blanca? Sin duda pertenece a una familia rica.

—No entiendo su pregunta, padre.

—Es muy fácil ¿cómo viven en su casa?

—Como toda la gente, padre.

—Niña, ¿qué no sabe usted que el mundo está dividido en capas sociales? Unos viven mejor que otros. Ustedes, ¿quiénes son?

—¿Nosotros?

—Sí.

—Nosotros somos nosotros.

—¿Y los demás?

—Los demás son los que andan en la calle. La otra gente.

—¿Cuál otra gente?

—Esa gente, la de afuera, basta con asomarse al zaguán, la gente que todo el tiempo está pasando.

—Ustedes, ¿tienen sirvientes?

—Sí, padre.

—Y ¿comen en la mesa?

—¿Con nosotros?

—Sí, claro, con ustedes.

—¡Ay, no, padre!

—Ah, ya veo, ¿por qué no comen en la mesa con ustedes? (De más en más extrañada miro al sacerdote).

—Porque son sirvientes. No tienen modales... Son criados.

—¿Qué significa eso?

—Son distintos. A ellos tampoco les gustaría comer en la mesa con nosotros.

—Y usted, ¿está de acuerdo en que los sirvientes coman en la cocina?

(Como un relámpago, Magda atraviesa frente a mis ojos, pero Magda es Magda).

—No sé padre, nunca me he puesto a pensar en ello.

—Y usted ¿por qué no es sirvienta?

¿Se estará burlando de mí?

—Soy de buena familia, padre.

—Y eso ¿qué quiere decir?

—Me mandaron a la escuela. Estoy bien educada.

—¿Educada para qué? ¿Qué sabe usted hacer? ¿En qué podría trabajar?

—No sé, padre. Pero soy una gente bien, heredé costumbres y objetos que lo demuestran. En mi casa todo tiene pasado... ¿Sabe?, mi abuelo decía que los sirvientes lo son porque no pueden ser otra cosa, ¿no?

—¿Por qué no pueden ser otra cosa?

—Porque no tienen capacidades. En general son tontos, cometen siempre las mismas torpezas. Mi abuelo en Francia decía: «Si no fueran tontos no serían sirvientes».

—Entonces, para usted, niña de buena familia, la gente con limitaciones no puede aspirar más que a servir a los demás. ¡Qué muchachita! Con razón se hizo la guillotina. Gracias a Dios hemos entrado en la era de las grandes fábricas.

—¿Las fábricas?

—Sí, aquéllas en donde todos trabajan igual, en donde puede darse la oposición y la exigencia, la huelga. Oiga, Blanca, ¿qué sus compañeras de retiro piensan como usted?

—No lo sé, padre, pero ellas sí son dueñas de fábricas. Sin embargo, nunca hemos hablado de lo que sucede en sus fábricas.

El sacerdote ríe malévolo.

—Y ¿no le parece un poco anticuado todo eso de los buenos modales, la «buena familia» a la que usted pertenece?

—No sé, padre.

—¿Qué es lo que usted sabe?

La sonrisa sigue irónica, malevolente.

—Sé que me gusta que las sábanas huelan a lavanda; en mi casa mi madre mete saquitos de lavanda entre las sábanas. Es una costumbre heredada... Padre, yo creo en las tradiciones.

El padre se violenta.

—En el mundo actual, los hombres tienen la necesidad absoluta de descastarse.

—¿Cómo?

—Lo que usted me acaba de decir, Blanca, es decadente. Sabe a rancio, a podrido, a prejuicios; simplemente no tiene sentido. La vida misma nos lleva por otros caminos. Usted misma, niña, es mucho más ancha, mucho más grande de lo que cree; la vida se encargará de demostrárselo. El mundo tiene que renovarse. Hay que destruir a la sociedad a la que usted pertenece, hacerla trizas con sus prejuicios, su vanidad, su impotencia moral y física. ¡Y gente como usted puede hacerlo desde dentro! Descastarse, niña Blanca, descas-tar-se. Rompa usted escudos y libros de familia, sacuda árboles genealógicos. No guarde álbumes amarillentos.

Asesínelo todo. Asesine a sus padres, a sus abuelos. Usted es un hecho aislado, sin procedencia, sin antecedentes. Las únicas capaces de abolir las clases sociales son las mujeres, las mujeres que pueden tener hijos con quien sea y en donde sea.

Hace un rato que el sacerdote se ha levantado y camina de un lado a otro sin mirarme.

—Blanca, ¿puedo contar con usted? ¿Está dispuesta a colaborar en la fundación de una sociedad nueva?

—¿Un mundo nuevo?

—Un asentamiento humano cuyos cimientos se encuentran en Nueva York.

—¿En Nueva York?

—Sí, en Nueva York.

—¿Por qué allá? Nueva York es la ciudad de los ricos.

—Es la ciudad de los cambios; allá viven hombres y mujeres interesados en reconocerse a sí mismos en los demás. Si la burguesía internacional se une en los grandes centros de poder, y obviamente Nueva York es uno de ellos, ¿por qué no unir a todos los trabajadores del mundo en una lucha común e iniciar el movimiento en la guarida misma de los ricos? Hay que minar los edificios en sus cimientos, recuerde que nosotros somos la obra negra y sin obra negra nada funciona.

Al mismo tiempo que entiendo mal lo que dice, me destantea y me exalta y llena de una aprensión bienhechora. Me visualizo dentro de la catedral de San Patricio; arriba en el altar el padre oficia una misa dominical y fustiga a los dueños de Park Avenue. ¡Qué bueno, agarrarlos a patadas, meterles la aceituna del martini en una oreja, taponearles la nariz, sentarse en su cara! Sí, sí, llevar en Nueva York una vida de entrega al prójimo, de defensa de los puertorriqueños, cantar *Summertime* como Ella Fitzgerald, defender a los negritos, a las negras todas igualitas a la Aunt Jemima de los *hot cakes*, lejos de la rutina familiar, la recámara color de rosa de mamá. Sí, sí, lo que él diga, a dónde él diga, lo que él pida. Quiero ir hacia lo nuevo, con él, pasar el resto de mi vida junto a él. Nadie ha permanecido indiferente a este sacerdote, por eso debe ser Dios; qué fuerte emoción nos produce a todas. Y en mí confía, en mí confía; es a mí a quien Dios está llamando. Voy a ser una gran santa, me van a canonizar.

—Quiero infinitamente a los demás, Blanca, y si le hablo así es porque creo que me entiende. Apenas la vi, allá en las bancas de la iglesia, la distinguí porque siento que en usted todo es receptivo. ¿Qué es lo que espera de la vida, niña? A mí no me interesa lo que usted es, sino lo que puede dar algún día. No me interesa, Blanca, sino como la persona que algún día pueda vivir la vida plenamente y entregarse por entero.

Sí, sí quiero darme, sí quiero, claro que quiero, todo menos pasar desapercibida. De hecho ya soy importante, muy importante, debo serlo puesto que él lo dice. Pero lo más importante es que él siga interesándose en mí, que me quiera, que me mire, que me distinga.

—Siempre he exigido de los que me llaman la atención un cierto heroísmo interior, ¿lo tiene Blanca? —Se pasa la mano por los cabellos, lentamente, con todos los dedos extendidos—. Sí, sí lo tiene, lo adivino, lo presiento, sí, usted es capaz de actos heroicos. Mire, venga mañana a verme a la misma hora. Tomaremos café y seguiremos platicando.

—Sí, padre, cómo no.

Nunca tomo café, no me dejan, pero mañana me lo echo. Sí, soy especial, soy casi Juana de Arco, mejor que las demás, qué celosas se van a poner cuando sepan que mañana también tengo visita privada. ¡Se van a morir!

—Descanse usted.

No quiero descansar. No quiero perder ese estado febril en que todo el cuerpo se tiende como la cuerda de un arco y vibra a la menor presión.

Se detiene en el dintel de la puerta:

—Si le hablé así no fue para herirla.

Pone su brazo alrededor de mis hombros. No estoy herida en lo más mínimo. Por fin he encontrado a alguien que me habla de lo que quiero oír; por fin las cosas son ciertas. El sacerdote ha abierto en mí una puerta secreta. Él solo tiene la llave del jardín cerrado. Me siento capaz de cualquier cosa. Todo lo que dice halla eco en mí y sus palabras encienden la hoguera. Sé que le doy al sacerdote el tema de una melodía más bien ligera pero él la desarrolla en los registros graves, haciendo variaciones severas. Y por primera vez, me oigo en ese tono profundo. Si soy capaz de provocar el interés de un hombre así, soy insustituible.

Me tiende la mano, retiene la mía, recita lentamente, su mano en la mía, mi mano en la suya:

—Al verla a usted, hermosa criatura, y sobre todo en este momento no puedo menos de recordar una frase: «Porque me ha ocurrido entrar en ciertas almas, como si me fuera brindado el acceso por una puerta de oro».

Ahora sé por qué las novicias se sienten las novias de Dios.

❤

—Me muero por Teufel.

—Híjole, Mariana, ya estás igual de exagerada que Sofía.

—Me muero por él. Quiero ser heroica para él, quiero ser digna de él, quiero dar a morder mi amor al hambriento.

—Cálmate, ¿no?

—¿No te parece guapo, Casi?

—No se cambia de camisa, no se bolea los zapatos, su traje negro ya parece costal.

✣

Agnus Dei, qui tollis peccata mundi, parce nobis, Domine.
Agnus Dei, qui tollis peccata mundi, exaudi nos, Domine.
Agnus Dei, qui tollis peccata mundi, miserere nobis.

✣

Recapitulo. De veras que a los santos les va mal, Santos Proto y Jacinto Mártires, eran hermanos y criados de Santa Eugenia, en Roma. Habiéndose descubierto que eran cristianos, fueron primero azotados con gran crueldad y después degollados (siglo III).

Quare tristis es, anima mea, et quare conturbas me?

Giran alrededor del fuego con sus grandes capas *scout*. Susana preparó la fogata desde en la mañana. Los leños truenan, la lumbre crepita, saltan astillas en el aire. Todas respiran el humo que primero fue blanco y se ha azulado, Susana tose, Marta Dupasquier chasquea la lengua. Mónica se hunde la boina hasta las orejas pero recuerda que allí está el sacerdote y entonces se la ladea a la Greta Garbo. Entre las llamaradas, Casilda es un paje, su estrecha figura tiene la gallardía de una espada, y dentro de la piel, más blanca que todas las azucenas que decoran el altar, destacan sus ojos inteligentes, más viejos que el resto de su cuerpo. Las jóvenes cantan a coro y procuran quedar lo más cerca del sacerdote para darle la mano a la hora de la ronda final cuando entonen: «Permanezcamos siempre unidos, hermanos, permanezcamos siempre unidos, Jesús está entre nosotros hermanos, Jesús está entre nosotros». (Sí, Jesús, en medio de nuestras piernas, en nuestra lengua, en nuestras yemas muriéndose de ganas de intercambiar caricias).

La noche todo lo cambia. Ahora el padre forma parte de la oscuridad. Sus ojos brillan menos y tan sólo de vez en cuando Margarita Lemaitre, ¡ay, qué pena!, percibe su ojeroso rostro blanco. De vez en cuando también una se levanta como un ladrón sigiloso a atizar el fuego, a remover las brasas con un leño, y la cara licenciosamente iluminada parece la de una bruja en noche de sábado. Mónica Mery y Estela Rivet fuman; de ellas no se distingue sino el punto rojo de su cigarro. Nadie trata de adivinar los movimientos ajenos dentro de la gran capa azul. En los retiros anteriores, el predicador de cuaresma no permitía que se fumara pero éste tiene una idea muy distinta a la de sus colegas de lo que deben ser los ejercicios espirituales. En primer lugar, ¿cuándo se hubiera pensado en una fogata a la mitad del jardín y las muchachas en torno a ella fumando como chacuacos en vez de ensimismarse en la Adoración del Santísimo?

—¡Madre de los apachurrados, son las cuatro de la mañana!

—Schhhhhhhhh, Leticia, ¿qué te importa? ¿No estás bien?

La velada se ha prolongado sin ganas de dormir. El padre nos mantiene en ascuas, somos motores que giramos acelerados. Habla, manotea, golpea el suelo con los pies como si llevara botas militares. Ha fundado el ejército, todas estamos dispuestas a seguirlo; once mil vírgenes ansiosas se preparan al asalto.

—Por amor de Dios no sean ustedes pasivas. Por amor de Dios comprendan de una vez por todas que la caridad, no me gusta esa palabra, es aristocrática, cambiémosla de una vez por todas por la de solidaridad, consiste en unirse en perfecta igualdad de condiciones, al tú por tú. (Al decir esto Jacques Teufel salpica la tierra de saliva). Ante el prójimo debemos abolir todas nuestras ventajas.

Susana Berthelot emite un débil y aterrado ¡oh! El eclesiástico vocifera:

—La caridad no consiste en llevarle una cubeta a una mujer pobre sino en estarse con ella, en dejar que ella esté con ustedes. Los hombres y más aún los pobres tienen espíritu y las dolencias del espíritu sólo se curan con el espíritu. Quiero difundir la bondad por la belleza. La belleza es el mejor vehículo para hacer el bien, la belleza conquista por su mera presencia. ¿Cómo puede alojarse en esas ratas vestidas de negro, en esas monjas que piden limosna con bigotes y chongos grasientos, en esos curas gordos que se dejan besar la mano? La gente tiene que ver la bondad en ustedes que son jóvenes, puras y buenas por naturaleza. ¡No hay que cometer el error de Tarsicio que entró en una pandilla de niños romanos que jugaban a bárbaros y a legionarios y rehusó formar parte de cualquiera de los dos bandos para predicarles como un San Antonio en el desierto! Por eso lo lapidaron. Muchachas, mis niñas, no se reserven ustedes. Participen en la vida de los demás. Entren en el juego. Vivan la vida. Juéguensela. Pongan en ella su cuerpo, la virginidad y la frescura de sus cabellos, su perfume, porque el perfume es la estela del alma. Vayan a las casas, entren, siéntense allí adentro, coman tortillas y frijoles, limpien la boca del enfermo, cambien los pañales del niño.

—Yo no sé hacer eso —murmura Margarita Lemaitre.

—Acuesten al borracho después de levantarlo de la acera.

—En Inglaterra —advierte Mónica su boquilla en la mano— cada Navidad una familia invita a un niño de la calle a su mesa a compartir el *stuffed turkey* y el *plum pudding* de la cena de Nochebuena.

—Cuando mamá va a ver a los pobres —levanta la voz Leticia— se pone el vestido del día de los pobres; uno ya viejito. Al regresar a la casa se baña y se lava las manos con alcohol y manda desinfectar sus guantes.

¡Qué bruta, qué metida de pata la de Leticia! Las madres de las demás hacen lo mismo pero a ninguna se le ocurriría contárselo al sacerdote. Teufel permanece callado. No hay por qué responder. Las jóvenes lo ubican por la luz de su cigarro. Tan sólo se escucha su respiración entrecortada. También Marta Dupasquier se enardece:

—Padre, hay unos pobres realmente insoportables.

Venden lo que uno les da para comprarse pulque. No quieren entender. Y las mujeres son iguales, ni siquiera saben quiénes son los padres de sus hijos.

Como un cohete que estallara a la mitad del cielo, el eclesiástico grita:

—¿Ustedes creen que un Jesucristo con escrúpulos se habría hecho amigo de María Magdalena?

Susana se oprime el pecho con las dos manos. Su corazón late como un sapo presto a salirse de la capa. Ante los ojos de las mayores los abismos se hacen cada vez más profundos.

—Jesucristo toleró a Judas, aunque el falso apóstol llevaba desde un principio en la cara todos los signos de la maldad. Lo hizo para enseñarnos a no rechazar nunca la fealdad del mundo. Yo no puedo creer en esta religión que teme el contacto con el mal porque no es cristiana.

El padre avienta sus palabras a medio masticar, Marta Dupasquier a su lado ve que se muerde los labios hasta la sangre quizá para no ir más lejos pero sigue lanzándolas con una honda y todas las piedras dan en el blanco. De repente se pone a caminar entre las capas azules, mirándolas al vuelo. Las jóvenes se han contagiado. Su pecho sube y baja, su corazón late y se les hincha la nariz como a los caballos de carrera, yeguas finas, eso es lo que son, su cuerpo suelto a destreza, ya no oprimido por la armadura, se apresta para la competencia. ¡Qué hermoso es saberse bella, joven y escogida! Sólo Casilda se atreve a preguntar:

—¿De qué nos sirve entonces nuestra educación?

—De nada —gruñe el padre—, de nada si no se rebajan, de nada si no se mezclan, de nada, si no dan su amor a morder al hambriento, de nada, de nada.

—No nos queda más que volver a nacer —sentencia Casilda.

—Un cristiano debe jugárselo todo a cara o cruz. Yo lo que quiero es un ejército de mujeres. Dense ustedes cuenta, hermanas mías, que les ha sido dada la gracia y que son reclutas femeninas. (El sacerdote ríe en los momentos más inesperados, una risa gutural que destantea). Abandonen su seguridad, hay tantos riesgos en la seguridad como en el riesgo mismo, acostúmbrense a ser valientes, atrévanse a llegar a última hora como los labriegos en la parábola de la viña. Entre el riesgo y la seguridad hay que escoger siempre el riesgo.

—¡Sí, el riesgo —grita Susana—, el riesgo es bello, yo pido arriesgarlo todo!

Esta exaltación me produce un incoercible sentimiento de pudor y me abrocho el último botón de la blusa. En mi casa estarían escandalizados. ¿Por qué le he hablado tanto de mí al padre? Casilda tiene razón. Vivimos en un estado de hiperexcitación indecoroso, temblamos como cachorros moviendo la cola.

—Padre, perdóneme, pero a mí me da vergüenza darle cosas a la gente. ¿Con qué derecho? Hay muchas personas que tienen su orgullo como nosotros: de plano no les gusta recibir. Corremos el riesgo de que nos den con la puerta en las narices.

—¡Mariana! —Se indignan las demás.

—¡Déjenla, déjenla! De eso mismo quiero hablarles; el espíritu de servicio jamás puede ser despectivo. No regalen migajas. Dense a sí mismas como banquete. Nadie podrá rehusarlas. Diríjanse sobre todo a aquellos que viven en las vecindades amontonados en un solo cuarto, a los que mueren de amor, a los que andan en la calle, a los de a pie.

Como si jalaran la cadena del excusado, así es la risa de Teufel.

—Y si les dan una patada en su apretado y delicado fundillito, tómenlo por bien merecido.

Insiste:

—Una buena patada en su culito.

—¡Híjole, qué feo! —murmura Casilda.

Ríe, se ahoga en su risa seca y las muchachas ríen también; agreden la noche con su risa. Un viento se ha levantado junto con la madrugada; trae un polvo seco que se azota contra los rostros. Bruscamente se cierran las bocas que antes reían a mandíbula batiente. Teufel prosigue:

—En los aledaños del aeropuerto, vi pavorosos cinturones de miseria. ¿Los conocen?

—¿Cómo vamos a acercarnos a la gente? —grita Mónica Mery—, ¿abordándolos así nada más? Me hice amiga de un cuidador de coches en un estacionamiento y mostré verdadero interés por su vida y su trabajo, pretendí ayudarlo y terminó invitándome al Balneario Aguazul en la carretera a Puebla.

—Hubiera usted ido.

—Ay, padre, eso sí que no.

—¿Por qué?

—Me he rozado con distintas clases sociales, esto téngalo por seguro, soy mayor que todas estas criaturas (dibuja un círculo despectivo), pero con la clase de los que van a los balnearios en la carretera a Puebla, a ese extremo no llegaría.

—¿Por qué no?

—¿Cuál es el sentido de todo eso? ¿En qué voy a beneficiarlos porque chapotee como pato junto a ellos? ¿En qué van a beneficiarse con mi presencia? Sólo corro el riesgo de pescar una buena infección. Perdóneme, padre, pero eso es populismo, no sirve de nada.

—Dios mío —Teufel se lleva la mano a la cabeza—, eso es racismo. Y sería motivo de otra discusión y no la de hoy.

—Estamos desviándonos de nuestros objetivos —dice Casilda abruptamente—, me resulta difícil comprender sus planteamientos; si quiere que nos convirtamos en coristas, dígalo de una vez por todas, padre, a ninguna nos repele la vocación de Magdalena, pero creo que sus proposiciones son otras. Sé que ninguna de nosotras es marxista pero…

—Estoy persuadido de que no tienen formación política —murmura entre dientes.

—Yo sé quién es Marx —se enoja Casilda.

—¿Y lo ha leído?

—En compendios, sí.

—Tiene las barbas de Cristo —grita Estela Rivet.

—Yo al que conozco y me chifla es a Groucho Marx —ríe Leticia Lavoisier.

En la oscuridad pienso en las cosas que ella me ha enseñado: nunca pasar bajo una escalera, nunca abrir un paraguas dentro de una casa, nunca echar un sombrero sobre una cama y lo de las arañas: la de la mañana, la del mediodía, la de en la noche. *Araignée du matin, chagrin, araignée de midi, ennui, araignée du soir, espoir*. Si mato a la de la esperanza, mato todo lo que está por venir, mi esperanza es mi madre, Luz. Lo que ella dice es más fuerte que el marxismo. Lo más fuerte en mi vida es su voz. Tanto que apenas oigo el barullo de las otras hasta que me apresa la de Teufel.

—¡Nos estamos desviando! Por favor… Miren, deben empezar a reunir dinero para ir a la salida de las fábricas. Afuera pueden hacer guardia.

—¿Guardia? —grita Susana—. Si mi padre lo sabe le da un infarto.

—Yo no tengo la menor idea de cómo acercarme al pueblo, ¡ay, qué pena! —se lamenta Margarita Lemaitre—, no sé siquiera iniciar una conversación, me da muchísima pena.

—Compren trastes de cocina, alacenas, kilos de frijol, latería, qué sé yo, pueden dirigirse a la Clemente Jacques, tú, Claudine, puedes ir a ver a tu abuelo…

—Jamás le he pedido a mi abuelo algo semejante. Me va a sacar de su oficina con cajas destempladas.

—Imagínense llegando como vendedoras a un multifamiliar; ofrecen su mercancía por nada, las amas de casa se sienten felices de adquirir algo tan bueno a tan poco costo y se atribuyen momentáneamente el buen éxito del negocio. Siempre hay que convertir a los demás en autores, en protagonistas; jamás en receptores porque eso los humilla. A la misma ama de casa pueden cambiarle su suéter viejo por uno nuevo y así entablan el diálogo… El trueque; he allí un buen principio de intercambio. Al tú por tú. Sí, no me miren con incredulidad, recordarán mis palabras cuando vean los resultados positivos… Dios tiene que serles útil a los pobres.

—Es que no entiendo cuál es la finalidad de todo esto —se irrita Casilda—. Ni es un movimiento social, ni es un levantamiento político; más bien tiene visos de *kermesse*.

—No se pase de lista, Casilda. Esto que les propongo significa tomar parte, pertenecer, expresarse, dar, significa vivir —se enoja—. Ustedes viven en un país determinado, denle algo a ese país, carajo. Sean mexicanas, carajo.

Susana palidece, en la otra instrucción, claramente, el padre dijo mierda. Y ahora…

—A mí me emociona cantar el Himno Nacional —aventuro tímidamente—, sobre todo aquello de «Y retiemble en su centro la tierra, al sonoro rugir del cañón», bum, bum, bum.

—Sí, Mariana, pero ustedes como grupo humano son unas extranjerizantes.

—Mi abuelo, con perdón de usted, le ha dado trabajo a

miles de mexicanos en su fábrica. Sin él se estarían muriendo de hambre. Es más, él les ha enseñado a trabajar.

—Perdóneme, Susana, pero su abuelo más que dar algo ha explotado a los mexicanos; ha conseguido mano de obra barata, y sé por varios empresarios que paga sueldos de miseria y todavía se siente benefactor.

—¡Esto sí que es el colmo!

—¿Qué prestaciones tienen los trabajadores de la fábrica de su abuelo? ¿Seguro Social? ¿Guarderías? ¿Cuidados médicos en casos de accidente de trabajo? ¿Jubilación?

—Cuando ya están viejitos se van a trabajar de jardineros o de porteros en la casa de Monte Blanco o en la de Cuernavaca.

—¡Dios mío, esto nada tiene que ver con un orden social!

—Padre, creo que lo he comprendido —interviene conciliadora Estela Rivet—. Usted quiere que recojamos penas y alegrías, enfermedades y conflictos familiares.

—Puros paños de lágrimas, como en las radionovelas —ironiza Mónica.

—Sí, eso mismo y ése será su capital de base. Vamos a fundar un banco de confidencias. Todos pueden depositar allí libremente sus dudas, sus cobardías y sus cotidianas indecisiones.

—¿Y qué hacemos con eso? —se indigna Casilda—. ¿Cuál es su función? ¿De qué nos sirve meter las manos en ese miasma? ¿Qué se construye con ello?

—De ese conocimiento de los demás y de sus necesidades nace la nueva sociedad que queremos construir. Me sorprende que me lo pregunte, Casilda.

—Pero ningún problema se ha resuelto jamás con eso. Los pobres no tendrán menos hambre porque nos confíen sus penas y porque nosotras les comuniquemos nuestra indecisión o nuestra cobardía. ¿Sabes qué, compañero hambriento? (Casilda imposta la voz). Sabes qué, compañerito, tú tienes hambre pero yo te confieso que soy una idiota. ¿Qué ganamos el uno y el otro?

—Trato de convencerlas de que se pongan al tú por tú. Ustedes podrán después tocar a la puerta de los consorcios de sus padres y de sus tíos, y empezar a resolver por medio de iniciativas privadas, problemas concretos. Denle ustedes el ejemplo al gobierno. Tenga fe en mí, Casilda, sé de lo que le hablo, por allí se empieza. Después podrán hacer estadías en algunas industrias textiles, trabajar como fabricantas, sentarse como Simone Weil frente a un telar, compartir la dura condición humana. Esto les hará cambiar su vida... Porque esto es lo que desean ustedes, ¿verdad?, cambiar su vida.

—Yo nunca he ido a un cinturón de miseria, ¡ay, qué pena!, y temo que me apedreen... Pero quiero ir, quiero ir, quiero exponerme —suplica Margarita Lemaitre.

Todo parece fácil. Ya no es posible dormir. El padre comienza a hacer preguntas de tipo práctico y aconseja que actuemos pronto. Como única condición pide que seamos reservadas porque no todos comprenderían nuestra labor.

—Entonces, ¿no vamos a decir en lo que estamos metidas? —pregunta Susana—. Yo nunca he escondido nada en mi casa.

El sacerdote habla entre otras muchas cosas de la mentira provisional, la que se compromete a pagar al cabo de cierto término con el total de una verdad mucho más profunda y decisiva. Si la mentira es necesaria se pagará después con una verdad de mayor valor, una verdad insuperable.

Híjole, lo nuestro es casi una cofradía, una secta; nos estamos construyendo en secreto. No entiendo de qué se trata pero no pido explicación alguna. Se fijan horarios para futuras pláticas con el sacerdote; se establecen comités: Estela Rivet adelanta la próxima asamblea general. Habrá que nombrar una presidenta, una tesorera, una secretaria de actas. Mónica con su boquilla en la mano se ofrece para las tareas de archivo: «Soy precisa y buena organizadora». Ninguna quiere perder de vista al sacerdote porque después de este terremoto mental cada una necesita de la mano eclesiástica. El retiro llega a su fin pero termina del mismo modo en que empezó: una expectación anormal invade a las penitentes.

MAGNIFICAT ANIMA MEA DOMINUM

Al verla, me eché en sus brazos: «Tontita, ¿qué te pasa? Si sólo estuviste ausente tres días». Me apretó en contra de su pecho y entonces le pedí que invitara al sacerdote. Quise comunicarle mi experiencia pero a medio camino sentí que era imposible; no es que las mías no fueran adecuadas, es que no había palabras. Papá y ella tenían cena en la Embajada de Francia y Sofía se fue a hablar por teléfono con Alejandro con quien pasó toda la tarde. Oí que mamá le decía a tía Esperanza por teléfono antes de salir: «Mis dos hijas están en la edad de la punzada. Sofía se negó terminantemente a sus ejercicios espirituales, con tal de no dejar de ver a Alejandro. Cedí porque sus escenas de lágrimas me dejan exhausta. Mariana se la vive en mi recámara lo cual suele irritarme porque siempre estoy retrasada; me hizo prometerle que invitaría a su padrecito no sé cuántos a cenar. ¡Qué tercas son mis hijas! Lo heredaron de Casimiro quien vive de obsesión en obsesión. Como lo dice él con frecuencia: "Cuando tenemos una idea en la cabeza no la tenemos en los pies". Ojalá y mi pequeño Fabián no sea tan obstinado».

Et exsultavit spiritus meus in Deo salutari meo

Al despedirme de él, el último día del retiro, lo invité. Se lo dije con temor no porque creyera que fuese a rehusar sino porque mis papás naturalmente tendrían otra cosa que hacer. ¡Siempre con sus compromisos! Mamá dice que los cocteles son «mortales» y escribe en su diario. «*Déjeuner chez les Pani: Infecte*». Sin embargo, nunca deja de ir «porque es bueno para tu papá».

Ante mi insistencia y porque me ha entrado la costumbre de saltar en torno suyo como una ardilla. «¿Sí, padre? ¿Vendrá usted, padre?», Teufel sonrió y dijo que primero, la señora de la casa, alias mi madre, alias Luz, debía hacer personalmente la invitación. No tuve cese hasta lograrlo.

Hace mil años que dejé la casa; el retiro eso duró: mil años, la siento rara, ajena. Sofía tiene una nueva amiga. Julieta Recamier. Cuando llama por teléfono papá descuelga: «Aquí Napoleón», responde. Está muy ocupado, papá, con su laboratorio. En la noche dibuja y pinta las etiquetas de las medicinas, azules, blancas y rojas, como la bandera francesa. Vigila el funcionamiento de su pastilladora. Si le va bien comprará otra. Sus empleadas vestidas de enfermera con gorra, tapaboca y zapatos blancos embotellan las tabletas. Papá ha pensado en producir aguas de colonia. Distintas esencias se esparcen por la casa: violeta, espliego, naranjo, lavanda, vetiver. Como un alquimista, sus anteojos sobre la punta de la nariz, rellena con un embudo filtros, matraces y mezcla potingues. Su bata escocesa que no de laboratorio es un palanquín de aromas en que se confunden la mancha de los huevos rancheros con los aceites esenciales. Un francés amigo suyo le ha dicho que confecciona vino en la tina de su baño, ¿cómo no va a elaborar papá un menjurje que soliviante a los 300 y algunos más? Luz le advierte: «Te vas a enfermar con estos alambiques». Se multiplican sus diligencias, corre muy ilusionado a la Secretaría de Salubridad para ver cuándo entrarán sus medicamentos al Cuadro Básico. Sólo entonces, los agentes con su cara cubierta de acné podrán ofrecerlas en los consultorios. En la casa decimos «Cuadro Básico» con respeto, haciendo una pausa, y yo tamborileo «cuadro básico, cuadro básico», tan, tan, tantán, tan, tatán tatán tan tan, en los barrotes de la escalera y lo canto al ritmo de la *Marcha Fúnebre* de Chopin hasta que me dicen: «Ya cállate la boca ¿quieres?, pareces ave de mal agüero». En los pasillos de la Secretaría, papá, enfundado en su Príncipe de Gales, no entiende el teje y maneje, la mordida, el sobre que ha de pasar de su saco a la bolsa de otro. Para entrar al Cuadro Básico alias puerta del cielo, es indispensable ser cuate del señor secretario o de perdida del secretario particular del secretario, quien según se sabe es un voraz coleccionista de pintura, por lo tanto no estaría mal ir pensando en ofrendarle un Tamayo, o de perdida un boceto del Dr. Atl. A papá se le escapan esas sutilezas, y mantiene las propias.

Con la misma ilusión hace mis tareas de matemáticas; las resuelve durante la noche, para que me las lleve al día siguiente al liceo. Por eso, a la hora del examen trueno: «Pero si en la tarea se saca usted 10». «El que se lo saca es papá». En la mañana, papá baja a calentar el motor de su automóvil —cuida mucho su patas de hule— y Fabiancito, en el jardín, espera a que arranque para pedirle en su media lengua a una de las criadas:

—Ve a la tienda a comprar dulces.

—¡Niño, pero si no tengo dinero!

—Tú di que son para el duque.

†

Presentamos: *La anunciación* a María de Claudel en el IFAL. Casilda es María. Morimos de emoción porque el padre Teufel está en la sala. Hasta Casilda sonrió cuando lo supo. Iremos a saludarlo en el entreacto. Sentado en el extremo de una banca al lado de unas señoras se ve a leguas que también a ellas las ha impresionado. Mamá y Sofía están en la concurrencia. Le presento a mamá y a su vez, mamá le presenta a Sofía. Jacques Teufel exclama:

—¡Qué diferencia con Mariana, ésta ya es una mujer!

—Juzga usted a la ligera, padre, todavía es una niña.

Lo invita a cenar, sé que lo hace por mí, únicamente por mí. Sofía no le dedica ni una segunda mirada a Teufel. No ha de parecerle nada guapo. Mamá aguarda la respuesta sonriendo. Entonces su expresión cambia y le dice, su voz grave:

—La respuesta se la daré en la iglesia, Luz, así tendrá que ir a los ejercicios espirituales de cuaresma.

Por lo que sé, mamá nunca va a misa.

QUIA FECIT MIHI MAGNA QUI POTENS EST, ET SANCTUM NOMEN EJUS

Esta noche el padre viene a cenar y brinco de gusto. Su visita va a transformarlo todo. Sabré por fin cómo debe ser la vida, cómo querer, cómo ayudar. El padre ha venido al mundo a guiarnos, a rescatarnos, la estrella de David se ha detenido sobre nuestra casa, somos los escogidos.

Si mamá me presta uno de sus vestidos de seda me veré más grande, esa faldita escocesa ya me la conoce, la llevé al retiro. ¡Cochinos mocasines! ¿Por qué no tengo un par de tacones? ¿Cómo comerá el padre? ¿Se limpiará la boca con la servilleta después de tomar agua? ¿Por qué debe haber tantos cubiertos en nuestra mesa? Le dije a mamá que en casa de los Dupasquier cada quien conserva su tenedor y su cuchillo sobre un práctico portacubiertos y frunció la nariz: «Es porque son burgueses». Para mamá, lo peor es ser burgués.

Por fin, a las nueve y cuarto —la cena era a las ocho y media—, suena el timbre. Ante la tardanza del padre, Sofía subió a acostarse; mañana tiene clase de baile. ¡Qué bueno, así lo tendré para mí sola! Sofía siempre impresiona a los hombres. Por su belleza. O su altivez. O las arañas. El hecho es que no le quitan los ojos de encima. Afortunadamente mamá le habla a tía Francisca que vive al lado para sustituir a la desertora. El fuego arde en la chimenea y la sala, con sus sillones forrados de rojo es caliente, como una pantufla de fieltro. El padre Teufel entra. Lo sigo con los ojos como una madre ansiosa de que su hijo cause buena impresión. Tiene el rostro más cansado que de costumbre. Está despeinado, trae los dedos manchados de tinta además de la indeleble nicotina y una inmensa mochila escolar repleta de papeles cuelga de su brazo.

—Padre —pregunta Luz—, ¿no quiere pasar a lavarse las manos?

Dice que no. Se va a quedar así mechudo y con las manos sucias. ¿Qué van a pensar ellos, que son tan fijados? Voy de un lado a otro, río sin que venga al caso, me siento para levantarme, corro a la cocina a ver si ya pueden servir, imploro a papá con los ojos para que no vaya a subirse a su recámara; asida a él, tomo su brazo y me le recargo. El sacerdote no pregunta quién es la hermosa mujer que pintó Boldini, ni comenta la originalidad del Hondercutter, ni siquiera interroga acerca de los paisajes nebulosos de un discípulo de Canaletto. No ve la tristeza en el rostro envuelto en encajes de María Leczinska como los anteriores invitados que se deshacen en cumplidos y dan pie a papá para que diga:

—Es un Nattier, otro parecido de la esposa de Luis XIV está en Nancy.

—Padre, ¿no quiere un *cocktail*, un *whisky*? —pregunta papá.

—Sí, vengo tan cansado, acabo de dar dos conferencias.

Se sienta como un fardo, cruza una pierna sobre la otra y resaltan sus inconfundibles zapatos chatos. En mi casa, pierde, de golpe, el resplandor que le daban las austeras paredes de la casa de retiro.

—Mariana, saca a tu perro, molesta al padre Teufel.

Me decepciona que el padre no aprecie al Pipo, ni modo, salte pa'fuera, mi cuate, salte, no te quieren. Regreso a la sala. Se ha echado para atrás y con un gesto nervioso de la mano alisa sus cabellos delgados. Cuando mamá le tiende el *whisky* ni siquiera se levanta, ella es quien se inclina hacia él. Sonríe y sus ojos castaños licúan el aire en torno a ella. La miro: «Dios mío, qué bonita es, qué bonita, nunca seré como ella, nunca. Incluso cuando sea vieja, su rostro será más hermoso que el mío». Se sienta sobre una de sus piernas dobladas y estira la otra, su muslo fino se percibe bajo la tela floreada, un muslo alado que se estira avenado y de su postura emana una dulzura y un abandono infinitos. En otro sillón, tía Francisca no dice nada. Fuma e inspecciona al sacerdote, a largas, pasantes y reflexivas miradas.

No hay preámbulo. En otras cenas, la conversación tarda en tomar forma: un ficticio sistema de preguntas y respuestas, risas oportunas, acertados cumplidos, comentarios sobre Sacha Guitry, Yvonne Printemps, el mariscal Pétain y otras momias echan a andar la maquinaria social pero ahora nada; ni siquiera me doy cuenta del momento en que pasamos a la mesa. El padre ataca inmediatamente. Ha hecho su plan de batalla con la debida anticipación o a lo mejor así es siempre; para él no hay prólogo, ni primeros actos, ni tiempo que perder. Va directamente al desenlace. Nadie se fija en los cubiertos, los candelabros antiguos, los cristales. La sopa se ha espesado por la tardanza y todos la dejan en el plato o quizá piensan que el acto de comer los lastraría irremisiblemente. Mamá no ve siquiera cómo Felisa y Victorina cambian los platos, en realidad no se da cuenta de nada. Ni de cómo toma el padre su cuchara ni si el asado se secó en el horno. Tía Francisca habla, sus ojos brillan mojados e interrogantes, a veces fieros como los de un perro. Está desconcertada y el padre no la deja en paz un momento, asaltándola a mansalva. Se defiende con todas sus perlas que suenan y se enredan junto a sus ideas.

—¿Por qué habla usted con la cabeza? Hábleme con sus entrañas. Es el único lenguaje que entiendo. Dígame lo que trae adentro.

Francisca echa mano de los sentimientos. Todos están allí intensos, ahogándose en la húmeda mirada. Teufel la ha asido de una vez por todas, no la suelta. Parece haberla agarrado con una llave inglesa mental, la estruja, da otra vuelta de tuerca, la aprieta contra su cuerpo, le tuerce las manos y sin embargo la mesa está entre los dos. Tía busca en vano la salida. Sonríe, asoman sus dientes fuertes y sanos. Los miro asombrada porque presiento que en el fondo del pugilato hay un pacto secreto cuyo significado no alcanzo a comprender. A cada instante el padre vuelve el rostro hacia mamá y exclama:

—¡Qué deslumbrante es su hermana!

Sigue acicateando a Francisca. Papá come mucho pan. Los franceses comen mucho pan, sobre todo cuando están cansados. Ajeno escucha a medias; le hubiera interesado que Jacques Teufel hablara de la guerra o de la Resistencia, pero resulta muy obvio que ha apuntado todas sus baterías hacia las mujeres. Nadie se acuerda de mí pero no me ofendo, lo importante es que el padre cause en mamá, en papá y en mí tía la misma impresión que en mí. Sólo una vez vuelve a decir que desde ahora debo llamarme Blanca. Tía Francis replica que es un nombre de lavandería y en eso queda la cosa.

—Suba a acostarse, niña Blanca.

Me da un beso en la frente:

—Acuérdese de lo que voy a decirle. Siga siempre su instinto, jamás se equivocará.

Papá sonríe esa sonrisa tímida de hombre que nunca ha estado en el ajo: «También voy a excusarme, padre, si usted me lo permite, el trabajo…».

En mi cama, le doy gracias a Dios por haber mandado a su Hijo de nuevo a la tierra, su Hijo, sentado ahora mismo en la sala, entre Luz y Francisca.

☎

Marco el teléfono de Casilda:

—Casi, ¿qué palabra te gusta más, «pundonorosa» o «monocotiledón»?

—Monocotiledón.

Esurientes implevit bonis et divites dimisit inanes

Luz y Casimiro ya no discuten. En la mañana, mi madre sale presurosa:

—Voy a la Iglesia Francesa.

Ha ganado en vigor, la expresión de su rostro es más bonita que cuando llegué del convento. La abuela también lo nota porque le dice, complacida: «No pareces tener cuarenta y dos años».

A la hora de la comida habla de la Cuaresma que predica el padre Teufel en el Colegio de Niñas en Bolívar. También Francis está entusiasmada.

El sacerdote regresa a cenar. Dice que en nuestra casa se siente muy bien, que somos como de su familia, que está cansado, que se asfixia entre las cuatro paredes del Colegio de Niñas. Papá le ofrece el pabellón en el fondo del jardín.

—Allí sí podrá usted descansar, es totalmente independiente.

En la noche oigo que platican con voces tranquilas.

—Cuando le conté al padre Teufel que hacía diez años que no comulgaba y no me consideraba digna de ello me respondió: «Es justamente por eso que yo comulgo, porque no soy digno».

Al día siguiente mamá se ausenta toda la mañana:

—Es que después de misa, Teufel nos invitó a Francisca y a mí a desayunar a Sanborns.

Decididamente no se parece a ningún otro sacerdote.

Loca de felicidad, ayudo al padre Teufel a instalarse.

—Pobrecito, casi no tiene ropa, sólo unos cuantos libros —les digo a Luz y a Casimiro.

La nuestra es la casa que canta.

Duerme en el pabellón que papá hizo construir en el fondo del jardín; dos piezas, una, la recámara, y la otra, una especie de estudio con una mesa de trabajo que él inundó de inmediato con sus papeles.

Nunca he sido tan feliz. Una carpeta blanca almidonada, hostia casi transparente. «Tiendo el altar», me repito. Rezo. El café negro y la leche caliente son el agua y el vino. Acomodo en las esquinas la mantequilla, la miel, la servilleta tiesa, el plato con frutas. Que hubiera de esos grandes duraznos, pero no, en su lugar pongo los dos huevos al plato como dos ojos de loco, Van Gogh, amarillo, el color de los locos, huevos sin niña y sin pupila, ojos sin fondo, ojos ciegos que derraman un líquido viscoso, amarillo, los girasoles que pintó Van Gogh, giran ahora en medio de la charola. Muy bien podría llevársela una de las criadas, pero no quiero perderme ese privilegio. Acabo de nacer a la felicidad. Atravesar el jardín al alba, una madrugada filosa y limpia, ajena a todo lo que ha de suceder después, recién bañada como la hierba con gotas de agua en cada uno de sus tallos, una mañana verde tierno, recién nacido como yo su pasto que apenas despunta. Muy pronto la aurora se disipará para dejar paso al caliente día mexicano, pero por el momento atravieso el jardín con el rocío mojándome el borde de los zapatos y una sensación de felicidad jamás experimentada. Mucho antes de que el común de los mortales salga de su modorra, el padre, terminadas sus abluciones, invoca a su Señor, y yo fui escogida para seguirlo, aunque a Felisa y a Victorina el padre les parezca medio raro. Magda está en Tomatlán. Oí a Felisa decir: «Es que así son los franceses». El padre no les presta atención, simplemente no las ve. Es todo mío. Soy yo la sirvienta del Señor. Ahora mismo voy a ofrecerle un desayuno más impoluto que un copón luminoso. Mentalmente entono: «*Christus vincit, Christus reinat, Christus imperat*». Dejo la charola en un murito, abro leve la puerta, y asomo la nariz por el intersticio. El tufo de la pieza me hace retroceder. Apenas si alcanzo a oír una voz inquieta, que proviene de un bulto desordenado en la cama revuelta:

—¿Quién? ¿Quién? ¿Quién es?

La voz insiste:

—¿Quién?

Corro de regreso a la casa. Ya el sol está saliendo y en la calle se escucha el rasgueo de algunas escobas de varas sobre la banqueta.

—Mariana —advierte la voz aguda de Luz desde el segundo piso—. No olvides el desayuno del padre. Hoy no va a la Iglesia Francesa.

Cuando mamá va es porque ya vine. Nunca despierta tan temprano. Lo mismo Francisca que ofreció atenderlo y preparárselo en su cocina. Las únicas que siguen llevando su vida como de costumbre son abuela y Sofía que ahora mismo ha de estar bien trepada en su caballo.

—El desayuno del padre ya está en el pabellón —aviso a quien quiera oírlo, y regreso a recoger la charola del murito para dejarla en la mesa de trabajo. Lo llamo:

—Padre Teufel, soy yo, Mariana.

—Un momento, pequeña Blanca.

A esa hora su rostro se ve más desnudo, más expuesto, no es sólo su rostro sino la vida que ha visto ese rostro. Por lo menos en el transcurso del día se acalora con el fervor de las discusiones, pero a esta hora me siento ante un hombre en su total desamparo.

—¿Puede usted ayudarme hoy, Blanca?

—Sí, padre, claro, no pido más que eso.

¿Tiene el número de teléfono de la señora Everest? No sé dónde lo dejé.

Marco los números y sus comunicaciones se vuelven verdaderas consultas psicoanalíticas. Le paso rápidamente la bocina y salgo con nimbo a la puerta, pero él me hace señas. «Quédese, todavía nos falta llamar a la señora Rabutin, las hermanas Lille, la señorita Freire, Marta Dupasquier y la señorita Arnal». Mientras dialoga, levanta los ojos hacia mí. Toma mi mano, me susurra cómplice:

—¿Qué haría yo sin ti?

Me lleno de confusión: «¿Qué haría yo sin ti? ¿Qué haría yo sin ti?». Oiría mal. Por lo pronto, me siento la mujer más privilegiada de la tierra.

A Sofía, el padre no le produce el mismo efecto que a mí. Tía Esperanza, la mejor amiga de mamá, también cuestiona:

—Los sacerdotes tienen que vivir en su comunidad. ¿Qué hace en tu casa? ¿Qué piensa de esto Casimiro?

—Esperanza, éste es un sacerdote distinto, no es de los que leen su breviario, nunca lo he visto abrir el suyo, es un…

—Con más razón para investigar quién es, de qué privilegios goza…

—No le interesa compartir la vida de los demás sacerdotes, ni le toca atender a la larga hilera de mujeres vestidas de negro que piden una misa de muertos en la que ofician tres padres. Vive para los que caen, los que se debaten, los que no tienen esperanza. Lo repite constantemente: «Vine a juntar a los labradores de última hora». No puede ver el curato, le molesta el olor a polvo y las sotanas raídas. Y de la iglesia, lo mismo; no puede respirar en aquel aire muerto, lleno de flores marchitas y de incienso frío. Habla mal de los confesionarios sombríos y de esas pilas arrinconadas en que se estanca el agua bendita y no reflejan el cielo ni los árboles ni el rostro de la gente.

—No entiendo entonces por qué se hizo sacerdote —aventura con cautela Esperanza—, pero a ti, Luz, te veo muy nerviosa, y para que es más que la verdad, tampoco veo muy relucientes a Casimiro y a Mariana.

—Todos estamos estupendamente bien.

—Insisto, Luz; me parece muy extraño que le hayan dado permiso de vivir en una casa particular.

—Es que tú eres muy lógica, Esperanza, eres una mujer de cabeza, no te abres a las experiencias sobrenaturales. El padre consigue todo lo que quiere. Si pidió permiso, naturalmente se lo dieron.

—Pues te aseguro que en el Arzobispado de México, no se lo darían.

Tía Esperanza quiere a Luz como a una hermana. Fabián, el más pequeño, es su ahijado y se preocupa por nosotras como si fuéramos sus hijas.

—¿Así es de que a ti te parece normal, Lucecita, que el sacerdote comparta tu vida familiar?

—Hay dentro de él un fuego que todo lo consume. Nadie se atrevería a entorpecer su camino.

En los ojos de tía Esperanza, pasan ráfagas de exasperación.

Luz no puede confiarle a Esperanza el secreto. Además, ella misma lo entiende a medias. En realidad, Teufel sí tuvo problemas en la Iglesia Francesa. Llegaba siempre tardísimo, tocaba a la puerta de la sacristía y a esas horas de la noche bajaba el inocentito del padre Blanchet a abrirle para volver a subir tras de él sobre sus rodillas artríticas, acompañarlo a las habitaciones superiores y franquearle la clausura. Una noche ni siquiera volvió y el padre Blanchet dio la voz de alarma. ¿La Cruz Roja? ¿El Hospital Francés? ¿Los Antiguos Combatientes de Francia? ¿La Sagrada Mitra? ¿A quién avisarle sin provocar el escándalo? A las nueve y media de la mañana el padre Teufel se presentó enérgico y nervioso para decir su misa. Cuando los demás sacerdotes le preguntaron qué le había pasado, contestó:

—Estuve hablando.

—¿Toda la noche?

—Sí.

—Pero, ¿no estaba usted invitado a cenar en casa de los Berthelot?

—Me quedé con uno de ellos hasta hace unos minutos.

Los hermanos en Dios se miraron entre sí. Se trataba de una de las más prominentes familias de la ciudad. Dueños de varias fábricas de hilados y tejidos en distintas partes de la República y de una enorme tienda en el centro —se hablaba incluso de una posible sucursal más al sur—, los Berthelot eran un modelo de puntualidad, eficacia, astucia para los negocios, convencionalismo y prudencia social. Ayudaban al Club France, al Hípico Francés, al Hospital, al Dispensario, a la Beneficencia Franco-Belga para ancianos, a la Cité de los jóvenes, todos los domingos asistían a la misa de doce en la parroquia ocupando dos de las primeras hileras de bancas.

—¿Con cuál de ellos se quedó usted?

—Con el yerno.

Por haberse casado con la hija de Berthelot, hermana de Susana, el yerno se sentía más Berthelot que todos. En la mesa, frente al invitado, empezó a devanar sus habituales inepcias que él mismo festejaba. Satisfecho de sí mismo, de hacerle cada año un hijo a su mujer, de su relación al tú por tú con su suegro (viejo serio y tesonero, ajeno a todo lo que no fuera la buena marcha de sus negocios), su perfecta silueta y su cuenta bancaria contribuían a que Roberto comiera rápidamente con el apetito del hombre de éxito y participara en la conversación como un pato que chapotea en el agua.

Súbitamente, el padre azotó su cuchara en el plato. Todos callaron estupefactos. Teufel se dirigió al muchacho con una indignación desproporcionada:

—Pero ¿qué se ha creído?

En plena mesa, ante la poderosa tribu Berthelot lo había interpelado. No le importaban los demás, no tenía ojos sino para el yerno.

A instancias de Susana que regresó de sus ejercicios espirituales en el colmo de la exaltación, los Berthelot lo habían invitado, pensando que el eclesiástico agradecido, quedaría impresionado ante el buen funcionamiento de la gran familia católica. Y este advenedizo provocaba a uno de sus miembros con una cólera inexplicable. El muchacho se puso pálido. Realmente daba lástima ver los esfuerzos que hacía por masticar y pasarse los bocados. Lo que en él había sido triunfo ahora era azoro; parecía la liebre que el podenco coge por la nuca. En realidad, nadie sabía por qué el padre atacaba tan ferozmente a Roberto. En la larga mesa familiar Jesús volvía a fustigar a latigazos a los mercaderes pero la única víctima era ese joven cuya blanca sonrisa hasta ahora a todos había seducido. El café se sirvió en la mesa. Los miembros de la familia lo tomaron rápidamente y se fueron uno por uno, contritos, Susana al borde de la histeria. Berthelot padre se despidió; así andaba el mundo ahora, desquiciado; que la juventud arreglara sin él sus ridiculeces. Sólo se quedó la mujer de Roberto dispuesta a acompañarlo hasta el final. Estremecida, lloraba quedamente junto a su marido, hombro con hombro, sin saber defenderlo, sin entender siquiera que el padre pretendía defenderla a ella. Como esperaba otro niño, a la una y media de la mañana, Roberto le pidió que subiera a acostarse.

Sólo entonces los dos hombres se levantaron de la mesa y pasaron a la biblioteca.

Así los encontraron al día siguiente, con los ceniceros repletos de colillas y el fuego de la chimenea totalmente apagado. Roberto tenía otra cara. Más viejo. Y por primera vez, en su mirada había una lucecita triste. El religioso estaba tan nervioso como de costumbre pero más enérgico. Es bueno dislocar a la gente satisfecha porque finalmente les queda la satisfacción de sentirse mejor después del cataclismo.

¿Por qué tomarse tanto trabajo? ¿Qué había en los demás que a Jacques Teufel no le importaba pasarse la noche entera luchando cuerpo a cuerpo contra la placidez o la vanidad? ¿Para qué desgastarse en esa forma? Quizá porque le había exasperado sobremanera ese rostro rebosante, el padre tenía la curiosidad del reactivo. Una determinada cara en blanco, una especie de felicidad boba, le daba una exasperación tan grande que no podía menos que echarle un ácido para ver cómo de pronto el rostro se deformaba. Como cuando uno arroja una piedra a un charco transparente. Cuando el rostro se derretía entre sus manos, el sacerdote se ponía pacientemente a remodelarlo, a perfeccionarlo con palabras de salvador único y verdadero. «Sí, la vida es grave, sí, hay que jugársela». «Lo que uno no hace por sí mismo, nadie lo va a hacer». «Cada uno tiene derecho a ser tan pendejo como lo quiera, pero que no culpe a nadie de su mala suerte».

Al despedirse, después de sorber unos cuantos tragos de una taza de café negro, esta vez caliente, Roberto y él se abrazaron y se besaron en ambas mejillas. Y Roberto vio desde la ventana cómo el salvador escondía su boca dentro de la solapa negra de su abrigo.

†

Al párroco de la Iglesia Francesa le desconcierta Jacques Teufel. Le confía al padre Brun, cuya cabeza, al igual que la suya se ha blanqueado bajo los cielos aztecas:

—Los nuevos sacerdotes franceses arriesgan mucho; caminan en el filo de la navaja, no entiendo su proceder. No sé cuánto tiempo estará Teufel en México, pero mientras no se vaya no estaré tranquilo.

—Deberíamos procurar que la Colonia francesa no se entere de este incidente con el yerno Berthelot. Puede perjudicarnos…

—Nunca he sabido que a la Colonia se le pase algo, padre, todo lo saben (sonrió el viejo párroco). Y lo que no saben, lo inventan. Es uno de los milagros que se repiten cotidianamente; la eficaz información de los miembros de la Colonia. ¡Ojalá y al viejo Berthelot no se le ocurra tomar represalias, porque si no, adiós bancas y reclinatorios nuevos! En fin, no nos queda más que encomendarnos a la voluntad divina.

—Lo cierto es que sobre Teufel corren ya toda clase de rumores. Incluso fue a Cuernavaca a pasar el día con el grupo de jóvenes, brindó con tequila, tomó cerveza y no se metió a la piscina por no llevar trusa de baño. ¡Sólo eso nos faltaba!

—El nuevo sacerdocio exige la convivencia.

—¿Hasta ese grado, padre Brun, hasta ese grado?

Los dos viejos se miran inquietos. Algo está pasando, algo inusual, su rebaño de ovejas busca, pone los ojos en blanco, bala, se golpea los lomos al abrirse paso, topes van y topes vienen, cuando antes pastaban tranquilas, el hocico pegado a la tierra.

☩ ET SALUTARE TUUM DA NOBIS

Despierto con miles de resortes dentro; en la yema de los dedos, en los tobillos, ¡cuánta fuerza Dios mío, cuánta! Genero fluido eléctrico, mi cabeza toda es una pura vibración, cada día que pasa el vigor se incrementa. Me estiro en la cama sólo para preparar el salto. Tututuru, tututuru, tututurutu, tutu, turutu, trompeteo en la escalera, cuando me case que no me vayan a tocar la marcha nupcial de Mendelssohn; el *Mambo número 8*, ése sí. Voy a saltar por toda la casa, bajar la escalera de cuatro en cuatro, ganar la calle, hacerla resonar con los latidos de mi corazón, ese sapo a punto de salírseme del pecho de la felicidad. Abro la ventana con su cortina de flores y sus ramas locas que se meten; vuelan los insectos pesados de palabras ininteligibles que se quedan zumbando en el aire, qué tranquilo el cielo azul y parejo, qué buen cielo, el desayuno me espera en sus flores de porcelana, plato y taza frágiles, servilleta blanca junto a la mantequilla que se reblandece por la proximidad de la tetera, después el baño, el vapor se pega al mosaico blanco, revientan minúsculas gotas de agua, busco mi rostro en el espejo, la cara roja del baño que aparece entre el vaho, limpio el vapor con la mano y veo mi cara demasiado redonda, con razón me dicen, qué buena cara tienes, me la voy a llevar bien puesta sobre los hombros, nueva, fuerte, qué fuerte soy, cuánta fuerza me dio el retiro, el padre me ha hecho capaz de las más grandes proezas; todo lo voy a ser, hasta curar con las manos; «*Virga tua et baculus tuus, ipsa me consolata sunt. Parasti in conspectu meo mensam adversus eos qui tribulant me*». Soy su vara, su báculo y su consuelo. Se me atravesará un manco y haré crecer su miembro como una rama de árbol: «No, no me dé las gracias, no es cosa mía, soy simplemente un medio por el cual se manifiesta el padre Teufel».

—Abuelita, me voy a mi clase de taquigrafía…

—¿Tienes tus guantecitos blancos? Podrías encontrar *des gens de connaissance.*

En la esquina de Mier y Pesado pasan los Colonia del Valle-Coyoacán, rojos como mi buena cara. «¡Vámonos, arrancan!». Miro a una María Félix camionera cubierta de pelusa negra como una osezna; su cabellera abundantísima, no se limita a su cuero cabelludo y va más allá de sus patillas ensortijadas. Dicen que así les gustan a los hombres: peluditas. Los ojos atornillados en la ventanilla, las manos cruzadas, los pechos que embisten, su gran bolsa cuadrada puesta sobre su vientre le sirve de escudo. Mi insistencia no ceja. Los autobuses son mi vida secreta, mi vida fuera de la casa, mi «¡Suben! ¡Bajan!», San Juan de Letrán, la avenida Juárez, la Alameda, son mis centros de energía, ya no se diga, Madero, Palma, Isabel la Católica, y mi gran plaza intensa, el Zócalo, eléctrico, cargado de corrientes y de resistencias. La Alameda es más familiar y siento una urgencia terrible por verificar la permanencia de cada estatua, cada bolerito, cada señor de sombrero que lee el periódico, cada banca de hierro pintado de verde. Miro, miro, me lleno de puros rostros que no volveré a ver, miro con una intensidad que me daña, hago todo lo que no hace falta, este joven que mastica chicle se me queda grabado, me zampo uno tras otro rasgos que empiezan a circular por mi sangre, haciéndola lenta, pesada, como ríos demasiado cargados de embarcaciones que chocan entre sí, ríos atascados de detritus que impiden la fluidez. Me embotello de gente. Ojos, bocas, expresiones se adhieren como lapas; Sofía exclama: «¡Cómo se pierde el tiempo contigo! Uno va a lo que va». Pero yo no sé a lo que voy. Dichosa Sofía que lo sabe. Necesito estar sola. Las salidas con Sofía terminan siempre mal.

—Ay, mamacita, qué rete buena estás.

El albañil, sus compañeros ríen; ríen sus camisetas, sus dientes, sus gorros de papel periódico; un rezagado sale de la obra y agranda el grupo de mirones. Si Sofía hubiera estado, las cosas no quedan así; los hubiera agarrado a bolsazos como aquella vez en San Simón en que se le abalanzó al del chiflido:

—Pelado, imbécil, ¿qué se ha creído?

Y le aventaba con fuerza la bolsa que traía colgada del brazo una y otra vez, de un lado y de otro hasta que el otro se tapó la cara.

A la boca de Sofía sube una ira justiciera que la hace regresar sobre sus pasos, no le importa que la vean y se vuelve iracunda hacia mí:

—No te dejes, estúpida, ¿qué no ves que nos están faltando al respeto?

Sacude su hermosa cabeza de potranca, sus cabellos ligeramente rojos y grita al patear la banqueta: «¿Qué no puede uno caminar por la calle en paz? ¿Están todos locos?». Aunque me avergonzaba de estos desplantes: «No agrandes más las cosas», no podía dejar de admirar su rebeldía. Era magnífico verla allí a media calle echar fuera toda su indignación.

Ahora Sofía no está junto a mí; quizá no compartamos ya jamás; los tiempos felices se han ido, no nos queda más que la risa que se inicia en el preciso instante en que nos miramos cómplices.

Christe, audi nos.
Christe, exaudi nos

Mariana —dice el padre con voz enervada—, la señorita Arnal vendrá a hablar conmigo, sólo puedo recibirla a las nueve de la noche y le dije que se quedara a cenar. ¿Cree usted que alguna de las recamareras nos llevaría algo al pabellón? Cualquier cosa, un poco de sopa.

—Naturalmente, padre. Entonces, ¿no va usted a cenar con nosotros?

—No, Mariana.

—Pero usted y la señorita Arnal podrían cenar en la mesa, ¿sí?

—No, tenemos mucho de qué hablar.

¡Qué coraje!, me siento decepcionada pero preparo una mesita en el pabellón. El padre da hoy una conferencia y no estará de vuelta hasta las ocho y media. Pongo un mantel blanco, bordado, copas de cristal, velas, unas rosas rojas en un florero de plata. Mientras dispongo los cubiertos canto lo que me enseñaron en los *scouts*: «*Le couteau est à droite, mironton, mironton, mirontaine, le couteau est à droite, cuillère pareillement*», siguiendo la tonada de Mambrú se fue a la guerra. ¡Qué bonita está la mesa! Lástima que no vaya a asistir a la cena…

Todo el día permanezco al acecho de su llegada hasta que a las ocho y media corro a recibirlo impaciente y salto en torno suyo mientras le quito la mochila y el abrigo negro.

—Venga, padre, venga usted a ver la mesa, mire qué bonita quedó.

El sacerdote se indigna:

—Pero si esto parece una cena de alcoba. ¿En qué estás pensando, mocosa? (Es la primera vez que el eclesiástico me habla de tú). ¿Por qué has puesto la mesa en esa forma?

Me coge fuertemente del brazo. Asustada no sé qué hacer: «Dímelo, a ver, contéstame». Me llevo la mano libre a los ojos.

—¡Y por amor de Dios, no vayas a llorar! Nada de escenas. Estoy hasta el gorro de lágrimas femeninas. Llévate inmediatamente esas flores ridículas y estos candelabros. ¿Para qué queremos esas copas y esas grandes servilletas?

Mientras habla, pone las cosas en mis brazos a riesgo de romperlas.

—Vete a tu casa, quiero descansar.

Dejo todo en la cocina ante la mirada sorprendida de Felisa y subo corriendo a encerrarme en mi cuarto. Me echo sobre la cama. ¿Por qué se enojó? ¿Por qué? Yo que creí que se iba a poner tan contento.

Cuando llega Luz, me ve desconsolada.

—¿Qué te pasa?

Le cuento y sin dejar su bolsa va directamente al pabellón.

Poco después me manda llamar. Parezco ratón mojado.

—Es increíble, padre, hacerle una escena tal a una niña. Mariana no sabe nada de nada.

Dice que nunca quiso hablarme con dureza, que está muy fatigado últimamente, me llama Blanca. Me sueno en el momento exacto en que entra la señorita Arnal, con un rostro de exaltación imposible de ocultar. Es como si todas las cosas de esta tierra no le importaran ya nada, descubre un mundo a través del padre, sólo el padre es el que cuenta. Se siente más joven, más bella. No parece pisar el suelo y no tiene ojos sino para el sacerdote. Sus labios se abren a cada instante en una sonrisa incontenible. Se ha alojado en ella algo gelatinoso, ofrecido y recuerdo con desazón a mis compañeras de retiro que en la noche de la velada parecían todas flores abiertas, dulces, dispuestas a entregarse por entero, y me avergüenza en la señorita Arnal esa falta de esencial reserva.

Mamá y ella se saludan con una sonrisa torpe, expectante. A Teufel le gusta combinar encuentros inusitados. Quiere hermanar a todos en el espíritu.

—Me agradaría tanto que usted fuera amiga de la señorita Arnal, Luz, y usted, señorita Arnal, de Luz. Mire usted qué bella es.

El padre da un paso atrás como para tener una visión más amplia.

Nadie repara en mí hasta que el padre al echarse para atrás me da un pisotón.

—¡Ay, la pequeña, la pequeña Blanca!

De pronto, mamá se detiene a medio jardín como si la traspasara la luz o un puñal.

Desde hace tiempo, todas las noches antes de dormir se hinca a un lado de su cama y pone la cabeza entre sus manos. Desde el pasillo la miro atónita.

Sale disparada en las mañanas y ya en el zaguán, grita:

—Me voy a misa.

—Este Teufel parece Rasputín, las tiene subyugadas —papá busca el apoyo de mi abuela, pero ella no se lo da. Sólo nos mira a todos desde la altura de sus almohadas porque cada día se acuesta más temprano. Se le acortan los días. La recuerdo tan dinámica. En las carreteras —porque a ella le gustaba su gran país estorboso—, nos deteníamos en el mirador. En la de Toluca, en la de Cuernavaca, en la de Puebla, ordenaba:

—Vamos a bajarnos en el mirador.

Frente a sus ojos veía extenderse su país como la continuación de su falda, inspeccionaba los campos de trigo, se alegraba si descubría panales. «Mira, están haciendo miel». Compraba lo que venden al borde del camino: el haz de nardos, el montón de claveles, los cempasúchil, las nueces, manzanas, canastitas de tejocotes, dulces de leche, piedras en el camino a Querétaro, naranjas y jícamas a medida que íbamos llegando a la zona caliente, Teziutlán, y más lejos aún, Córdoba, Orizaba y sus gardenias. Llevaba su almohadita bordada: «Ardilla a su querida Loulou» y yo miraba a la ardilla comerse la nuez tras el peso de su cabeza. Arrancaba el coche, y de nuevo, el chofer tenía que obedecer la orden: «Vamos a bajarnos». «Aquí deberían hacer un mirador». Su lenta mirada desenvolvía el paisaje como una tapicería de su elección: las lanas de colores detenidas a sus manos, el verde de los campos entre sus dedos, allá el ocre, aquí el rojo-siena, mira esto, murmuraba ante la maravilla del diseño de la naturaleza allá impreso y sin embargo movedizo, la maravilla lejana, inamovible, cosida a la tierra y sin embargo palpitante porque el campo latía desde el fondo de la barranca hasta subir a su pecho, la trama de los árboles entretejida a su falda, impregnada en sus piernas, nuestra vida en su brazo tensada flecha al aire que señalaba, mira esto. El viento en su cara la obligaba a entrecerrar los ojos, su mano sirviéndole de visera. Su afán por tragarse el paisaje la ponía, sin que se diera cuenta, a cuchichearse a sí misma:

—Mira, parece un Velasco, mira el trenecito allá en el fondo a punto de cruzar el puente, hasta puedo ver el humo de su chimenea.

—Aquí al Café de la Parroquia vine con Míster Chips, a él le gustaba el calor, yo prefería Orizaba, por las gardenias.

Así como el Mocambo la hacía pensar en una embarcación que iba a levantarse por los aires gracias a la fuerza de las aspas de madera de sus ventiladores, el hotel de los Ruiz Galindo en Fortín de las Flores la envolvía en la blancura de sus muros albeantes. Decía: «*Ce sont des gens bien*».

—Vamos a la Lagunilla por una silla de tule.

Hacía grandes ramos de flores de papel:

—Tamayo me dijo que este mes tendría alhelíes; son las que mejor le salen, vamos a buscarlas.

Pero lo que más me impresionaba, lo que más quería yo en ella, era su mirada reflexiva sobre el campo, la inmensidad en sus ojos, y cómo, a la hora del crepúsculo, en la penumbra del coche de alquiler, respiraba hondamente el fluir de los arroyos subterráneos.

Ahora, desde hace tres meses, mi abuela ya no quiere regresar a los sitios donde estuvo aquerenciada. No sale al campo por temor a no encontrar un baño en los alrededores con la suficiente premura. Ni a misa al Buen Tono, ni a Lady Baltimore siquiera, ni al Mercado de las Flores, a la entrada de Chapultepec, ni a la casa del Risco; allí visitaba a Isidro Fabela y con él hizo la Ley de Protección a los Animales para que también los beneficios de la Revolución Mexicana les tocaran a los perros, a los gatos y a las pobrecitas reses que matan en el rastro con tanta torpeza.

†

—Tú tenías el afán de que el país te entrara por los ojos, abue…

—Sí —me responde—, ahora te toca a ti memorizarlo.

Se ha vuelto quisquillosa; se impacienta cuando *Father* Thomas, su amigo, su confesor y el decano de los Misioneros del Espíritu Santo, llega tarde a su casa con la comunión. El *Father* Thomas trae la comunión como San Tarcisio, en una bolsa pechera a la altura de su corazón. Sólo cuando él se ha ido, baja a desayunar acompañada de sus perros, y si no es puntual, se queda esperándola su huevo tibio en el cocotero, solito, solito, en la cabecera de la larga mesa; a mi abuela le entra entonces un dolor de cabeza que le dura todo el día, toda la noche, hasta la próxima comunión.

Father Thomas, quien vino de Dublín, también fue confesor de la señora Conchita Cabrera de Armida, fundadora de la orden. Aunque al *Father* se le cae la baba con ella, sospecho que a mi abuela no le cae ni tan bien, porque comenta un día después del desayuno:

—Me contó que como la señora Cabrera no tenía pecados, los inventaba allí mismo en el confesionario. ¿Te imaginas? ¿No te parece un poco *far fetched*?

✝

Hoy el *Father* Thomas vino a comer a la casa, tiene mil años, ojitos chispeantes, una figura delicadísima bajo su sombrero de fieltro negro y sus holgados ropajes siempre enormes debido a la delgadez de su cuerpo. Platica muchas cosas irlandesas ocurrentes. Noté a mamá inquieta durante toda la comida. De pronto, a la hora del café le dijo a *Father* Thomas:

—¿No me haría el favor de bendecir la casa?

Father Thomas, que es el hombre orquesta, inmediatamente sacó un frasquito de agua bendita. Todo lo lleva en su saco negro y de los bolsillos de su pantalón salen las bendiciones y las indulgencias: hostias por consagrar, diminutas cantimploras de agua bendita, medallas de Roma, estampas, rosarios de Jerusalén, que nos va entregando a todos con sus ojitos azules maliciosos. A los ochenta años, corre tras de mamá por toda la casa, rociándola a diestra y siniestra. Después, los veo alejarse también a toda prisa; van rumbo al pabellón.

¿Qué es lo que mi madre quiere exorcizar?

✠ AD DEUM QUI LAETIFICAT JUVENTUTEM MEAM

Hace calor y el Colonia del Valle-Coyoacán no llega. Gracias a Dios tan sólo una señora espera en la parada de la calle de Uruguay. Le pregunto la hora. No tiene reloj. En el camión me siento junto a ella, cargada de paquetes, pesados como remordimientos, porque «vine al centro a comprar un baberito para una amiga que se acaba de aliviar de su niño, fíjese usted nomás que gasté toda la quincena y aquel Enrique me va a matar». Esto es lo que yo necesitaba... El padre insistió tanto en el banco de confidencias.

—No se preocupe. ¿Qué es lo que compró?

—Puras cosas necesarias que nos hacen falta. Zapatos para Quique y unos cortecitos de tela para las niñas porque los vestidos hechos cuestan una barbaridad. Compré cosas para la despensa y una tapadera para la olla exprés que se había descompuesto.

—¡Pero cómo le luce a usted el dinero!

La señora se sonroja en un gesto de aflicción.

—Pero fíjese usted nomás que al pasar por la esquina de López vi un bolerito precioso; yo hace años que quería tener un bolerito así porque las estolas son carísimas y éste estaba a mitad de precio.

(El día del milagro que pensé iba a desembocar en el advenimiento del amor se transforma en un luminoso porvenir de hermana de la caridad).

—Eso no tiene nada que ver. Un bolerito es tan importante como una almohada o una cacerola porque usted se verá muy guapa con él y le gustará mucho a su marido.

Ya para entonces varias personas lanzan miradas curiosas y divertidas hacia nosotras.

—Déjeme que se lo enseñe —dice la señora con la esperanza de verse justificada y olvidar su despilfarro. Y sin esperar mi respuesta se pone a desatar el paquete. Abre la caja y extrae un objeto indefinible, una especie de chaqueta de torero hecha con la piel de tres gatos de distinto color.

—Me dijeron que era de legítimo *petit gris*, no sé cómo se dice... ¿le gusta?

—¡Pero si es divino! Le ha de haber costado una fortuna.

Me acuerdo de pronto de lo que el sacerdote ha dicho de la mentira. «La mentira sólo puede tener un aspecto provisional». Mentalmente, me comprometo a pagar esa mentira haciéndome responsable de la fealdad del bolero. Siento que voy a irme de cabeza al infierno al darme cuenta de lo horrible que es la piel, y al ver el rostro anhelante y temeroso de la señora dudo por primera vez de lo que el padre dice.

—¡Ay, me costó trescientos pesos, más de la mitad de la quincena!

Me dejo rodar por la pendiente de la mentira.

—Dígame dónde lo compró para buscar otro igual.

En eso llegamos a la esquina de la señora.

—Lo malo es que los hombres no entienden —dice al despedirse.

Hace un momento pedí su dirección junto con la de la tienda y me prometí llevarle por la Navidad un árbol para los niños. En mi imaginación me pongo a llenarlo de objetos deslumbrantes. Pero lo que no puedo apartar de mi conciencia durante el resto del día es el aspecto de la señora, regordeta, con su bolerito encima como un pequeño manto de gorila, y la cara que pondrá su marido, aquel Enrique, al verla.

✠ AVERTANTUR RETRORSUM ET ERUBESCANT QUI VOLUNT MIHI MALA

En estos días mamá se diluye, se escapa cada vez más lejos. Siento que le gustaría hablar pero nadie le pregunta nada, y ella, si no le preguntan no habla, así la educaron, papá no la interroga y en la mesa que preside la conversación, cuando no está Teufel, gira en torno a automóviles y finanzas. De pronto, veo un chispazo en sus ojos, se iluminan, está a punto de abrir la boca, su rostro se distiende y al minuto que sigue, Luz se traga su deseo y permanece allí graciosamente sentada; estira su largo cuello, mira las manos de los invitados manejar los cubiertos, el platón bien presentado que desde la cocina ha enviado Victorina, quien advierte con una voz lejana: «No se vayan a quemar, los platos están hirviendo», porque su casa se distingue porque se sirve en platos previamente calentados, estira más el cuello para llegar hasta la otra cabecera, hasta Casimiro ocupadísimo en ponerle mantequilla a su pan; sus grandes ojos castaños recobran la nostalgia de siempre, escucha, escucha algo que la separa de los demás y la aísla; ya no parece desear nada, no tiene comunicación con el mundo exterior; se cierra, regresa al estado habitual que tanto me intriga: la ausencia.

Luz no se queja jamás de la rutina, de la conversación inocua, de la falta de estímulos, del mal humor de Casimiro, de la falta de vivencias, de los ruidosos caprichos de Sofía, de mis caprichos más taimados. Va de la apatía al sobresalto, del sobresalto a la apatía. Su presión baja le da la pasividad de la adormidera; los ruidos se atenúan al alcanzarla, los actos caen en blandito, no hay pedrada que llegue a su destino, el algodón la protege, la vida entra y se va sin sentirse, callada. Por eso Luz mira a los invitados como si fueran de una raza distinta a la suya y los consecuenta. Una vena azul late en su garganta, una vena le tiembla a lo largo del cuello; es lo único que turba la superficie apacible. Quisiera poner mi cabeza en su hombro, doblarla contra su cuello, sentir su tibieza, preguntarle: «Mamá, ¿de qué hablarías en la mesa si te dejaran? ¿De tu niñez? ¿De tu padre muerto? ¿De tu relación con el padre Teufel?». Una tarde, a la hora del té, un rayo de luz anaranjada la hizo levantar la cabeza y decir: «Así es la luz en Mykonos, así mismo cae al atardecer sobre los muros blancos y todavía calientes…». La interrumpí entusiasmada: «Mamá, ¿cuándo estuviste en Mykonos? Mamá, nunca me dijiste que habías conocido Mykonos». Luz sonrió. Eso fue todo.

Hoy como entonces, Luz dice frases que ruedan frágiles en el aire y caen sin ruido sobre la alfombra. Nadie las recoge, sólo yo, para que las sirvientas no las barran con el polvo de la mañana.

Todas las mañanas, papá sale a la calle persuadido de que va a sacarse la Lotería.

Vitito dice que sus sacos están forrados de billetes que se despliegan en acordeón.

Con ellos podría forrarse la casa entera.

Cuando Teufel se queda a comer, la conversación es siempre apasionante. Habla mal de la Colonia Francesa. Dice que son espantosos burgueses, vendedores de tapetes. Va a muchas reuniones clandestinas en casas particulares. Mamá le sirve de chofer, lo acompaña. «Es cosa de adultos», alega el sacerdote. «Usted, Blanca, tiene que acostarse temprano». No me gusta que me trate como a una niña pero su perfil es tan imperioso que no me atrevo a discutir. Al día siguiente le pregunto a mamá cuando está arreglándose frente a su peinadora que qué pasó pero se pone sus moños.

—¿Qué les dice en esas conferencias?

—Que son vendedores de tapetes.

—¿Y qué más?

—Los llama mercaderes.

—Y ¿cómo se ve el padre?

—¡Ay, Marianita, no sé, parece un pequeño Júpiter tonante!

—Y los que asisten ¿cómo son?

—Muy feos.

—¿Son los que van a la Iglesia Francesa?

—No, nunca los he visto en la iglesia.

—Entonces ¿quiénes son?

—Hombres de negocios, supongo, no sé.

—Pero ¿qué cara tienen?

—Son burgueses.

Nunca he oído a nadie pronunciar la palabra «burgueses» con mayor desprecio.

—Y ¿por qué no va mi papá?

—Porque el padre Teufel vive aquí; puede verlo cuando quiera.

—Y ¿qué es lo que el padre quiere de ti? ¿De tía Francis?

—No sé, no sé, no sé, no sé.

Luz se ve agotada. Tan bien que se veía hace unos días. Papá es otro que está muy quisquilloso. A veces dice: «No hay nada que no pueda resolverse con un buen puntapié». Recuerdo cuando llegó de la guerra y aún conservaba el sabor de la armada, le decía a Vitito cuando no estaba el agua bien caliente:

—Oh, usted querer patada mía en el culo.

✤

Las dos, Luz y Francisca, delgadas, etéreas, los músculos esquivos bajo las sedas entran haciendo el mismo gesto: se ponen unos guantes largos cuyos dedos enfundan ayudándose una mano con la otra y mientras terminan, seña absoluta de que van a salir, dan órdenes al mozo o a la cocinera o simplemente advierten a qué lugar se dirigen aunque después no vayan a donde pensaban porque se les olvida a medio camino la finalidad de sus pasos. Caminan tan levemente que casi no pisan el suelo; lo rozan apenas, lo único pesado en ellas es su pulsera de oro de la que cuelga la medalla troquel antiguo de la Virgen de Guadalupe. Las dos tienen la misma, y otras amigas también, y las mismas tres hileras de perlas en torno a la garganta.

Salen. ¿A qué salen? Ni ellas mismas lo saben con certeza. Me gustan sus entradas y sus salidas, sus entradas que siempre son salidas, sus entradas para anunciar que van a salir, que por eso enfundan sus guantes a pequeños gestos voluntariosos mientras dan su orden del día, su horario de puras deshoras, de puros minutos desconchinflados, de segundos que se agrandan o se reducen a su libre arbitrio, su tiempo dichoso de mujeres bellas, su tiempo triste de mujeres que caminan con sus vestidos flotantes y sus vagas muselinas y sus cuellos delgadísimos y estirados como instrumentos de música y su nariz que apunta hacia arriba, sus ojos al aire, sus cálidos ojos de castaña que no logran detenerse en punto alguno, sus ojos color ámbar, lejanísimos, atisbados tras de la ventanilla de su coche mientras doblan la esquina al volante y meten primera; aceleran el motor calentándose y a la vuelta de la esquina no se percibe de ellas sino la mano enguantada porque ahora sí van a doblar y desaparecer, meterán segunda, tercera, el motor caliente, el motor su único compañero, el único en recibir órdenes misteriosas, sus paradas intempestivas y la entrega que han hecho de sí mismas al azar que ellas ingenuamente llaman destino.

Por teléfono le pregunto a Casilda:

—¿Qué palabra te gusta más: «quingentésimo» o «tufarada»?

Casilda me toma por sorpresa:

—Oye, corre el rumor de que Teufel vive en tu casa, ¿es cierto?

℣ AVERTANTUR STATIM ERUBESCENTES
QUI DICUNT MIHI: EUGE, EUGE

—Perdónenme nomás un momentito.

Ibarra, el segundo de a bordo de Casimiro, se sienta en la sala y mi hermana le hace compañía. Está cayendo la noche y enciende las lámparas.

A medida que avanza la hora, los miembros de la familia vuelven al hogar. Primero Luz, incierta y borrosa, se acurruca en un rincón. Apenas habla. Luego yo, ansiosa de competir con Sofía le pregunto a Ibarra si quiere tomar café.

—Ya le serví un *whisky*, metiche.

Al final llega el sacerdote cansado, arrastrando los pies; se instala cómodamente y pide sin preámbulos un *whisky* en las rocas:

—Para reanimarme.

Sofía e Ibarra llevan la conversación. Sofía sonríe, ladea la cabeza con un abierto movimiento de coquetería, baja los párpados y pone las manos enlazadas sobre su vientre.

Ibarra le pregunta a Sofía si le gusta bailar, qué deportes practica, si el agua de las albercas en Cuernavaca es muy fría, ay, nanita, y cuenta chistes. Con su traje chocolate de rayitas blancas y su corbata llamativa prendida por un tosco fistol, sus mancuernas demasiado grandes y su inmenso deseo de gustar, ríe, enseñando sus muelas tapadas con oro.

El eclesiástico habla poco pero observa a Sofía. Ésta se levanta de su asiento, los senos pequeños y muy separados, el cuello estirado y no deja de festejar los chistes de Ibarra, quien está sintiéndose en la gloria. Que la hija de su patrón sea tan amable con él equivale a un aumento de sueldo.

A las nueve y media de la noche y como Casimiro no ha llegado, decide por fin retirarse. Luego de estrechar efusivamente la mano de todos, entre inclinaciones de cabeza y fórmulas corteses, Sofía lo acompaña hasta la puerta y vuelve caminando con ese contoneo de lancha, totalmente nuevo. Va derecho hasta el espejo de la sala para arreglarse el pelo, perfectamente peinado. Su mano tiene la destreza y la provocación de una mujer madura.

El sacerdote se levanta como un poseído:

—Pero, Sofía, ¿ha perdido usted todo sentido de dignidad?

Sofía da media vuelta aterrada. No queda en ella nada de la mujer anterior. Es sólo una niña con los labios temblorosos.

El padre se vuelve hacia Luz y la interpela groseramente:

—Usted, señora, ¿cómo acepta que su hija coquetee con el secretario de su marido? ¡Hasta dónde llega su distracción o su indiferencia! Usted estaba mirando a su hija rozar con la punta de los dedos a un cualquiera y no se movió. No la reconozco, señora. Si yo fuera el padre de Sofía, le hubiera pegado aquí mismo frente a todos.

Por toda respuesta, Luz corre a abrazar a Sofía que solloza.

—Empiezo a creer que es cierto aquello de que el cuerpo de cualquier mujer es fácil. Todas se abren paso con él, lo llevan a la proa de su vida. ¡Basta un movimiento de cadera y ya está! ¡Menéese más, Sofía, muévase, ándele! Camine hacia mí como lo hacía antes.

Levanta el brazo. Ante la mirada de Luz lo deja caer:

—No, señora, no le voy a pegar a su hija. No necesita defenderla. Sabrá defenderse sola porque pertenece a esa clase de mujeres que conozco bien.

—¿De qué está usted hablando?

—Es de las mujeres que confían en el poder todopoderoso de su cuerpo. No me mire así, Luz. Una vez, una joven solicitó mi ayuda: «Padre, hace días busco empleo, cualquier puesto de mecanógrafa». Le respondí que en ese momento pocas personas encontraban trabajo. Nunca olvidaré lo que repuso airada: «A mí cuando una puerta se me cierra, la empujo con las nalgas».

Miro al sacerdote con un sobresalto. Su voz me es desconocida, vulgar, y el rictus de sus labios, repugnante. ¿Qué está pasando? Mi madre esta vez lo desafía:

—¿En dónde cree que está? Le prohíbo que hable usted así en mi casa.

Toma a Sofía por los hombros y juntas suben precipitadamente a la recámara. Demudado, el padre se deja caer con todo su peso en el sillón para luego levantarse y servirse un *whisky* y beberlo de un trago. Al darse cuenta de mi presencia, ordena:

—Suba a su cuarto, Mariana, déjeme solo.

Me muerdo el interior de los labios con tal fuerza que la sangre aflora a mi lengua y ese sabor salado y caliente aumenta el malestar. Dispuesta a aliarme con el padre, no entiendo su rechazo. Subo paladeando mi propia sangre.

Recuerdo conversaciones anteriores en que Teufel hablaba con fervor de los subalternos. Ahora Ibarra es un cualquiera. ¿Qué le pasa al padre? «¿Por qué no fui yo la que suscité este ataque de celos? ¿Por qué Sofía y no yo?». Como Marta la piadosa me paso el día trajinando para atenderlo, y es Sofía la que le interesa. ¿Por qué? Me tiro de espaldas en la cama toda vestida, los mocasines sobre la colcha, mirando el techo inútilmente blanco.

♠

Sofía (11:45 de la noche).

Un grito agudo hace estremecer a Luz, después un segundo grito, Luz corre al cuarto de Sofía. En medio de la cama con su pelo corto enredado como el de un muchacho, las sábanas hechas bola, Sofía solloza. Apenas ve a su madre le tiende los brazos.

—¿Qué te pasa, mi niña, una pesadilla?

Larga y delgada, los sollozos la doblan en dos y se estruja las manos. Luz la abraza.

—Sofía, estás nerviosa, olvídate de lo que te dijo el padre.

Al oír la palabra «padre» como que quiere gritar de nuevo:

—Sofía, cálmate, vas a despertar a toda la casa.

Sofía jadea.

—¿Quieres un pañuelo? ¿Qué soñaste que te puso en ese estado?

Sofía vuelve a llorar. Su madre se impacienta.

Realmente están demasiado nerviosos. Habría que pensar en unas vacaciones.

Abro la puerta.

—¿Qué le pasa a Sofía?

—Nada. ¿Quieres volver inmediatamente a tu cama?, te vas a enfriar.

—Pero ¿qué tiene Sofía?

—Mariana, obedece. Ya bastante te has desvelado en estos últimos días.

Definitivamente hoy no es mi día. Luz suspira.

—Mamá.

La voz de Sofía es débil. Parece tener ocho años.

—¿Sí, querida?

—Mamá, soñé que el padre me tiraba un hueso.

—¿Cómo? ¿Qué dices?

Sofía se atraganta.

—Sí, mamá, como a un perro. El padre, allá arriba desde el…

Luz se queda fría. No le pide a su hija explicación alguna. No se atreve. Arregla un poco las sábanas revueltas.

—¿Quieres tantita agua con azúcar?

—Sí, mami.

—Te la voy a traer.

—No, mamá, no te vayas, no te vayas.

Hay terror en los ojos de la muchacha.

—¿Y tu agua?

—Yo voy contigo.

Bajan a la cocina. Después ya más serena, Sofía se encoge entre las sábanas.

—Mami, quédate un poquito. Tengo miedo de que vuelva el padre.

Luz se sienta en el borde de la cama.

—Mami, no vayas a apagar la luz.

—No, Sofía.

—¿Y te quedarás hasta que me duerma?

—Sí, mi niña.

Sofía cierra los ojos. A veces un sollozo entrecortado la hace abrirlos temerosa de que su madre se haya ido. Un estremecimiento sacude sus hombros redondos, luego los rasgos de su cara se aflojan anunciando el sueño verdadero.

Luz apaga la lámpara y sin hacer ruido regresa a su cuarto. No duerme en toda la noche. El rostro de Sofía contraído por el espanto no puede borrarlo de su memoria.

Mamá escribe y no escribe sus cuentas. En la noche escribe febrilmente en una libreta ahulada, le pregunté qué era y no me respondió. Sé que hice mal, pero anoche la abrí, ya no aguanto su rechazo y el de Teufel, no sé qué están haciendo, a dónde van, yo lo traje a la casa y me tiran a lucas. Sé que hice mal pero me impulsó el coraje. A mamá la voy a acusar con papá. O le diré a Sofía que es rete que acusona. Ella sí que se atreve a todo.

Leo:

El jueves en la noche desperté según mi costumbre de esa semana hacia las dos de la madrugada. Perdóneme, Dios mío, me pareció que me hablaba. Ninguna voz pero la certeza interna, no me atrevería a decir de su presencia pero sí de su voluntad.

¿Quería yo aceptar el sacrificio? Mi emoción era tan fuerte: lloraba.

«Sí», aceptaba.

En ese momento comprendí o creí comprender que se trataba de mi persona. Por eso cuando visité a Esperanza le dije que debía yo morir y que le confiaba a mi único hijo, como si no tuviera yo que inquietarme por las niñas.

Sólo más tarde me pregunté lo que significaba esta separación de Fabián y si no sería más bien él, el inocente, en vez de mí, quién se iría. Le rogué a Dios pidiéndole que fuera yo a quien Él llamara a pesar de que no soy digna de ello, pero Su misericordia lo puede todo.

Esa misma noche y aún en lágrimas, oí la voz de Sofía que me llamaba en medio de una pesadilla. Me precipité a su cuarto, soñaba aún: «Mamá, mamá, el papi, el papi». La poseía un terror pánico. «¿Qué te pasa, Sofía?». Se despertó con estas palabras: «Soñé que el padre me echaba un huesito». Me sentí helada porque el huesito era para mí en ese momento la imagen de la muerte.

Esta noche Ibarra, el asistente de Casimiro, vino a buscarlo y mientras lo esperaba se tomó unas copas. Comenzó a decirle tonterías a Sofía. Viendo esto lo despedí arguyendo que estábamos cansados y le pedí a mi hija que lo acompañara a la reja. Cuando regresó cuál no fue mi azoro al ver al padre levantarse el puño en alto sobre la pobre Sofía gritándole insultos; que había actuado sin categoría al coquetear con un empleado y que si él fuera su padre la habría agarrado a bofetadas allí mismo. La pobre Sofía estalló en sollozos. Escuché la explosión sin moverme. Confieso humildemente tener los reflejos un poco lentos. Después de su arenga a Sofía, Teufel se había vuelto hacia mí con rabia, esperando que yo hiciera un gesto, algo, cualquier cosa para defender a mi hija. Era evidente que a mi hija le faltó clase, pero no es más que una niña. Me levanté y la tomé en mis brazos para consolarla. Lloraba tan fuerte que la llevé a su cuarto pero un poco antes le dije al sacerdote: «Ocúpese de Mariana, a quien usted ha endiosado».

No tomé parte en la discusión entre Mariana y Teufel, quien no comprendía las vocaciones contemplativas. Mariana las defendía, citando a Thomas Merton y a Maritain; hasta habló de las cartujas que duermen en su ataúd. Cuando hablaba observé su pequeño rostro crisparse y volverse feo. En la conferencia en casa de Richard Foix me había sorprendido la fealdad de los rostros. ¿Qué estaba pasando? Sofía sentada sobre su cama lloraba como para partirle a uno el alma:

—Siento que algo se rompe en mí.

Sabía yo que decía la verdad, y mi angustia en aumento, le afirmé que el padre se había equivocado, pero ella se entercaba:

—¿Quién me lo demostrará?

Le respondí:

—Yo sé, Sofía, yo soy quien tengo la razón.

Por segunda vez me atravesó una luz tan fuerte que tuve la impresión de que brotaba por todos mis poros. Sofía me miró espantada:

—Mírate en el espejo, mamá.

El efecto había pasado, me miré de todos modos y vi un rostro extraño, muy blanco, con ojos brillantes muy negros y cabellos erizados formando una aureola.

Sofía se había calmado. Bajé de nuevo a la sala y me senté en el mismo sofá en donde estaba el padre. Refiriéndose a Mariana, me informó:

—No es nada, sólo un poco de soberbia.

Desde el otro extremo del sofá, enojada interpelé al sacerdote:

—¿Con qué derecho les dice a los otros lo que tienen que hacer? ¿Qué derecho tiene usted de decirle a una mujer que no debe tener ocho hijos? ¿Cómo sabe usted si no es su octavo hijo el que la salvará?

Consciente o inconscientemente empleaba su lenguaje. Se puso blanco. Sentí mi rostro por encima del suyo casi en un cuerpo a cuerpo físico.

¿Era éste el combate con el ángel?

O quam amabilis es, bone Jesu!
Quam delectabilis es, pie Jesu!
O cordis jubilum, mentis solatium!
O bone Jesu! O bone Jesu!

—Esta casa era más divertida antes de que ustedes se dedicaran a la santidad —grita Sofía al subir la escalera.

Es la única que se mantiene igual junto a los dos hombres de la casa: papá y mi hermanito Fabián. Mamá y yo compartimos el mismo éxtasis:

—¿A ver las alucinaditas? ¿A dónde van a dirigir sus pasos el día de hoy?

No hago caso, al cabo Sofía está fuera de la órbita sagrada. Tiene demasiado sentido común y éste le cierra el acceso a los cielos que Luz y yo «alucinamos», como afirma sin cesar. «¡Qué mancuernita —sonríe—, qué parcito de ilusas, parecen ratas atarantadas!».

No voy a la clase de equitación; al fin hoy me toca puro picadero y resulta monótono. Me gustan los caballos sobre todo después de haber montado. Me acuerdo entonces del áspero olor a cuero del albardón, de las riendas manoseadas y de los estribos en que los pies deben apoyarse talón abajo. Sobre todo recuerdo el olor de la Highland Queen, su pelo blanco pegado al cuerpo, los escalofríos que la recorren de pezuña a cabeza, la boca llena de espuma, las pezuñas enlodadas y las corvas grises de polvo seco. Entonces abrazo ese grueso cuello mojado, ese cuello redondo de yegua-mujer opulenta, cuello corto, voluntarioso y lleno de brusquedades. Al regresar de la cabalgata, cuando la Queenie camina sola y sin acicate porque ha olido su caballeriza, me echo hacia atrás, de espalda, con la cabeza sobre el lomo del animal y me dejo mecer, los ojos fijos en el cielo que se va quedando a medida que mi Queenie avanza. ¡Qué maravilla ir así, con un buen cansancio en todo el cuerpo y las acojinadas ancas de la Queenie para recostarse! Librado, el caballerango me advierte:

—Señorita, se va a ensuciar el pelo, la yegua viene sudada.

No cambio de posición y aspiro a plenos pulmones el aire de la mañana, quieto, concentrado, el puro olor de la Queenie.

Hace seis días pasó algo que me desconcierta. En un paseo por allá por San Bartolo, Naucalpan, la Queenie vio un burro suelto pastando en una pradera. De repente y quién sabe por qué, el burro se dejó venir desde la esquina más alejada del rectángulo de alfalfa verde hacia la Queenie y la yegua agachó también las orejas, serviles, acostadas. El burro se acercó como el mismito demonio y la yegua se detuvo de golpe. Esperaba, pero su espera era más bien un reto, un blanco desafío de hembra. Cuando el burro estuvo cerca, la Queenie empezó a reparar, a dar brincos de chivo con las orejas gachas, gachísimas —ella que siempre las lleva levantadas como dos cucuruchos blancos, dos blancas copas de papel— y entre sus belfos y de sus dientes surgió una música de acordeón como un fuelle para avivar la lumbre. El burro se espantó porque el resto del grupo de los caballistas llegaba a lo lejos en una confusión de cascos y de polvo. Pero al alejarse se puso a rebuznar con voz irónica y gruesa y se alejó con un trote meneado de pelangoche. Todos rieron.

—¡Ay, Mariana!, ¿qué no sabías que las mulas son hijas de yeguas y burros?

—¡Ése es el origen de las mulas!

—Por eso las mulas son estériles.

Sammy comentó:

—Hay cierto tipo de cruzas que no se deben hacer, que no se pueden hacer.

Toño terció con su voz nasal:

—Todas las mujeres tienen algo de Lady Chatterley, un guardabosques en el subconsciente, así como todas las yeguas tienen sus burros.

Emilio pronunció la palabra «híbrido». Híbrido, híbrido... se parece a Librado... Híbrido, Librado, híbrido. El maíz híbrido no se puede sembrar. No agarra.

Escuché silenciosa. Desde entonces veo a la Queenie con nuevos ojos, inquietos ante ese posible rebajamiento.

Tengo que decírselo al padre, todo tiene que ver con el padre.

Suelto los estribos; vamos hacia las ladrilleras. Siempre paso sin verlas o hago como que no las veo. Cerca de San Bartolo el campo ha tomado el color de las ladrilleras; los indios hacen adobes de lodo muerto y los ponen a secar al sol tendidos en hileras sobre la tierra suelta. Los jinetes cruzan las adoberas borrando con un polvo seco y ardiente la cara de los indios. Algunos perros tratan de morder tobillos y los caballos mueven su cola en un perpetuo fueteo y patean a los perros que se alejan aullando de dolor. Los indios inertes ni hablan. Son más callados aún que los ladrillos. Nos ven a todos con un silencio cansado que es su más puro reproche. Tan sólo algunas mujeres llaman a sus perros con voz chillona, siempre en cuclillas a la entrada de su casa: «Ven acá, Cacharrín», «Silbato, Silbato», «Duque». Los perros ladran. Siempre hay perros famélicos cerca de los pobres, perros con moquillo y collar de limones, ojos velados por cataratas, perros roñosos que se rascan hasta la saciedad. ¿Cómo comunicarle al padre tanta desesperanza? Cuando salimos a campo traviesa, la Queenie descontenta no deja de tascar su freno, Librado contagiado por la yegua suele morderse una esquina del labio inferior como dándole vueltas a un pensamiento. Y me quedo perpleja al hallar tales similitudes entre la yegua y el caballerango. Ya cerca del Club Hípico Francés empiezan los pastizales verdes. Más allá está el bosque y puede respirarse por fin el acre aroma de los eucaliptos que bordean el río. Quisiera entonces bajarme del caballo, bañarme en el río, quitarme de encima esa tierra, olvidar la hostilidad muerta de la ladrillera, la inexistencia atroz de los indios. Pero la presencia de Librado me lo impide:

—Paséela, Librado, para que no se enfríe.

—¿Se va a bajar?

—Sí, me voy a ir a pie.

Traigo la camisa pegada al cuerpo y las botas también se me han aflojado alrededor de las piernas. De pronto mi atuendo me asfixia; el saco de lana a cuadritos con sus coderas de gamuza, las botas, cada vez que doy un paso, el casco que dicen me sienta tan bien, el pequeño fuete imperativo. ¡Qué payasa! Ojalá y no me encuentre campesino alguno.

—No me espere, Librado, váyase, yo camino.

—Es que cómo la voy a dejar aquí sola; falta mucho para el Club.

—No se preocupe. Desensille a la yegua después de pasearla, ¿eh? Al rato llego para darle su azúcar.

✠ JUDICA ME, DEUS, ET DISCERNE CAUSAM MEAM DE GENTE NON SANCTA; AB HOMINE INIQUO ET DOLOSO ERUE ME

—Padre —pregunto con esa costumbre de saltar en torno a él un tanto perrunamente—, padre, padre, ¿le gustaría a usted, padre, que fuera campeona de equitación?

—¿Qué?

Vuelvo hacia él mi rostro anhelante.

—Sí, campeona de montar a caballo.

—Y ¿por qué no de montar una escoba?

Se para en seco.

—Es absolutamente ridículo, pobre niña.

Me mira sin simpatía.

—¡Qué raza! Con razón, esto no se hurta, se hereda. De generación en generación aprenden a subirse a un caballo, se compran su equipo de domador y alardean frente a los de a pie. ¿No se ha dado cuenta de que vive en un país de muertos de hambre?

De pronto hace un feo gesto; monta dos dedos de su mano derecha sobre el índice de la izquierda y los blande en mi cara.

—Monte, campeona, monte hasta que la monten a usted.

Retrocedo. De la boca del sacerdote sale la risa gutural, hiriente de los días malos. Luego se da la media vuelta y me deja a solas en medio del jardín, sus rosales inútiles y el rocío que va desapareciendo con los rayos del sol, lenta e inexorablemente en una gigantesca succión que proviene de un punto perdido allá arriba, mucho más allá de las nubes.

Asperges me, Domine, hysopo et mundabor
et super nivem dealbabor

He perdido todas mis seguridades; todas mis ideas (¿las tenía?) han ido a dar al traste, no entiendo lo que sucede, ni en mí misma, ni en la casa. ¿Tengo papás? ¿Tengo casa? Paseo mi destanteo por las recámaras, voy a la cocina y me siento a la mesa entre Felisa y Victorina que beben café negro en su pocillo, quiero café como tú, como todos. No, niña, no. Tú, tu chocolate. Pero si ya tengo diecisiete años. Sí, niña, pero se ponen muy nerviosas tú y tu hermana, cuantimás ahora que todos andan como chinampina. Vitito, platícame de tu vida de antes, qué te platico, niña, si ya se me olvidó, esos tiempos ya pasaron y no importan. Quiero acercarme pero no me dejan, cómo voy a derribar las paredes que dice el padre, con qué palabras, con qué gestos, si no me dejan, no me toman en serio, no les importo. Ándile, ándile, niña, que tengo allí el montonerío de trastes; ándile, niña, que tu lugar no está en la cocina, cuando eran pequeñas tu mamá las mandaba castigadas a comer a la cocina, qué haces aquí languideciéndote si tienes tantas cosas en tu cuarto. Que qué cosas, pues qué voy a saber yo, todo eso que te compran, tus libros, tus diversiones, tu ropa, todos tus entretenimientos, tantísimos calzones, tanto que te consienten. Ándile, niña.

Ríe vulgar igual a su risa cuando le pedíamos pastel y nos gritaba, todavía no lavan sus calzones cagados pero eso sí a diario quieren pastel.

Ándile que no tengo todo el día, vete a fondear gatos por la cola, toma su escoba como si fuera a barrerme fuera de su cocina. Tampoco con Sofía me hallo, con Sofía y con la palomilla, todos de pantalón gris y saco de *tweed*, *beige* o gris, y su cinturón de plata de Ortega con sus iniciales, Pablo, Javier, Mauricio, Juan Manuel, los dos Luises, el Pájaro, el Chícharo, el Chicharrín, el Cura, y ellas, sus novias, el teléfono colgado de la oreja, como la medalla de la Virgen de Zapopan cuelga de su muñeca o la de Guadalupe, troquel antiguo, los labios besando la bocina, no me digas, ay, a poco, de veras, te juro que así me lo contó, novias, noviecitas santas, sus ideas las sustituyen con un vestido, también yo, mis dudas y zozobras las calmo en El Palacio de Hierro, ya mañana será otro día, el teléfono lo ocupan y quiero que esté libre para que llame el padre. Desde que vive en la casa no lo veo; es a Luz a quien se lleva a todas partes, «Luz, no me haría usted el favor de…», y Luz de eso pide su limosna porque ella que siempre tarda en arreglarse ahora sale volada, a instrucciones, conferencias, qué sé yo, apuesto a que el padre ve más a Marta Dupasquier, a Susana Berthelot, a Mónica Mery, a Estela que a mí. De todas todas ni se lo huelen que duerme en la casa, pero de qué me sirve si sale destapado y no vuelve a aparecer, y cuando aparece sólo busca a Luz, a Francisca, a Sofía. Dice misa en el Colegio de Niñas, va a las reuniones de la parroquia, al dispensario, a las juntas Scout, todos los Barcelonnettes lo han invitado, hasta el Club France le rogó que asistiera a una reunión de su comité ejecutivo, cenas, cocteles, qué hombre mundano, la Colonia Francesa está enloquecida con él, transforma existencias. Una vez me llamó desde la calle para pedirme un teléfono: «Gracias, pequeña Blanca», dijo al colgar. Fue todo lo que me tocó a lo largo del día. Cuando llegó se encaminó directamente a casa de Francisca a hablar con ella. Sé que es atractiva, pero pinche vieja. Hasta a Luz, que es mi madre, la odio a veces. Y a Francisca y a Sofía. Pinches viejas, si ni fueron al retiro. Yo fui la que lo traje, pinches viejas, por si no lo recuerdan. Que nadie ocupe el teléfono, por si llama. Se le olvidan las cosas y me necesita. Soy su telefonista. A Casilda tampoco quiero oírla ni verla, me tienen harta sus tapones, su famoso sentido común, en nuestro último telefonazo le pregunté si el padre no había ido a su casa y me dijo que para qué, que lo veía hasta en la sopa, ya chole con Teufel, así dijo, ya chole con Teufel. Nos ha recomendado discreción, que no digamos que vive con nosotros, pero cómo me gustaría divulgarlo, se morirían de envidia, toda la Colonia Francesa está en-lo-que-ci-da con él, les ha abierto los ojos, les ha destapado los oídos, lo siguen, son sus apóstoles, viajan a Cuernavaca, a Tlalpan, a Legaria, se van de excursión al Popo y yo aquí sin saber qué hacer conmigo misma, las manos sudándome frío, esperándolo, encerrada porque puede regresar intempestivamente o llamarme, pendiente de todos los timbres, todas las campanas, que dan vuelta en mi cabeza, sola, solititita, porque hasta el Pipo juega con Fabián en el jardín y ni modo de ir a quitárselo y decirle Pipo, estate aquí conmigo porque ya no me aguanto, podría comerme hasta las uñas de los pies, pegarme hasta que aflorara la sangre, cepillarme el pelo y que en el cepillo quedaran los mechones.

De lo de la sociedad en Nueva York, ni una palabra. No sé qué pensar.

Mamá vive exaltada. Lee los Evangelios, los cuatro al mismo tiempo. No se distrae, la comida se sirve muy puntual, la casa anda sobre ruedas. La que viene poco a la casa —jardín de por medio— es mi abuela, pero nadie parece extrañarla mucho. Mamá se la presentó al padre Teufel, una vez que la vio sentada en el jardín y ni uno ni otro simpatizaron. El padre le dijo a mamá:

—No me gustó su madre.

—Pero ¿por qué?

—Esa medalla rodeada de diamantes.

A otro a quien tampoco le tira un lazo es a mi hermanito Fabián, al contrario, parece estorbarle, como que le tiene celos. No le gusta ver que mamá lo tome entre sus brazos, o platique con él. Mamá antes acostumbraba cargarlo a todas partes, al mercado, a la gasolinera, a la tienda, mamá, siempre con su hijo injertado en su cadera. Ahora Teufel lo aleja; pregunta por Lupe, la nana, y la manda llamar para que se lo lleve. Mamá ¿no fue a olvidarlo el otro día en la gasolinera? «Aquí tenemos a su niño». Teufel la tiene tan pasmada que hasta a su hijo olvida. A Fabiancito, el padre lo trata como a un rival. Un día a la hora del café, cuando Fabián saltaba en el jardín de una mesa para abajo lo interrumpió:

—Tú, muchachito, estás haciendo *show off*.

—Luz, vamos a que nos dé el aire.

Jacques Teufel le pide que lo lleve a dar una vuelta en su carro. Nunca me dice que los acompañe. También cuando va al súper, sube rápidamente al carro y se va con ella. Tardan mucho en regresar.

En la noche, cuando no le sirve de chofer, mamá lo espera. También papá. Luz, a quien no le gusta guisar, le prepara una ensalada o una *omelette* o le calienta una sopa. Bajan ella y Casimiro a las dos de la mañana y platican con él mientras cena. Una vez los acompañé. Se veían los tres contentos, aunque el padre, para mi gusto, exagera. Les dijo a la hora del café:

—Escúchenme bien, Luz y Casimiro, ustedes serán una pareja histórica.

♠

Aunque Sofía se ha mantenido al margen, el padre la ve con un gran interés. Es amabilísimo con ella. Ayer Sofía regresó de la clase con dolor de cabeza y el padre se ofreció a curarla. Cuando mamá llegó se encontró a Sofía acostada sobre su cama y al padre que le masajeaba la frente.

Fue hacia su tocador y empezó a cepillarse violentamente los cabellos. Al verla, el padre debió comprender que estaba enojada.

—¿Qué no sabe que puedo quitar los dolores de cabeza?

—Sí, mamá —le dijo a su vez Sofía—, ya no me duele.

♣

¿Qué tanto hacen mamá y él, de qué tanto hablan? Permanecen en el jardín mucho tiempo después de la comida familiar, sentados el uno frente al otro y a mí me mandan a freír espárragos.

†

Sigo pensando que es Jesucristo el que está en casa.

✠ DULCE LIGNUM, DULCES CLAVOS, DULCIA FERENS PONDERA; QUAE SOLA FUISTI DIGNA SUSTINERE REGEM CAELORUM ET DOMINUM

La veo sentada sobre su cama, los brazos laxos, la cabeza levemente inclinada, ¿en espera de qué? Ni ella misma lo sabe. Acostumbra sentarse así, al borde de su cama, sin hacer nada y puede quedarse no sé cuánto tiempo hasta que alguien la recuerda, suena el teléfono y sube algún criado a decirle: «Le habla la condesa Narices…», «Nazelli, Nazelli, no Narices», corrige automáticamente, su voz ausente porque a la casa nunca habla ningún señor o señora Pérez o González o Sánchez, a menos de que sean proveedores; la señorita Pérez que ensarta las perlas; Sánchez, el ebanista; González, la pedicurista; Hernández, la de la plata. Bajo su bata floreada que se pega al cuerpo como la seda, apuntan sus rodillas delgadas, sus piernas largas, se adivinan las caderas puntiagudas cuando cruza las piernas, y sobre todo los pechos, estos dos pechos rotundos, plenos. Ni Sofía ni yo tenemos pechos así, nos tocaron unas naditas. Los suyos sí cuentan y lo asombroso es que sobre esa estructura frágil, ese costillar aparente, se enganchen estos dos frutos pulidos desde la madrugada. El asombro es igual al que produce la manzana que cuelga de la rama quebradiza. ¿Cómo puede sostenerla? Se redondea, baila, oscila al viento, se le quedan gotas de lluvia que la abrillantan; amanece enrojecida, madura al sol, allá en lo alto, el rocío y el calor la hinchan y la hacen crecer dulce; y la rama nunca cede flexible; pueden contársele los huesos de las costillas, finísimos, recorridos por un tuétano verde, suben desde la estrecha cintura y de repente la comba de la espalda y al voltearla el asombro de los dos senos fuertes y bien dados.

Mamá, mírame, estoy aquí, mamá, soy tu hija, mamá, mírame con tus ojos castaños, mamá no te vayas, cómo te detengo, no puedo asirte, mamá, dime que me oyes, no me oyes, ¿verdad? ¿A quién escuchas dentro de ti con esa mirada ausente? ¿Quién te habita? ¿Por qué no soy yo la que te importo?

La atisbo por el corredor, más bien, es un paño de su vestido flotante, da la vuelta con ella y se escapa, la sigue como su sombra; camina con un paso ligerísimo que apenas se oye, tras de ella miro sus omóplatos salientes como alas de pájaro, ¿de allí saldrán las alas de los ángeles? Camina largo, no me oye, mamá, su vestido es el puro viento, camina, su vestido danza en torno a sus piernas, adivino sus pálpitos bajo la tela que no la protege, qué frágil se ve su nuca, con una sola mano, un hombre puede abarcarla sola, abarcar su cuello entero, ¿qué hombre? ¿Qué hombre lo ha hecho, quién? Mamá, ¿quién? Mamá, óyeme, mamá, ¿a dónde vas? Mamá.

QUIA TU ES, DEUS, FORTITUDO MEA: QUARE ME REPPULISTI, ET QUARE TRISTIS INCEDO DUM AFFLIGIT ME INIMICUS?

—El padre le ha dado sentido a la vida de muchos miembros de la Colonia.

—¿Como a la de la señorita Freire?

—¿Qué cosa de la señorita Freire?

Oculto mal mi despecho, todo lo que concierne al padre Teufel me produce un malestar que otros llamarían celos.

—¿Qué le pasó a la señorita Freire? —insisto.

—La llamó en plena reunión del Dispensario.

—Acérquese, señorita Freire.

Ella se acercó:

—Y ahora, voltéese.

Ante el azoro de todas y de sí misma el padre le sacó las

cuatro o cinco horquillas que detienen el chongo que desde siempre le cuelga en la nuca y soltó la masa negra de sus cabellos. La señorita Freire protestó:

—Pero si sólo ando así cuando voy a meterme a la cama.

El sacerdote miró el cabello negro desparramado que le llega hasta la cintura y murmuró:

—Todo el día debería verse como si fuera a la cama.

Varias señoras alcanzaron a oírlo. Todas lo han comentado y desde entonces, la señorita Freire no ata ni desata, más bien lo único que atina a desatar es su chongo que, suelto, la hace verse como la Loca de Chaillot.

Alzo los hombros:

—A lo mejor le conviene. El padre sabe lo que hace... Pero, pensándolo dos veces, pobrecita de la señorita Freire.

—Oye, Mariana, ¿qué te ha pasado? Hace mucho que no sé de ti, tu teléfono siempre está ocupado, o cuando logro comunicarme me dicen que no estás.

(Casilda me recuerda a *Mademoiselle* Durand con sus interrogatorios policiacos).

—De veras, Mariana, me tienes preocupada. Y más me preocupa el rumor que corre de que el sacerdote está viviendo en tu casa. ¡No es posible!

—Eso mismo digo yo, no es posible.

—Entonces ¿es verdad o no es verdad? Porque si es verdad, debo advertirte...

Corro, corro lejos de Casilda, no quiero oírla, no quiero mentirle, esta reunión de *scouts* me sale sobrando, de haber sabido no vengo, pero Teufel va a darnos una conferencia y lo amo, quiero oírlo, quiero verlo, lo amo, quiero que me hable, quiero, y después, regresar a la casa con él, los dos juntos, él y yo, solos, sin Luz, sin Francisca, sin Sofía, sin las advertencias de institutriz de Casilda, sin una sola compañera del retiro.

—En la reunión de los *scouts*, padre Duchemin, Mariana no pierde un gesto del sacerdote y si él pudiera verla le asustaría la intensidad con que lo examina.

Mientras camina junto al angelical Duchemin, Casilda recuerda que su amiga le dijo en el retiro: «Yo soy el padre; todo puede desaparecer menos el padre. Si el padre se va, no tendré ya ninguna razón por la cual vivir».

—Todas las adolescentes reaccionan más o menos en la misma forma, Casilda, no creo que debiera usted preocuparse.

—No, no, padre Duchemin —insiste preocupada Casilda—. Para Mariana, amar es convertirse en la persona amada; por eso, cuando me lo dijo, ya no sonreí.

—¿Qué propone usted, Casilda?

—Intenté hacerle ver que ella no podía amar al sacerdote en esa forma. «¿Por qué?», me preguntó. «Precisamente por eso, porque es un sacerdote». «¿Y qué?», no pareció comprenderme, es más, ni siquiera me escuchó y me di cuenta entonces de que Mariana no conoce otro imperativo que el de su temperamento.

—¿No cree usted que exagera un poco?

—Padre, Mariana nunca se siente culpable y siempre parece inocente puesto que todo en ella es instintivo. Después de verla, yo fui la que me sentí culpable; ella ni siquiera sospechaba de lo que quería prevenirla... Hay que hacer algo, pero ¿qué?

El padre Duchemin, encargado del Colegio Francés, sigue caminando tranquilamente:

—Conozco bien a las adolescentes, Casilda, todo en ellas es llamarada de petate. Imitan las películas o los libros que leen. Hacen cosas que parecen peligrosas pero es sólo la energía de la juventud; hay que darle cauce, no reprimirla. No debe usted preocuparse demasiado, ya se le pasará.

—Yo no veo bien a Mariana, padre, cada vez que se me escabulle es porque algo trae, y ahora creo que esconde algo que debe pesarle muchísimo. Cuentan que también el padre Teufel ha desquiciado a su familia, que ya de por sí no lo necesita. A mí todo lo que sucede desde que llegó Teufel me parece muy extraño, padre Duchemin.

El joven párroco Duchemin la mira con ojos aprensivos. Gente tan concreta como Casilda es la que impide el advenimiento de los milagros.

JUSTUS UT PALMA FLOREBIT: SICUT CEDRUS, QUAE IN LIBANO EST, MULTIPLICABITUR

—¡Pero qué estupideces son ésas!

—De veras, papá, de veras, el padre Teufel quiere llevarse a mi mamá a Nueva York a formar parte de la nueva sociedad, la que regirá el mundo, la socialista, la que hará saltar…

—¡Pero qué sandeces me estás contando!

Los ojos de Casimiro se abrillantan, pero no me mira, mira de frente, su pie sobre el acelerador, su mano derecha sobre la llave, lista para hacerla girar y calentar el motor. El zaguán ya está abierto de par en par, y yo al abrir la portezuela y meterme en su coche, le he echado a perder el día.

—Lo sé, papá, es verdad…

Lo que no le digo a mi padre es que yo fui previamente la elegida, mucho antes que mi madre y mi tía, y que ahora el sacerdote me ha relegado. No ha vuelto a decirme una sola de las cosas que me dijo en el retiro de la calle de

Jalapa, ni una sola. Todas son para mi madre y mi tía, y de poderlo, para mi hermana. Yo soy su peoresnada.

—Papá…

—¡Ya basta, Mariana, bájate del coche! Se me está haciendo tarde…

—Pero si tú no marcas tarjeta…

—Por eso mismo tengo que llegar antes que los empleados… Bájate, ¿quieres? En la noche, hablaré con tu madre para aclarar esta sarta de estupideces.

De un solo y furioso arrancón Casimiro ya está en la reja. En la calle toca el claxon con cólera para que alguna de las sirvientas venga a cerrar la puerta.

... Et a cunctis adversitatibus liberemur in corpore,
et a pravis cogitationibus mundemur in mente

El padre Jacques Teufel no ha vuelto a hablarme de la sociedad que va a fundar en Nueva York.

†

Frente al altar, el padre da una impresión de experimento físico; un flujo radiante, una sobrecarga de energía ilumina su rostro y se delata por la presencia de líneas de fuego en los ojos, en las manos, en la boca, que aunque fugaces son perceptibles. Hasta Casilda que tiene los pies sobre la tierra ha notado en su rostro cambios de luminosidad, un desplazamiento de luz que va de la derecha a la izquierda cuando no surge desde dentro; en cuestión de segundos aumenta súbitamente el voltaje y sus ademanes al abrir los brazos, al cerrarlos, al hacer su siempre titubeante señal de la cruz, le dan una forma espectral.

El padre genera una luz blanca que no es de este mundo y embruja. Los fieles asienten, bajo el sortilegio, cuando la gorda señora De Leuze murmura:

—Es un arcángel.

Las líneas de absorción y las líneas de emisión son continuas y por lo tanto aterradoras. Produce realmente un efecto similar al de la insolación. En el padre Teufel se da un proceso de conversión que lo hace más atractivo, magnético, que otros seres humanos. De las misas de la casa de retiro a las misas en el Colegio de Niñas a las que asiste la Colonia Francesa, el fenómeno se repite; nadie puede explicárselo porque no hay explicación racional a este tipo de acontecimientos. Al contrario, no quieren investigar ni descubrir; lo que desean es permanecer bajo el embrujo; se trata de un experimento que privilegia a la Colonia Francesa. Si los parroquianos lo presencian es porque lo merecen. Entre otras prerrogativas puede contarse, de ahora en adelante, la de oír decir misa a un sacerdote extraordinario que les está destinado. A su lado, se opacan sin vida como focos fundidos, cajas sin resonancia, los demás oficiantes.

—Su transporte de energía es radiactivo porque hay en él una actividad interna muy intensa. Todavía no se descubren las infinitas posibilidades del cerebro; el cerebro es una inmensa central de energía —exclama entusiasmadísima Estela Rivet en la sacristía después de misa. Los demás la rodean porque saben de sus conocimientos científicos.

Sólo el viejo José Fresnay se ha mostrado rabiosamente recalcitrante:

—Es un loco. Ya se quemará en el fuego que según sus adeptos, él mismo genera.

Al terminar la santa misa, el padre Jacques Teufel vuelve a ser un ente opaco; su descenso es tan brusco como la explosión que ha deslumbrado a todos. En cambio, en el coche de regreso a la casa, Luz tiene el rostro translúcido y los ojos como pensamientos negros sumidos completamente dentro de sus cuencas. Explica, mientras el sacerdote la mira, ahora sí con ojos apagados: «Todos somos puntos de luz, estamos hechos de materia corpuscular. La luz no puede ser visible. ¡Fíjese cómo aparecen de pronto en el cielo estrellas que antes no estaban allí! Yo, de haber estudiado algo, hubiera sido astrónomo; así hubiera recibido toda la luz del universo; su inmensa fuente de energía; claro que las limitaciones que nos impone nuestro sistema de observación son realmente serias».

Luz sigue hablando de las posibilidades eléctricas del cerebro humano, aún no descubiertas ni computarizadas, de las ondas y la química como si no fuera ella sino otro el que hablara. Cerca de la fea avenida de Obrero Mundial, cuando estamos por llegar a la casa, noto que su rostro se ha vuelto absolutamente negro, ya no sólo son los ojos sino las mejillas, el mentón siempre tan dulce. Estoy por gritar cuando el sacerdote se vuelve hacia mí y me hace: «Sschsch schschschsss» con un índice sobre sus propios labios también negros.

Leo en la libreta ahulada en la que mamá escribe todos los días:

Los miro en torno mío cada uno en su órbita solitaria, hasta mi pequeño Fabián a quien Mariana le lleva catorce años. Juega solo bajo el ahuehuete. Desde la ventana vi a mi hija hacerle una caricia a la pasada rumbo a su clase de equitación. Al menos eso creo. Hace un tiempo andamos todos de cabeza. También se detuvo Sofía junto al niño y lo tomó en sus brazos con ese modo temperamental de manifestarse. ¡Qué impetuosa niña, Dios mío! Casimiro salió desde temprano a la oficina, rugió el motor de su coche en la vereda y luego nada. De vez en cuando Lupe, la nana, se asoma al jardín para ver cómo va el niño, le hace alguna recomendación y se mete de nuevo al planchador. El perro persigue la sombra de las mariposas sobre el pasto. Nunca levanta la cabeza por más de que Fabián se las señale en el aire: «Pipo, allí, allí, allí». Veo su bracito redondearse al apuntar. Miro desde la ventana sin decidirme a tomar mi baño. Miro, recojo palmo a palmo el jardín dentro de mis ojos, toda mi vida está en ese jardín, en el ciruelo rojizo, en el eucalipto cuya corteza se resquebraja, el tejocote recargado en el muro, en la bugambilia, toda mi vida está en esos tramos de pasto que vienen hacia mí y suben por la ventana, mis diálogos sin respuesta con Casimiro, las preguntas que no nos hemos hecho, las palabras no dichas, a tal punto que parece que no tenemos nada que decirnos. Las mujeres estamos siempre a la espera, creo, dejamos que la vida nos viva, no nos acostumbran a tomar decisiones, giramos, nos damos la vuelta, regresamos al punto de partida, nunca he querido nada para mí, no sé pedir, soy imprecisa y soy privilegiada. Sin embargo, a veces tengo la sensación de vivir en esta casa por primera vez y todas sus costumbres me son desconocidas, hasta la cara de mi buena Felisa pidiéndome que ordene el menú. Me siento perpleja, tengo que hacer un esfuerzo para echarme a andar de nuevo. Me pregunto si Lupe en el planchador se detendrá un solo momento a preguntarse: «¿Dónde estoy? ¿Quién soy? ¿Qué quiero realmente?», o si simplemente amanece contenta con lo que hace. Me pregunto si Felisa lo hará mientras bate los huevos para el soufflé *y si sueña despierta en su infancia. Hay mañanas en que tardo mucho tiempo en recordar que vivo en este país, tengo hijos, el día ha comenzado y debo salir a enfrentarlo, lavarme, dar las órdenes a los criados y no pensar que alguna vez fui como mis hijas, una muchacha que salía con los cabellos al aire, la bolsa al hombro, le sonreía en la esquina al cilindrero y a su vals* Sobre las olas. *¡Cuánta fuerza secreta hay en la juventud, cuánta! Y yo estoy aquí junto a la ventana, tan llena de incertidumbre, inmóvil, sin poder siquiera dar la media vuelta para ir a bañarme, aquí en esta zona mágica de silencio bajo el gran arco del cielo mexicano, azul y duro.*

Canto:

> Era Blancanieves muy bonita,
> porque andaba siempre limpiecita

porque usaba cada vez
el Jabón 1 2 3.
Y les enseñó a los enanitos
a que anduvieran siempre limpiecitos
y que usaran cada vez
el Jabón 1 2 3.

Y.

Estaban los tomatitos
muy contentitos
cuando llegó el verdugo
a hacerlos jugo.

Qué me importa la muerte
ta ta ta ta ta
si muero con decoro
en las conservas Del Fuerte.

Mamá se enerva:

—¿No podrías cantar otro tipo de anuncios?

Le comenta a Esperanza:

—Son de veras muy infantiles. Todavía leen cómics, hazme favor. La lectura favorita de ambas es *La pequeña Lulú*.

DOMINE, EXAUDI ORATIONEM MEAM

Sofía se levanta. Es *La Valse* de Ravel. «Más fuerte», pide, «más fuerte», Sofía nada hace en sordina, «¿así?».

—No, imbécil, dale toda la vuelta a la perilla, a la del volumen, idiota.

La música se estrella contra las ventanas y hace temblar los vidrios, toda la terraza vibra como la carlinga de un avión, Sofía inicia el despegue, se eleva, ahora sí, mira a todos desafiante; estira los brazos, pone un pie delante del otro y desde un extremo de la terraza se lanza atravesándola como el pájaro de fuego. Cada parte de su cuerpo respira por cuenta propia; aletean en las ingles dos tendones, se estiran, la hacen saltar, mantenerse en el aire; a grandes zancadas se desplaza de un extremo de la habitación a otro; no puedo despegar mis ojos de su cara. Mi cabeza va de la izquierda a la derecha, ida y vuelta, como la de los espectadores de tenis; miro a mi hermana girar, aventarse, abarcar el espacio de un solo *grand jeté*, poseerlo de norte a sur con sus brazos que son alas, Sofía, saca todo lo que tiene adentro, invade, se posesiona. Todos le pertenecemos. Sofía es todopoderosa. Ninguno pestañea, imantados, no respiran con tal de no perder de vista su cadera, sus brazos, sus largas y almendradas axilas. Y la abuela comenta:

—Esta muchacha tiene el diablo adentro.

Tía Francisca recuerda a la Pavlova, la compara. Luz se transfigura. Ana Pavlova murió en el Hotel D'Angleterre en Ámsterdam en el piso arriba de su habitación. A cada momento salía al corredor a preguntar por ella. Murió de pulmonía. Si entonces Luz se identificó con la Pavlova, ahora se ve reflejada en su hija que expresa tanta ira contenida, la vida que se le sale en cada pirueta.

El sacerdote tampoco le quita la vista de encima:

—¡Qué mujer! Pedorrea fuego.

Casimiro vuelve la cabeza hacia él, sorprendido. Los demás como son muy taimados fingen no haber oído.

Sofía no parece cansarse; al contrario, arde cada vez más alto; baila por todos los inmóviles de la tierra, baila, baila, allí va una pierna, allí va la otra, no pierde el aliento, a través de ella algo ha estallado en la terraza; los criados también se asoman y desde la puerta contemplan en silencio; la miran con respeto, como si presenciaran un ceremonial antiguo, un rito que exige la reverencia. Sofía no los ve, no ve a nadie pero se adivina a sí misma y su propia fuerza la embriaga.

Se me llenan los ojos de lágrimas: Sofía ha abierto las compuertas y sale la vida a borbotones impúdica y alucinante; de pronto un pájaro se azota contra el vidrio, un pájaro que viene del jardín y ha equivocado el camino, ninguno se percata de este ruido seco, esta pedrada viviente; ahora sí a Sofía el sudor le escurre de la frente, sus mejillas encendidas, sus miembros abrillantados, el rostro exaltado del que gana la partida; la suya es una experiencia mística, tía Francisca comenta en voz baja:

—¡Qué desenfreno el suyo! ¡A ver qué hombre puede con ella!

Me doy cuenta que a Sofía la consideran aparte, una mujer que se carbura sola, expuesta a los círculos de *La Valse* que giran negros, espejeantes, mareantes, llevándosela hasta el nacimiento del tornado, este que ahora mismo nos hace naufragar a todos.

QUONIAM TU SOLUS SANCTUS

—Ayer en la tarde vino Javier a tomar el té. Al entrar a la sala vi por detrás su pescuezo ancho, corto, el pelo sobre el cuello de la camisa. Después me senté frente a él y su corbata brillante, chillona, lo dividió en dos pedazos, uno su cabeza, otro su torso de obeso que alguna vez me pareció poderoso. Al hablar, manoteaba con su diamante de cuatro quilates partiéndole también la mano. Me habló de lo que había comido, claro yo siempre le pregunto acerca de lo que ha comido pero no para que me responda. El diamante de cuatro quilates siguió bailando mientras me describía «el lomo de cerdo a la naranja, casi laqueado, como en la comida china» y pensé mientras le sonreía: «Cerdo sobre cerdo, dos cerdos ensimismados». Después se despidió y pensé al ver de nuevo su nuca: «Parece un *valet*».

Francis perora mientras Luz la escucha risueña. Han sacado su tijera de cortar prójimo aunque Francis no lo corta, lo destaza. Hablan como antes de la llegada del padre Teufel; una hora de recreo en medio de la tormenta. Las oigo y pienso que la crítica es en ellas una forma de autoafirmación. Francis es brutal en sus juicios; mamá sólo le sigue la corriente.

—¿Cómo te vas a hacer novia de ese muchacho, Mariana? ¿No ves que tiene pescuezo de *valet*? Por eso te describí la visita que me hizo Javier, su tío.

—Pero…

—No hay pero que valga, Mariana, un pescuezo ancho es un pescuezo de buey y un buey es un buey… ¿No querrás tomar durante toda tu vida sopa de ojos de buey o sí?

La risa las recorre de la nuca a los tobillos; están eufóricas, se le han escapado al padre por un momento, ellas mismas se dieron esta hora de recreo y aún no suena la campana. Las miro y mientras ríen: «Más tarde, ¿serán unas ancianas graves y sabias?». Súbitamente siento miedo. «¿Se la llevará el padre Teufel a Nueva York?». Anoche las sorprendí hablando de ese viaje. No puedo decirles que tengo miedo ni que en tres días me he vuelto torva. Su risa, en cierto modo me reconforta. Tía Francis y mamá se han ido de pinta. Ríen. No hay en ellas culpabilidad alguna; al contrario, se ven plenas como dos niñas que chuparan el mismo helado. Se dicen cosas que sólo ellas entienden. Si se le han escapado ahora al padre Teufel, ¿podrán escapársele a la hora de la verdad? Las imagino sobre la cubierta del barco tal y como vinieron a México vestidas de blanco; sus baúles están en el cuarto de los trebejos; negros, brillantes, frágil, manéjese con cuidado, con su nombre de soltera grabado en letras blancas. Así vinieron con sus sombreros de campana metidos hasta las orejas y sus zapatos de hebilla, sus faldas tableadas; en las fotografías del álbum de *cuir de Russie* le dan la cara al viento y se ven dichosas como hoy, sus caritas abiertas como hoy, abiertas a la esperanza como hoy en que Luz mi madre parece encontrarse en vísperas de un viaje.

Qui pridie quam pateretur...

Hay mucha saliva en la boca del padre y eso entorpece sus palabras. De pronto lanza un largo escupitajo que reverbera sobre el pasto inglés. Miro el gargajo dividida entre el horror y la fascinación. Ningún hombre de mundo escupe, sólo los carretoneros. Madre de los apachurrados, ningún hombre de mundo se pica los dientes y sin embargo el padre saca un mondador, un palillo de madera de la bolsa y después de la comida recorre uno a uno toda su dentadura. Ni Francis ni Luz lo han comentado. El padre habla, se repite, se da cuerda, no puede permanecer en silencio, habla, habla, dice lo mismo y después de un rato de atención, comienzo a prestar más oído a los ruidos de la ciudad que a los sonidos exasperados en su voz. Además la falta de concentración es un defecto de familia, como el prognatismo en los Borbones y la obesidad en la casa real de Holanda. Esos defectos los distinguen y por lo tanto se complacen en ellos. Todo lo que distingue es bueno, aun la imbecilidad. «¿Me oye usted, niña?». Digo que sí pero en realidad me he quedado atrás. Alguna pequeña frase hace nido en mi corazón y la repito incansablemente y se estanca. El sacerdote aborda otros temas pero permanezco anclada en eso de que «todo lo que hace la mujer se juega en una especie de claroscuro». Ligo esta frase al internado.

En el convento del Sagrado Corazón, la Reverenda Madre obligaba a las internas a bañarse con un largo camisón blanco. Resultaba difícil tallarse bajo la tela mojada y todas las muchachas acababan por empapar el camisón, aventarlo y lavarse desnudas. Al cabo y al fin las madres no iban a meterse a las regaderas. Pero las nuevas sufrían grandes penalidades en su primer baño al tener que debatirse con la tela rebelde. Sólo a la tercera o cuarta vez resolvían librarse de la funda esa. Una vez, sorprendí a una de las nuevas mojada de pies a cabeza dentro de su camisón que se le había pegado al cuerpo. El camisón la delataba y podían verse las puntas oscuras de sus senos, sus piernas, su vientre y una sombra tan definitiva y agreste que los pelos fuertes y crespos perforaban la tela. La miré atontada ante los errores que a veces comete el pudor. No pude menos de gritarle ofendida: «¡Quítatelo, tonta, nadie se baña así!».

El sacerdote sigue hablando de la perpetua infancia en que vive la «gente bien», de la inmensa banalidad de los ricos, y de pronto se vuelve hacia mí para sorprender mi cara de luna plácida decidido seguramente a romperla y señala que debería tomar café «porque a mí me gusta estar rodeado de personas siempre alertas».

A partir de aquel momento tomo tal cantidad de café que paso parte de la noche con los ojos abiertos mirando con fijeza el ropero de enfrente como un búho solitario y desesperado. ¡Y por ningún motivo me dormiría! Al contrario mi corazón late precipitadamente y lo escucho a la altura de mis tímpanos, siento su presión en la garganta. Descargo electricidad por todo el cuerpo como un generador en potencia. En el convento también, cuando me cepillaba largamente el pelo, brotaban chispas y eso me hacía feliz: «Hago corto circuito». Mi pelo me llenaba de un extraño gozo. «Soy importante, doy luz», me repetía a mí misma.

Ya en la cama, no puedo dormir y de golpe me encuentro a mí misma con las dos manos sobre mi sexo. Las retiro.

«Es pecado». Sin embargo, como resorte regresan al mismo sitio. Algo me aletea entre las piernas, hormiguea incluso. «Nunca antes he sentido esta comezón, y en qué lugar, Dios mío, ayúdame». Hablo sola, doy de vueltas en la cama, escondo mis manos tras de mi cintura, las castigo, cochinas manos, no las reconozco, no son mías, no me pertenecen, puercas, sáquense, las manos se aquietan, mustias, y un segundo después, no son sólo las manos sino todo el cuerpo el que recupera la postura inicial doblado sobre sí mismo, posición fetal, de lado, las manos aferradas sobre mi sexo, sobre esa suavidad de nido. «Debo concentrarme en otra cosa». ¿Qué los demás así dormirán de inquietos, hechos un ovillo? Para eso deben ser los esposos, las esposas, para dormir a pierna suelta tendidas sobre la cama, abarcándola toda y no así, así como yo ahora, animal acorralado, partido en dos, la cabeza en contra de las rodillas, aterrada ante lo que bulle en mi centro.

En el desvelo he aprendido a descubrir los ruidos de la noche y a identificarlos; la sirena de la fábrica que se desata a las cuatro de la mañana lanzando todo su vapor contenido al aire, el barrendero y su carrito gris de la basura que llena la calle con el ir y venir de su escoba de varas, los frenos de aire de los camiones, el gallo que quién sabe por qué razón tiene cabida en una ciudad moderna. Se me graban estos y muchos ruidos más, pero lo que me impresiona, así como en la infancia me aterraba el del camotero, es el pito desolado del velador que pasa frente a la reja una vez a las doce y otra a las tres. Distingo en la calle unas carcajadas: «Voy a asomarme por la ventana a ver si así ahuyento los malos pensamientos». Son unos trasnochadores que llevan en el rostro la palidez del día muerto. No pueden verme por los árboles. Los cuento. Son tres, dos hombres y una mujer. De repente, en la esquina de la casa, la mujer se acuclilla, y la oigo muy claramente: «Pérenme tantito», los hombres sólo se carcajean. «Mira nomás a ésta» y aguardan mirándola. La mujer orina, lenta, largamente, se hace un charco que va hacia la cuneta, qué bárbara, y cuando termina se pone de pie sin bajarse la falda estrecha, y los tres reemprenden la marcha. Los sigo con los ojos hasta que atraviesan la avenida Obrero Mundial. Sobre el asfalto permanece la mancha humeante que ha dejado la mujer. Pienso desconsolada: «¡Qué feo, qué feo es todo lo que nos sucede de la cintura para abajo!». Me vuelvo a meter a mi cama helada y tomo mi rosario. Al rato, el rosario también acaba asido de mis dedos en medio de mis piernas, pero ni cuenta me doy, ahora sí me he dormido profundamente.

Al día siguiente la familia se pregunta por qué diablos tengo tantas ojeras y el más destanteado es papá ya que las mujeres de su casa se le van de las manos, ninguna entra ya en sus sueños, salen y se van sin decir a dónde ni por qué, se volatilizan, toda su familia se viste y gana para la calle, gira en torno al sacerdote negro que la imanta, gira para mayor gloria del Señor, aletea como las mariposas que Casimiro ve rondar en torno a sus cabezas, las frescas arquerías de la casa pierden consistencia, vuelan con las mariposas; enjambre de mariposas blancas son los muros, flotan, se desmoronan, la casa va a irse por los aires, gira, y Casimiro aturdido, los ojos levantados hacia arriba, aguarda el acontecimiento: el milagro que caerá del cielo.

✠ NE PERDAS CUM IMPIIS, DEUS, ANIMAM MEAM

Luz atraviesa el jardín corriendo. Ha bajado la escalera de

dos en dos peldaños, también a la carrera. Va rumbo a la calle. Sofía y yo nos miramos:

—Se ha vuelto completamente chiflada.

Luz llega hasta la reja para regresar despacio, la cabeza baja, el pelo caído sobre los ojos.

—¿Qué le pasará?

—¡Cállate, babosa! Ya viene para acá.

Entra a su recámara, su bata floreada se ha enlodado. No parece vernos.

—Óyeme, mamá, ¿qué te pasa?

—Nada, Sofía.

Sofía se sienta frente al tocador y comienza a peinarse. Por el espejo mira a Luz:

—¿No tienes frío, *Mutter*?

—No.

—Y ¿por qué no te vistes?

—Si te quitas del tocador podré cepillarme el pelo y vestirme después.

Luz recobra su autoridad. Sofía se levanta malhumorada. Le encanta peinarse frente al espejo de Luz.

—Mariana, deja por favor de comerte las uñas, me pones nerviosa.

Nos miramos en silencio, cómplices de un mismo regaño. «Y ¿tú cómo nos pones?», tiene ganas de aclarar Sofía pero no lo hace. Luz saca sus dos grandes cepillos de Marchino y se los pasa por el cabello con fuerza, primero con la mano derecha y cuando se cansa con la izquierda, con toda rapidez. A medida que se lo cepilla, el pelo se para electrizado alrededor de la cabeza haciéndole una aureola caníbal. Me encanta verla cepillar sus cabellos. Cien cepillazos diarios tal y como le aconsejó Marchino. Después de que el pelo se encrespa en una espesura de bosque, Luz lo alisa para abajo y recupera sus reflejos cálidos de caoba pulida. De repente, en la mano derecha de Luz, a la altura del pulgar, veo una mancha triangular café:

—Mamá, ¿qué tienes en tu mano?

Instantáneamente Luz deja de peinarse y vuelve sus ojos exaltados a nosotras.

—Me la hizo el Espíritu Santo.

¡Pácatelas!

Admirativa miro la mancha. Hasta siento temor. Siempre he sido su más fervorosa oyente y nunca he puesto en duda lo que dice. Si el Espíritu Santo ha decidido señalarla con un triángulo de luz en la mano derecha, es porque mi madre es un ser escogido de Dios. Sofía incrédula camina por la recámara arrastrando sus grandes pies.

—¿A poco, mamá?

—Claro —afirmo, respaldándola—. Mami, ¿cuándo te hizo la manchita?

Luz no contesta.

Sofía languidece y sin decir adiós se escurre por la puerta. Esas conversaciones marihuanas entre mi madre y yo la aburren de principio al fin. La única en la que le gusta participar es en la personal pero el Espíritu Santo, esa palomita siempre de perfil, no le interesa por lejana e irresponsable. A mi hermana le gusta que yo pregunte:

—Oye, mamá, y ¿si nosotras no fuéramos tus hijas y nos vieras en algún lado te caeríamos bien?

Luz contesta invariablemente que sí. Después se crean otras posibilidades: «Si no te hubieras casado con mi papá, ¿Ignacio podría ser nuestro papá?». Entonces Sofía para la oreja porque esa plática sí le parece bonita, por lo menos es normal, pero todas esas cosas acerca del rayo verde que sólo se ve una vez en la vida, los signos y las arañas que escucho embelesada, a ella la dejan fría.

En cambio Luz ejerce sobre mí una fascinación especial. Me hechiza. Y es que anda en el mundo como alucinada pendiente de los signos que le vienen de dentro y que la hacen sobrellevar lo que sucede a su derredor. Nunca sabe uno qué va a llamarle la atención; de allí lo sugestivo de sus ausencias. ¿A dónde irá? De allí también sus infinitos silencios. Por eso cualquier palabra de mi madre, el menor gesto, pueden ser la clave del misterio.

—Mira, Mariana…

—Mamá, dime, dímelo, mamá.

Acuclillada frente al cesto de los papeles, Luz extrae una hoja de periódico que anuncia: «Hoy es día de fiesta».

—Ves, lo ves.

Desdoblo la hoja, la extiendo. Es una propaganda que anuncia detergentes a mitad de su valor y dos paquetes de pan Ideal por el precio de uno. Las grandes letras gritan: «DÍA DE FIESTA EN SU FAMILIA».

—¿Entiendes, Mariana?

—Trato, mamá.

Entonces Luz dice que la despiertan movimientos de luz interior difíciles de explicar, que está segura de la presencia de Dios en su casa, que la luz se transparenta e incluso llega a quemarla.

—Hace poco y todavía entorpecida por el sueño, levanté la cabeza y vi que una luz traspasaba las cortinas de mi ventana. La luz tenía una forma triangular.

Luz pone sus manos en forma de copa abierta hacia arriba.

—En ese momento pensé: «Son los faros de un automóvil cuya claridad atravesó las cortinas». Jalé las sábanas y la cobija para volver a dormir pero apenas había yo puesto mi cabeza sobre la almohada pensé que jamás había llegado luz alguna a mi cuarto, primero por la lejanía de la calle, segundo porque mis cortinas son dobles. ¿De dónde venía entonces esa luz? El miedo y la esperanza se apoderaron de mí. Volví de nuevo la cabeza hacia la ventana y desgraciadamente la luz había desaparecido y estaba yo envuelta en tinieblas. Entonces prendí la lámpara del buró y me senté en la cama a reflexionar acerca del significado de esa luz. Desde esa noche leo sin parar los cuatro Evangelios.

—¿Y la luz, mamá?

—La volví a sentir anoche, al saludar a la señorita Arnal en el pabellón, pero esta vez la tenía yo dentro de mí y algo debió transparentarse porque el padre lo notó y se lo hizo notar a ella.

—Pero ¿qué sientes, mamá, qué sientes?

Luz nunca especifica nada.

—Mamá, por favor.

—Siento las luces como un presagio de la muerte. Me despiertan mientras duermo. Son de fuego y me atraviesan el pecho. Una noche mi hombro tocaba el de tu papá y supe que si no lo separaba de ese contacto, moriría. La impresión era tan fuerte que mi reflejo fue automático. Luego supe muy claramente que la luz iba a salir de mi cuerpo, en tres veces. A la vez experimenté alivio y pena... Sin embargo, como tenía mi cabeza apoyada en mi brazo tuve la sensación de que un poco de la luz que quedaba pasaba por mi brazo a mi cerebro.

Luz se detiene de golpe.

—No debería contar todas esas cosas, ¿verdad? Me basta con mirar tu carita.

—¡Ay, mamá!

—No me digas nada, lo sé, ésas son cosas sólo para uno y no se pueden poner en palabras. Ahora mismo, al contártelas siento que las he empobrecido y que a pesar de mí misma las he distorsionado. No tiene que darles el aire. Una gran felicidad es en el fondo un profundo fervor secreto, como un fuego interno que te consume.

Las dos nos callamos. Mi madre mira hacia la ventana, su cuello delgado, su perfil delicado, toda esa suavidad, la masa de sus cabellos mira hacia afuera con ella, habla casi en voz baja, la observo: «¡Qué joven es mi mamá, qué joven!». Sus mejillas tienen la tersura de la infancia.

Abre un cajón, lo jala y no recuerda por qué.

—Ahora ándale, Mariana, córrele, no te quedes aquí sin hacer nada, déjame que tengo que vestirme.

CONSOLATRIX AFFLICTORUM

Miro a mi madre: un color se le va, otro se le viene. Todos los días pasados, intensamente pálida, los ojos ennegrecidos por quién sabe qué pensamientos, deambula por la casa como un fantasma. Ahora parece estar presa de la mayor confusión; su voz tiembla al hablar y cada vez que levanta sus ojos hacia el sacerdote, son de súplica. ¿Qué le está pidiendo? Tomo su mano; la terminación de su brazo también es hermosa y de su puño delgado surge el manojo de venas subterráneas que surcan la piel blanca como de pétalo casi transparente. La abandona, la deja entre las mías, en realidad no se da cuenta de lo que hace y retiro las mías al instante: la de mi madre está helada, perlas de sudor frío abrillantan también su frente. «Mano de muerta», «mano de muerta», ¿qué le pasa a Luz? Corro a la cocina en busca del calor de la servidumbre que siempre habla mientras se afana en torno a la estufa, a los platos por lavar, al tendedero, con la música de fondo del radio en la charrita del cuadrante. Sin embargo, extrañamente el radio no está encendido y Felisa le cuenta a Victoria: «Gritaba: ¡padre, padre! y se removía sobre la almohada sin verme por más de que hice para que volviera en sí. Estaba ardiendo en fiebre, deliraba, de veras, Vito, se puso a decir que no, que no se iba, luego que sí, que si era la voluntad de Dios, sí, entonces sí; tenía la nuca empapada, fui por el alcohol y se lo puse en la sien, en la nuca y poco a poco volvió en sí. Apenas me vio gritó: "¿Dónde está? ¿Ya vino?", y cuando le pregunté quién, como que quiso recobrar la conciencia y ya no me preguntó quién. Le subí té, rezamos la Magnífica y a esa hora se medio durmió, eran las cuatro de la mañana. Por mí le hablaría a la señora Esperanza, para ver ella qué hace, porque esa señora tiene mucha cabeza». Victoria rezonga: «Yo tampoco veo bien a la señora», pero mi presencia la hace afanarse ante el fregadero. Magdita tiene también un súbito quehacer inaplazable y desaparece. Para colmo de males está por salir a su pueblo a la fiesta de San Miguelito. Rechazada en la cocina, opto por volver a mi cuarto. En la escalera, mi madre pasa junto a mí, rozándome sin verme y sigue adelante, sus ojos llenos de lágrimas. Grito: «Mamá», pero no responde. En el corredor tras de ella, veo cómo entra a su recámara y oigo después el ruido de la llave en la cerradura. Entonces bajo la escalera corriendo y sólo me detengo a la sombra del sabino; allí tirada de espalda sobre el pasto miro las ramas; es un árbol eterno; bajo su sombra la frescura se hace sedante. A pesar de que mis pensamientos me turban al punto de que nada existe salvo ellos, bajo aquel árbol tomo aliento; la violencia de lo que está sucediendo en mi casa se detiene aquí junto al sabino que en las madrugadas, lleno de agua, me mira somnoliento; el sol se cuela entre las ramas, certero y poderoso. Pero también es poderoso este gran árbol con su corteza arrugada, rugosa, que alguna vez de joven, bailó al viento.

(Luz, siete de la mañana).

Una violenta explosión sacudió toda la casa. Bajamos la escalera de cuatro en cuatro hasta la cocina y encontramos a nuestra querida Felisa gimiendo:

—Mis ojos están quemados, mis ojos están quemados.

El gas le había explotado en la cara. Luz le abrió los párpados y le echó gotas. Jamás pierde su sangre fría en circunstancias adversas: se crece ante el peligro. Luego, los criados le aplicaron una mascarilla de aceite mezclado con yema de huevo. Ya no tenía cejas ni pestañas. Mi madre iba diciéndoles cómo. La veíamos con respeto dar sus órdenes en la cocina. Una vez restablecida la calma dijo que todavía podía llegar a tiempo a la Misa de Acción de Gracias del *Father* Thomas por sus veinticinco años de sacerdocio Nadie se atrevió a contradecirla a pesar de que todos la vemos muy frágil:

Antes de echar a andar su automóvil anunció con voz solemne: «Las quemaduras no dejarán huella».

Casimiro había salido tempranisísimo.

El padre en el pabellón tampoco se enteró de nada.

Mamá llevó esta tarde al padre Teufel a conocer a tía Esperanza.

Cuando regresó, la vi tranquila. Esperanza hace ley en la casa, es la voz de la cordura.

—¿Qué pasó, mamá?

Se acostó, no quiso decírmelo, pero después leí en su libreta ahulada:

Para mi sorpresa no pasó nada o casi nada. Sentados en la biblioteca, contrariamente a su costumbre el padre no atacaba. Esperanza propuso enseñarnos su taller de encuadernación y la terraza desde la cual pueden verse los volcanes por encima de los tejocotes. Allí el sacerdote le hizo una sola pregunta:

—Dígame, ¿siempre ha tenido usted la misma estatura?

Comprendí perfectamente lo que quería decir; Esperanza, en cambio, respondió:

—Un metro setenta y siete desde la edad de diecisiete años.

Volvimos a la biblioteca; no teníamos nada que decirnos; el padre se excusó: «Debo regresar, tengo una cita». Lo dejé irse en taxi. Bruscamente un viraje se produjo en mí; no tenía el menor deseo de acompañarlo, yo que vivía para estar con él.

Una vez a solas debí contarle a Esperanza lo que tenía sobre el corazón. Un pensamiento me atravesó: «¿Quién era él?». Por vez primera desde mi niñez regresó a mi mente una palabra: el diablo.

Al atardecer, Esperanza propuso llevarme a mi casa. Al subir a su auto, tuve la impresión de que una sombra fugitiva pasaba ante nosotras y oí su voz inquieta:

—¿No viste algo?

Sin esperar la respuesta arrancó.

Marco el teléfono de Casilda:

—Casilda, a quien se va a llevar el padre a Nueva York es a mamá, o de perdida, a tía Francis, a mí ya no.

Casilda grita en la bocina:

—¿Qué te pasa? ¿Se han vuelto todos locos? Ven a verme de inmediato.

—No puedo.

—Entonces voy para allá.

La oigo murmurar algo así como: «Bola de degenerados».

—No, Casilda, no vengas.

Y le cuelgo.

Little lamb
Who made thee?
Gave thee life
and Bid thee feed?

¿Por qué no me señala Dios como a ella? ¿Por qué no se me aparece si yo traje al padre Teufel, si yo soy la Blanca? ¿Qué es lo que tiene ella para que Dios la escoja? Mientras se ausenta registro su recámara. ¿En dónde puede estar la clave? Busco el volumen empastado en piel roja; dice que perteneció a mi bisabuela. ¿Qué diablos leerá? Son los Evangelios. ¿Sólo era eso? Estoy desilusionada. Creí que se trataba de otra cosa.

A un lado de la reja está una sombra delgada.

—Mamá.

Con su ligera bata de flores. Luz no ha podido separarse de la puerta, esperando. Unas ojeras desmedidas le devoran el rostro y en sus manos, ostentoso, pesa un rosario.

—Mamá, ¿qué pasó?

Logro por fin cerrar el candado de la reja con la cadena. Mi madre sigue en el mismo lugar como si quisiera echar raíces. Hace frío y no hay luna.

—Mamá, mamá, te estoy hablando.

Doy un paso hacia ella. Atravesamos el jardín por la vereda principal. Las manos de Luz tiemblan.

—Toma mi abrigo, mamá.

—No, Mariana, estoy bien.

Luz habla con la voz de los días solemnes:

—Mariana, el padre se fue.

Mis esperanzas de contarle todo lo del baile, de lo que se ha divertido, de los muchachos que la sacaron a bailar, de Víctor, se esfuman en el aire.

—¿Mañana regresa?

—No, niña, no —Luz se impacienta—, vino pero yo no lo dejé entrar.

Me paralizo.

—¿Qué estás diciendo?

—Lo que oíste.

—¿Corriste a un sacerdote?

—Sí.

—Mamá, ¡estás loca! ¿Corriste al hombre de Dios?

—No, Mariana, no es un hombre de Dios.

La voz es grave y dolorida, las palabras suenan como paletadas de tierra. Me apoyo en la pared. Las manos de Luz siguen temblando. La casa helada huele a restos de comida.

—Ven, vamos arriba.

No prendemos la luz. Las dos tropezamos en la escalera pero ninguna nos detenemos como lo haríamos en otra ocasión. Mi mamá ni cuenta se da; al contrario, comienza a hablar rápidamente. Las palabras tiemblan en su boca en un atropello confuso. «Tengo que proteger mi hogar. Tengo que cuidarlas a ti y a tu hermana. Ese hombre está enfermo. Necesita hospitalizarse. Ya era tiempo de que se fuera. Nos ha hecho bastante daño… Es un poseído». (Y en voz baja): «Ese hombre es el diablo».

—¿Cómo va a ser el diablo? Es un sacerdote.

—No es un sacerdote.

—¿Cómo que no es un sacerdote?

De común acuerdo hemos entrado al baño, el único sitio en el cual podemos hablar sin despertar a los demás. Apenas si me sale la voz para preguntar:

—¿Por qué no es sacerdote?

Los ojos de Luz son dos carbones ardientes. Me he sentado al borde de la tina; mi vestido una corola marchita en torno a mis piernas.

—Ha tenido mujeres.

Luz corre a su recámara y vuelve con un paquete de sobres azules.

—Son las cartas de su amante. Se llama Marcela. Tómalas, anda, míralas.

La voz de Luz se ha hecho aguda, chifla al hablar. No sé qué hacer.

¿Qué cosa es tener mujeres? Pero si los sacerdotes no deben casarse nunca. Esas cartas son las de una enamorada y están dirigidas a un hombre común y corriente. No me atrevo a leerlas. Sólo veo: «Mi Jacques». Y la firma: «Tu Marcela».

No, no es posible. Frente a mis ojos asustados, el padre se hace de carne y hueso. A él, el orgulloso, lo veo entregado a una mujer. Súbitamente él es el vencido, el que ruega, un hombre con el rostro afanoso, débil. Ese rostro se ensancha, crece hasta abarcar el cuarto de baño y tomar forma. Es gordo y blanco como esas cabezas de puerco peladas que cuelgan de un gancho en las carnicerías. ¡Qué repugnancia! El padre puede perder esa dureza de sarmiento que a mis ojos siempre ha sido su mayor fuerza. Ahora se ha ido. ¿A dónde? ¿Dónde dormirá? Luz sigue hablando, repite incesantemente lo mismo. Sus manos no dejan de temblar y de repente me penetra un gran frío, el agua se ha helado en las tuberías, sus huesos son tubos de hielo.

—Vamos a salir de aquí, mamá, vente, hace mucho frío en el baño.

Luz se aparta del muro, desamparada. Deja colgar los brazos como si el peso del rosario la hubiera debilitado.

—Deja ese rosario, mamá.

—No.

—¿Todos están dormidos?

—Sí, Mariana. Mientras yo te esperaba afuera, la nana

de Fabián se quedó a dormir en tu recámara. Tendrás que ir a casa de Francisca. Ven, te voy a acompañar. Es hora de que duermas.

—Puedo atravesar sola el jardín.

—No, niña.

En la oscuridad nos dirigimos hacia la escalera. A tientas bajamos al jardín, abrimos la pequeña puerta de madera que comunica los dos prados, el de Francisca y el de Luz, y de pronto, al pasar frente al pabellón, Luz toma mi mano nerviosamente. Sus dedos se crispan entre los míos:

—Mamá, ¿qué tienes?

La mano se zafa. Y sé entonces que mi madre tiene miedo. Miedo pánico. Una súbita ráfaga de viento despeina sus cabellos, curva sus hombros que tiritan, los sacuden. Me repito incrédula: «Mi mamá tiene miedo, mi mamá tiene miedo». A mi madre, la he visto alegre, tierna, enojada, pero nunca con miedo. Un mismo estremecimiento sacude nuestra espalda.

—Mamá, tengo miedo.

Luz se yergue como un resorte. El aire entra con fuerza cuando abre la puerta de la casa de su hermana y Luz, dueña otra vez de sí misma llama: «Francisca», sin percatarse de que le he dicho que tengo miedo solamente para darle valor.

Arriba, en el segundo piso de su casa, con el rostro descompuesto espera tía Francisca. Me besa en la mejilla y me pregunta si me he divertido en el baile. Nada de eso importa ya. ¿Para qué me lo pregunta? Todo sucedió hace mil años. Todo está viejo. Ahora tan sólo tengo frío.

—¿Trajiste camisón?

—No, tía.

—¿Tu cepillo de dientes?

—Tampoco.

Luz explica:

—No queríamos despertar a nadie.

—Bueno, no importa.

Francisca me tiende uno suyo, transparente, lleno de encajes, con un escote que en otra ocasión me haría bailar de gusto pero ahora… Me lo pongo con temor. Uno el camisón al padre. ¡Cómo me reconfortaría en este momento mi mameluco de franela! Me deshago el chongo y saco uno a uno pasadores y horquillas. Siento que cada uno de mis cabellos se desnuda también, expuestos sobre los hombros. Todo adquiere un matiz distinto. Luz y la tía Francisca se han sentado al borde de la cama.

—Métete tú a la cama, niña.

Me cuelo entre las sábanas frías pero no me acuesto. Sentada escucho a las dos mujeres que hablan sin parar.

—Francisca, ¿por qué no me dijiste nunca todo eso?

—Es que los veía a todos ustedes tan cambiados…

—Pero me lo hubieras dicho.

Discuten frente a mí como si ya fuera una de ellas. Demasiado exaltadas para contenerse, sus borbotones de palabras se les vienen a la boca como si quisieran echar todo corazón y cabeza.

Ante mis ojos, Jacques Teufel se yergue irreconocible. En esta misma pieza, allí mismo donde estoy acostada, la tía Francisca muerta de miedo rechazó al sacerdote, quien alegaba que una mujer como ella, con ese temperamento, con esos labios a punto de desgajarse necesitaba un hombre. Según él, Jacques Teufel, ése era el único problema de la tía Francisca, no ser una mujer entre los brazos de un hombre. ¡Qué va!, si todas las mujeres del mundo querían un hombre, encima, díganmelo a mí, un hombre todas las noches, díganmelo a mí. Más que un hombre presa del deseo, parecía un loco furioso, sacudido de pies a cabeza, desorbitado. Hablaba a alaridos. Amenazó y suplicó a la vez. Semivestido, su rostro se había distorsionado, su rostro estragado, y cuando por fin, humillado ante la resistencia de la mujer, desistió de su propósito, ella trató de calmarlo y le acarició la cabeza con sus dos manos.

Tirito definitivamente. Lo que ha hecho el padre me parece incomprensible pero más inexplicable aún es la reacción de mi tía. ¿Por qué acariciarle el pelo después de semejante escena? ¿Por qué?

—Tía, si él te quiso hacer daño, ¿por qué lo acariciaste?

—Tenía un miedo horrible. Quise calmarlo. Y luego sentí lástima. ¡Pobre hombre! No sabía cómo defenderme y cuando lo vi vencido, sentí lástima. ¡Pobre hombre! A veces con los hombres el único remedio que nos queda es la piedad.

No entiendo su razón. ¿Cómo se permitió acariciarlo si ya lo había vencido? Con las mismas manos que antes lo habían rechazado, le proponía un nuevo pacto. ¿Cómo atreverse siquiera a tocarlo?

—Mariana, eres todavía una niña y no puedes saber lo que un hombre siente cuando la mujer lo rechaza.

—Están chuecas, están chuecas. ¡Qué vergüenza que todavía hayas podido pasarle tu mano por la cabeza después de lo que intentó hacerte! No entiendo.

—Mariana, en esos momentos en que se tiene tanto miedo nadie sabe qué hacer, las reacciones son imprevisibles, no nos gobernamos. No sabes aún nada de la vida. Por eso no entiendes. Lo único que cabe es la piedad para el otro, para consigo mismo. Y ahora ya duérmete. Ese hombre es un enfermo. ¡Qué bueno que se fue porque si no, nos hubiera destrozado a todos! Tú nunca te hubieras atrevido a hablarme así antes, pero el padre te ha ensoberbecido. No eras el pequeño pavorreal que ahora se pavonea. Recuerda que todavía eres joven, te falta mucho camino por recorrer, te aguardan experiencias que deseo ardientemente resuelvas mejor que yo. No hay que juzgar a los demás sino comprenderlos en su momento de desgracia. Teufel estaba en su peor momento. A lo mejor, en mi lugar, hubieras hecho exactamente lo mismo.

Tengo frío dentro de las sábanas. El camisón es un levísimo estremecimiento de miedo sobre mi cuerpo. Debo pensar en otra cosa. Estiro la mano y saco un libro al azar en la mesa de noche. Es de Lanza del Vasto. Junto a él, el lomo de otro libro: Drieu La Rochelle. Francisca habla frecuentemente del *Libro de los muertos* de los egipcios, de Gurdjieff, de Ouspensky, de que el hombre ama tanto su sufrimiento como su felicidad, de Santo Tomás, de las fuerzas interiores. Más allá en otro mueble se alinean todos los libros de Madame Blavatsky. Una tarde intenté leer *Isis Unveiled*. Nada entendí. La biblioteca de la tía tiene que ver con los poderes oscuros del mundo, los del alma, los del subconsciente. Oigo un clic. Tía ha apagado su luz. ¿Cómo puede dormir? Me encojo temerosa. Pasada la tormenta se me viene encima el baile, giran las piezas que bailé con Víctor, *Tea for two* y *Frenesí*. «Quiero que vivas sólo para mí», el saxofón, los platillos, las trompetas, los violines, el güiro y las maracas, las cuerdas chillan, desgarran, frases de doble sentido; una avalancha de cuchillos me hiere al entenderlas por primera vez. Las cosas no son una sola, no se orquestan en una sinfonía, sino muchas, como esas caras que se ven en los sueños y se distorsionan. En el convento del Sagrado Corazón las alumnas entonaban una canción que súbitamente se me vino a la memoria, imperiosa, exigiendo reconocimiento. Era una tropical sobre el capellán y la Reverenda Madre:

El Padre y la Madre
tras de la puerta:
ella sin cofia
y él sin sotana.

La acompañaba golpeando en el pandero, en plan de Hija de María, la escucho ahora dar de vueltas en un estribillo diabólico. ¡No es posible! Los curas son el espíritu de Dios sobre la tierra… Y otra vez viene a mi memoria el padre Jacques, el religioso que Dios me ha enviado especialmente a mí y a mi familia. «El diablo», ha dicho Luz, «ese hombre es el diablo. Por primera vez he sentido su presencia sobre la tierra. Es el mal».

Dentro de mi cabeza, oigo un ruido de cadenas. Todo resuena allá adentro; metales oscuros, tuercas giratorias, teteras que silban. Castañetean mis dientes y el sonido se amplifica. El herrero golpea sobre el yunque. Mis brazos se han hecho pesados, llevo plomo en las venas. «No debo dormirme. El diablo va a subir la escalera, el diablo vestido de sacerdote, el mal sobre la tierra». «Quiero que vivas sólo para mí… besarte con frenesí». Veo mucha ceniza girar en el vacío. El sacerdote se acerca; amenazándome, abriendo sus brazos como pinzas de cangrejo, su gran falda negra huele a…

Et misericordia ejus a progenie in progenies timentibus eum

Corren muchos rumores sobre el sacerdote. Los escucho adolorida, los ojos ardiendo, trastabillo incrédula, tropiezo, también se nace al sufrimiento y yo acabo de nacer.

Desde que se fue, Luz ha enflacado una barbaridad, se le caen los objetos de la mano, no responde, pálida, los ojos enormes sobre sus almohadones de encaje blanco, nos mira como si no nos viera. Vino el doctor y recetó inyecciones intravenosas de calcio. Luz extiende su brazo transparente, blanco, entregado y lánguido como cosa muerta y la enfermera encaja la aguja en la vena azul. Luz mira de frente, no ve a ninguno moverse en torno a su cama, ni siquiera a Fabián, a quien acaricia alisándole el pelo con su mano libre, una mano exhausta.

Según cuentan, el padre comenzó a dar síntomas alarmantes en una excursión organizada por los jóvenes al Popocatépetl. Después de la fogata levantada por el jefe *scout*, a la hora de descanso, se acostó entre dos muchachas guías, las más bonitas y les pidió que pusieran sus cabezas sobre su hombro, una de cada lado, así, así, pónganse cómodas, vamos a mirar el cielo los tres. Cuando reemprendieron la marcha, el sacerdote ya no estaba en sus cabales; a punto de desmayarse por la altura, más blanco que la nieve que centellaba al sol, ascendía a la cabeza de su rebaño y su traje negro luido destacaba sobre el paisaje monumental: «Parece un pinacate desesperado», comentó Casilda. Cada vez que se detenía a tomar aire, abría los brazos, levantaba el rostro a imitación de Cristo y parecía un trapito negro en lo alto, un espantapájaros. Cuando Víctor le aconsejó que no caminara tan aprisa gritó: «¿Qué soy, un hombre o un eunuco? ¿Qué soy yo, a ver, qué soy yo, un emasculado?». Luego lo vieron doblarse en dos, vomitar las salchichas y los malvaviscos, limpiarse la boca con la manga y emprenderla de nuevo, mareado hasta la locura. Los *scouts* habían entonado un himno: «Alto, siempre más alto, siempre más alto», y el sacerdote aullaba levantando su bracito negro hacia el cielo: «Nuestra meta es la cima».

Una vez en la punta, intentó bajar a meterse al agua helada del cráter, no como una purificación sino para exhibirse. Al menos eso diría más tarde, el jefe *scout*. El padre había ordenado, manoteando: «Desnudos, desnudos todos, desnudos frente a Dios, frente a nosotros mismos, la naturaleza así nos hizo, somos parte de ella, regresemos a ella, amémonos los unos a los otros, quítense todo, libérense de ataduras. Miren a nuestra madre primigenia, ¿acaso se avergüenza de su sexo boscoso?». Pretendió estrellarse contra la corteza rugosa de los árboles, dejar allí jirones de su propia piel, para luego entintar la nieve, hasta que, amarrado por la camisa de fuerza de su traje diario, su negra envoltura de burócrata, lo llevaron en vilo al refugio de Tlamacas. A duras penas lograron controlarlo. El jefe *scout* tuvo que noquearlo; muchos lloraban de la impresión. El Popocatépetl había expulsado de su hendidura a un energúmeno, un atroz ratoncito negro, una diabólica representación humana, que babeaba, moqueaba, queriendo voltear su piel de adentro para afuera, entregarse en un holocausto público. Abraham lleva a su hijo a lo alto de la montaña y se dispone a encajarle el cuchillo. Teufel se hubiera mutilado allí mismo con tal de blandir al cielo sus riñones de carnicería, gritarle a Dios, mostrarle su hígado fofo, sus intestinos en los que él mismo metía mano, exprimiéndolos para mover su sangre, ofrendarle esa masa sanguinolenta que era él, esa cosa podrida y embriagada que era él, a ver si Dios misericordioso se atrevía a venir por él, a ver de qué tamaño era su compasión, a ver si de veras tenía tanates.

Pero esta excursión no fue la gota que hizo derramar el vaso, sino el enfrentamiento del padre Teufel con don Hipólito Berthelot, el gran industrial, el magnate, el proveedor de la Iglesia Francesa. Antes, el padre había tenido otro encontronazo con el primer secretario de la Embajada de Francia, Desiderio Fontanelle.

Colérico y dislocado, Teufel, que después de todo no era más que un recién llegado, un advenedizo, se lanzó encima de Berthelot diciéndole que él no era mejor que cualquier campesino avaro de esos que conservan la hogaza de pan hasta que se agusana y todavía así le cortan rebanadas a riesgo de romperse los dientes.

—Puedo meter mi mano al fuego —masculló— de que usted guarda su dinero bajo el colchón.

Como Berthelot permaneciera a la expectativa, le dijo que no se creyera benefactor porque en el fondo lo único que buscaba era crecer, agrandarse, prolongarse, hin-char-se a costa de los demás. Ése era su ideal de fraternidad humana. Explotar a los zapotes prietos, los inditos de baja estatura, y convertir su propia vida en el ejemplo a seguir de los franceses *au Mexique* habían sido objetivos muy bien logrados y por ello lo felicitaba, ha, ha, ha, pero él, Jacques Teufel no podía caer en la trampa porque conocía demasiado bien lo que significa crecer a costa de los más débiles.

Quizá porque hacía mucho que nadie se atrevía a retarlo, Berthelot condescendió a responderle a este despistado que lo desafiaba. Contarle su historia, con los labios delgadísimos y la mirada acerada que atemorizaba a sus subordinados, era un pasatiempo en el que no se ejercitaba hace años y se lanzó despacio, escuchándose a sí mismo:

«Me llama usted vendedor de calicó. Es cierto, al llegar mis padres a México lo vendieron por metros, de puerta en puerta, y cuando se les acabó lo hilaron en un pequeño telar que aún conservo. Esta fábrica que usted denigra le ha dado trabajo a miles de mexicanos que sin ella no tendrían qué llevarse a la boca. Me dice usted que no los trato como a iguales, yo sólo espero que alguno de ellos me demuestre que es mi igual. A veces cuando visito la fábrica, capto frente a una máquina un rostro que me interesa, mis ojos se detienen ante una mirada más inteligente, más viva que las otras pero a la siguiente inspección no vuelvo a encontrarla porque los mexicanos no son constantes ni tenaces; no tienen voluntad de superación, van de trabajo en trabajo, son aprendices de todo, oficiales de nada; no tienen meta, trabajan simplemente para subsistir, su cerebro subalimentado no da para más. Mi religión, de la cual es usted oficiante, me ha hecho ayudarlos pero no me venga a decir que un haragán, que deja su paga los sábados en la cantina, es mi igual.

»No me interrumpa, usted ya habló. No soy graduado de la Sorbona, señor cura, lo que tengo lo he hecho yo solo. No tuve acceso al seminario como usted. También fui operario; entre turno y turno me comía un pan con ajo y seguía con más bríos mientras sus redimidos se gastaban su dinero en un refresco. A esta escuela me acostumbraron mis padres: "un pan con ajo para que sepas el precio de la vida". Nunca le pedí a nadie un trago de su gaseosa, ellos se llenaban con agua de colores. Yo me llené de coraje, de furia por salir adelante. Mis tiempos extras fueron mayores que los de ninguno. Ellos se diluyeron, perdieron el alma en sus aguas pintadas. Yo me fortalecí y he vencido no porque me fuera dada la victoria desde la cuna sino porque conquisté mis prebendas en la misma fábrica en la que se confundían nuestro sudor y nuestros orines. Sonría todo lo que quiera, curita, pero recuerde y recuérdelo bien: México no tiene mística; los mexicanos, ninguna razón para hacer las cosas, ni México razón de ser. El paso de sus hombres sobre la tierra es puramente accidental. ¿A quién la recompensa, si recompensa puede llamarse el fardo de responsabilidades que me agobia? Yo soy un hombre grande, Teufel, un hombre trabajado por la vida y a estas alturas, nadie va a venir a decirme lo que debo hacer».

En la Colonia Francesa, los Barcelonnettes se transmitieron casi textualmente la respuesta de don Hipólito Berthelot, el primero en enfrentarse al eclesiástico. El padre Teufel lo ponía todo en entredicho, las villas que los Barcelonnettes se habían construido en el Valle de Ubaye con dinero mexicano, sus viajes anuales a la estación de esquí de Pra Loup frente a los Alpes, su educación siempre francesa. Ajeno a las consecuencias, Teufel siguió embistiendo y la emprendió contra los médicos del Hospital Francés, los jóvenes que se casan sólo entre sí por pura y llana discriminación, la insistencia en el francés como idioma separatista, ridículos, si lo aprendieron en México, o ¿acaso habían nacido en París? Quisiéranlo o no, los había nutrido el maíz, el frijol, el chile. Quisiéranlo o no, en sus pupilas estaban impresos el Popo y el Ixta, no el Pic du Midi. Al aislarse como lo hacían las otras miserables colonias en México: la norteamericana, la libanesa, la alemana, la italiana, la judía, sólo patentizaban su racismo, y aseguraban su propio exterminio; ya se irían comiendo solos, antropófagos de sí mismos. ¡Ah, y que por favor no olvidaran salpimentarse con la mierda de sus prejuicios!

Jacques Teufel se había atrevido a gritar:

—Ustedes comparan al pueblo mexicano con los pueblos de Europa, concretamente con Francia, y sólo en la medida en que México se parezca a Francia, se justificará su pretensión de formar parte de la comunidad de los hombres. Esto es muy grave, señores trasterrados, porque ustedes mismos, aunque ya no viven en Francia, se erigen en civilización y pretenden civilizar a un pueblo que desprecian. ¡Oh, no, no protesten!, me han asestado su superioridad durante todos los días de mi estancia y conozco bien su acción civilizadora; hacerlos trabajar diez o doce horas en lo que ustedes quieran, regular su natalidad cuando este gran país tiene aún tantas zonas sin poblar, terminar con una religión primitiva y ciega, a su criterio pagana, sólo porque su mezquindad los hace incapaces de comprenderla, seguir aprovechando esa mano de obra sumisa, barata, ignorante, como a ustedes les conviene, porque de lo que se trata es de que no mejoren, no asciendan a ninguna posición de mando. Oh, no me digan que ustedes les han enseñado lo que saben, jamás encajarán los mexicanos pobres dentro de su mundo mientras no se parezcan a ustedes y a su familia. Ustedes no encarnan civilizadores ni cultura alguna. Ustedes sólo encarnan sus privilegios.

Había terminado en un grito, ya sin aliento, lanzando anatemas a grandes salivazos blandiendo un índice amenazador: «¡Racistas, esto es lo que son ustedes, racistas y explotadores. Y no se atrevan a decir que actúan en nombre de Cristo; sería intolerable su cinismo!».

Fuera de sí, recorrido por largos escalofríos, el padre tuvo un ataque de nervios que justificó a los médicos en su diagnóstico: «paranoia». Desde entonces se decía que el enfermo mental estaba recluido en una casa de reposo en Tlalpan y hasta en Guadalajara, que unos jóvenes *scouts* le habían ofrecido su local con jardín en Cuernavaca, que la señorita Freire lo había seguido hasta allá para atenderlo, que cada tres días lo visitaba Valeria Arnal, que Marta

Dupasquier aseguró que lo vio caminando en Cuautla, que Víctor lo invitó a oficiar misa en su propia casa y en el sótano de su gran tienda, de Pachuca a Michoacán, usan sombreros Tardan, que en una ocasión al oír a la señorita Lemaitre contestar al teléfono en francés, se lo había arrancado con violencia de las manos y le había gritado con saña: «¡Tantos años de vivir explotando a este pobre país y no poder hablar su idioma!», su risa se hizo gutural, repugnante.

—¿Qué habló primero, el francés o el español?

—El español. Luego en el Liceo aprendí el francés.

—Usted, ¿nació en México?

—Sí.

—Y ¿sus padres?

—También.

—¿Cuál considera usted su idioma materno?

—El francés.

—¿Por qué demonios?

—Porque es el de mi gente.

Finalmente, el arzobispo Luis María Martínez, gracias a la intervención de Esperanza, tenía noticia del caso e iba a tomar las debidas providencias. A Valeria Arnal, después de varias visitas a Teufel, habían terminado por hospitalizarla a cuarenta cuartos de distancia del padre. La señorita Freire, según informe confidencial de su familia, dio en beber, los propios sacerdotes de la parroquia francesa vivían una conmoción. Telegramas iban y venían porque un grupo de franceses distinguidos, encabezados por el secretario de la Embajada de Francia, había tomado cartas en el asunto y un memorándum yacía en el escritorio principal del Quay d'Orsay. Una de estas mañanas, Teufel, enfermo o no, bien podría amanecer en uno de los separos de Gobernación porque Desiderio Fontanelle estaba más que dispuesto a gestionar su extradición.

Sólo el *shock*, la conmoción me hace vivir hondamente; como que toco fondo; adquiero de pronto una quilla. Si no, soy una barca ligera que sigue el ritmo del oleaje sin sentirlo siquiera, sin tener conciencia de que estoy sobre el agua. ¡Cuán leve y cuán graciosa! Viene el ramalazo, por unos segundos toco la verdad, me agripo aterrada, éste es demasiado fuerte, me atenaza y cuando estoy a punto de la asfixia me suelta, vuelvo a la superficie de mí misma y sigo sonriendo, ida, deliciosa, con el especial encanto del que nunca hizo agua, del que jamás se dio por enterado.

Mi inconsistencia es en parte heredada. De por sí, a los niños bien los define su inconsciencia. Es de mal gusto insistir, apoyar, el padre, obsesivo, demostraba con sus vueltas de burro de noria su origen social. ¿Qué es lo que quería realmente? ¿Qué es lo que hay que querer realmente?

«*I'll think about it tomorrow*», decía Scarlett O'Hara antes de apagar la luz de su mesa de noche en *Lo que el viento se llevó.* Al día siguiente el problema pierde peso, emprende el vuelo, no hay por qué retenerlo con inútiles conjeturas, ninguna expiación sirve; verlo todo a ojo de pájaro es elevarse, mirar la tierra desde el aire ¡qué chiquita la gente! Desde arriba lo malo se volatiliza, descansa fuera del tiempo, atorado en las cruces del cementerio.

✠ JUDICA ME, DEUS, ET DISCERNE CAUSAM MEAM DE GENTE NON SANCTA: AB HOMINE INIQUO ET DOLOSO ERUE ME

—¿Qué haces, Mariana? —pregunta Francis de camino a la recámara de Luz, al verme en la terraza.

—Escribo.

—¿Qué cosa?

—Preparo mi clase de catecismo.

Para mi sorpresa tía Francis se acerca; todos estos días no ha tenido ojos sino para mi madre.

—¿Ah, sí? ¿Qué vas a enseñarles? —sonríe.

Toma mi hoja entre sus manos.

—¡Pero si son los nombres del diablo!

He escrito:

Lucifer, Belzebú, Elis, Azazel, Ahriman, Mefistófeles, Shaitan, Samael, Asmodeo, Abadon, Apalión, Aquerón, Melmoth, Astaroth, Averno, Infierno, Tártaro, Hades…

—¿Por qué haces eso, Mariana?

—¿Qué tiene de malo?

—No entiendo, qué te pasa, qué les pasa a todos, lo que les sucede va más allá de mi comprensión.

☎

Llamo por teléfono a Casilda:

—¿Qué palabra te gusta más? ¿«Brumoso» o «bromuro»?

—Las dos te quedan muy bien. ¿Qué pasa en tu casa?

—Nada interesantoso desde que Teufel se fue.

—¿Tu madre?

—Los médicos la obligan a guardar cama. Casi no me dejan verla.

—Mejor en cama que en Nueva York, ¿no crees?

El sentido común de Casilda me repatea.

GLORIA TIBI, DOMINE

De vez en cuando, mamá abandona su cama, cuando tiene

compromisos impostergables, una firma en el banco, o algo así. Entonces rondo por su recámara buscando la clave del misterio. La atención de todos se centra en Luz. Las llamadas son para ella; quieren noticias, saber cómo se encuentra. A la puerta llegan los ramos de flores pero Felisa y Victorina los colocan en la sala, en el comedor para que no le roben el oxígeno del cuarto. Luz es el centro del mundo. Algún miembro de la familia debe tener la respuesta a mi angustia; Sofía dice que ya chole con Teufel, que la chifosca mosca, tía Francis consulta en voz baja a médicos y a sacerdotes, yo no pensaba que había tantos, y cuando me acerco ordena que salga al jardín a tomar el sol, «Estás verde, tienes mala cara», o que suba a mi recámara a leer, «Aprende a estar sola, a tener vida interior». Me dan ganas de hacerla chilaquil. Desde que se fue el sacerdote, papá recuperó su autoridad y se entrega a una actividad compulsiva en su laboratorio. Mi abuela, que de veras podría ayudarme, con los años cada día se acerca más al cielo y todo le parece irrisorio: «Ya pasará, Mariana, ya pasará», «Sí, abuela, todo pasa, lo sé, pero ¿mientras?», su fe no me tranquiliza.

En la mesa de noche veo el vaso de agua, el rosario, las fotografías de Fabián y de papá, sus almohadas, el leve chal que pone sobre sus hombros friolentos, busco en la cama; de pronto me topo con el libro rojo, de pastas flexibles, los Evangelios y las Epístolas que lee todo el día; allí debo encontrar la respuesta, abro en el sitio donde está el marcador, las páginas separadas por una estampa y leo en la Epístola de San Pablo a los romanos:

Porque no hago el bien que quiero: mas el mal que no quiero, ése hago.

Y si hago lo que no quiero, no soy yo el que lo hago, sino el pecado que mora en mí.

Así que queriendo yo hacer el bien, hallo esta ley: que el mal está en mí.

Porque según el hombre interior, me deleito en la ley de Dios:

Mas veo otra ley en mi cuerpo, en mis miembros, que se rebela contra la ley del espíritu y me lleva cautivo a la ley del pecado que está en mis miembros.

Así que yo mismo con la mente sirvo a la ley de Dios, mas con la carne a la ley del pecado.

Así es de que hay algo innoble en mí: en mi cuerpo, algo innoble en ella también puesto que lo ha subrayado, algo innoble en su conducta al lado de su santidad. Lo malo y lo bueno van de la mano, la Queenie no controla lo negro en ella, lo negro que corresponde al burro, lo negro es ese impulso en sus corvas enlodadas, ese impulso que en la noche me impide dormir, mis manos sobre mi sexo. Un caballo negro, al lado del caballo blanco, uno innoble al lado del noble, los dos jalándome, los dos jalándola a ella, a Luz, ¿qué será lo innoble que ella hace? ¿Por qué sale, por qué la dejan salir? Sentada sobre su cama que aún no tiende Vitito, recupero su tibieza, huele a ella, a lo que ella huele cuando lee el libro de pastas rojas. Mamá es dos caballos: dos caballos duermen a la mitad de su cama. Con razón dice la romanza que todos los caballos del rey tienen la cama como abrevadero; allí juntos sacian su sed. Me meto en su cama; volver a estar dentro de ella como ella dentro de su cama; su cama es su vientre, toda esa blancura lechosa proviene de sus pechos; sobre las sábanas revueltas flotan grandes flores blancas, se acuestan; al igual que ella se tienden como los lirios acuáticos de Monet, mamá, nenúfares, mamá, tu cama flota sobre los nenúfares; los nenúfares entre tus piernas, es un mar de leche tu cama, estallan las burbujas blancas, es como tú tu cama, vasta y ensimismada y yo me pierdo en ella pero no logro hundirme ni desaparecer. Aquí estoy horriblemente viva, jamás saldré cantando, nunca voy a poder irme mamá, nunca agarraré camino, atada a ti, abrevando en tu linfa, tu tejido, tu saliva, la blancura que te habita, atrapada entre tus glándulas, tus membranas, tus células, tus cromosomas, tus contracciones musculares, mamá, el ciclo molecular de tu materia viva. Estoy parasitada de ti, mamá, almacenada para siempre, mamá, trasminándote, síntesis de todos tus esquemas.

†

Este hogar es CATÓLICO
No aceptamos propaganda protestante,
Ni de ninguna secta.

Angelus Domini nuntiavit Mariae,
et concepit de Spiritu Sancto

Felisa y Victorina suben por la escalera sin hacer ruido: «Pobre de la señora, ya lo decía yo», rezonga Vitito. Tropiezo con sus cubetas, el trapeador amarrado a un palo, la escoba que se atraviesa frente a la puerta. Desde que se fue el padre, la euforia ha desaparecido y ahora todos los miembros de la casa notan que la canilla gotea, que la basura se va amontonando en los botes, que el vino se agria porque no lo taparon bien, que las horas se cuelgan como telarañas de las lámparas. La rutina ha vuelto. Sofía tararea en la vereda: «Los marcianos llegaron ya y llegaron bailando el chachachá».

Después de una limpieza a fondo, Casimiro recuperó su pabellón, Felisa y Victoria lo tallaron a manguerazos. El agua jabonosa escurrió hasta el pasto del jardín. «Se están lavando los pecados del mundo», sentenció Francisca, totalmente recuperada. Sofía se entrega con más bríos a su vertedero de demasías: la danza. A Fabián lo tomamos de la mano para llevarlo al kínder y los viernes a mediodía regresa con una estrella de oro pegada en la frente. Fabián, tengo manita, no tengo manita, porque la tengo ¡desconchabadita! Fabián, hermanito, lo que no tenemos nosotros ahora es mamá, qué será de nosotros, hermanito del alma. Fabián dame un beso de tu boquita, hazme ojitos. Fabián sin saberlo me ofrenda su ternura de bebé rosa y redondo, pero no me da lo que busco, nadie me lo da. Mi abuela, que ha sido el sabino en que nos apoyamos, la buena sombra, con la edad se ha alejado de todo lo que no se parezca a un árbol, ¡oh, mi abuela intrépida, échame la bendición, abuela, líbrame de todo mal! Tantán, ¿quién es? Es el diablo. Tantán, ábreme, abuela, ampárame, de mí tu vista no apartes, no te alejes, haz que entre lo bueno y salga lo malo. Tía Francis sólo se preocupa por mamá y papá por su laboratorio.

El jardín es un juego de luces y sombras. Del jardín se han ido doña Blanca y sus pilares de oro y plata, Nana Caliche y la pájara pinta, la mexicana que fruta vendía, la víbora de la mar y la Virgen de la Cueva. No hay abrazos ni naranjas dulces, ni una sandía ni un verde limón, Juan Pirulero nos cambió el juego, y deambulo, las manos vacías entre los falsos juramentos. Durante los días «hábiles», como les llaman, porque los de fiesta son los torpes, zumba el motor del carro de Casimiro en la vereda, el portón bien abierto para que pueda salir a toda velocidad. En la calle toca el claxon; que venga Felisa a cerrar tras de él. En cambio la puerta de Luz permanece cerrada.

—¿Podré ver a mi mamá?

—Ahora no, Mariana, acaban de ponerle su inyección.

—¿Cuándo?

—Si ustedes están allí de encimosos tendrán que llevársela al hospital.

—¿No ha preguntado por mí, mi mamá?

—Que yo sepa no.

—En la noche, ¿podré asomarme unos segundos?

—¡Qué terca eres, qué terca!, ¿quieres que se la lleven al hospital? Entonces sí que no volverás a verla por mucho tiempo.

—Un segundo chiquititito nada más, un segundo así de chiquitito…

—¿Qué no tienes algo que hacer? ¿No te toca hoy alguna de tus clases?

Victorina es la más autoritaria de las sirvientas. Hasta Casimiro la respeta.

—¡Qué flojera ni qué nada, anda, Mariana, toma para tu camión y vete derechito a tu clase, aquí sólo estorbas, habrase visto muchachita tan mañosa!

Quisiera ir a ver a la tía Francis, preguntarle si lo del viaje a Nueva York sigue en pie —aunque sé que soy inoportuna—, si ha visto al sacerdote, por qué visitan a mi madre otros religiosos, qué es lo que sucede, pero Francis pasa junto a mí, me besa por no dejar y se precipita a la recámara de Luz, todo su interés concentrado en la enferma. Es ella quien supervisa a la enfermera, tiene largos conciliábulos con Gabriel Duchemin y *Father* Thomas, quienes atraviesan el portón un día sí y el otro también; apenas si aguardan en el vestíbulo a que les digan que pueden subir. A veces se encuentran a Casimiro que después murmura entre dientes: «Mi casa se ha convertido en un seminario. O en el infierno, no sé cuál de los dos».

Vivimos en una atmósfera de temor, de recelo. Hay días en que Luz baja al jardín con su bata floreada y su pelo cepillado por la enfermera pero lo hace cuando no hay moros en la costa, ningún niño que pueda venir a atorársele en las piernas, a metérsele en los brazos. Me gustaría esperarla bajo el sabino: de hecho me he sentado allí a espiar su salida, cuando Victorina me conmina desde la ventana:

—¿Todavía estás aquí? Vete pero ahorita mismo a la parada del camión.

ECCE ANCILLA DOMINI: FIAT MIHI SECUNDUM VERBUM TUUM

En el Colonia del Valle-Coyoacán, mis ojos se detienen donde no. Quisiera controlarlos, retenerlos, reconvenirlos, no hay modo. Se posan en el tambachito entre las piernas de los viajeros, trato de mirar por la ventanilla, concentrarme en los coches, en la Virgen de Guadalupe y sus foquitos de colores, en Fray Escoba, pero zas, como imantados los ojos regresan al punto de partida, a eso misterioso que se abulta entre las piernas de los hombres. El camión se zangolotea, chirrían todas sus partes y también el bultito entre las piernas de cada hombre se desplaza a la merced de sacudidas y arrancones. Un hombre me ha visto; vio mi mirada inquisitiva, cochinosa, descarada y cruza sus brazos a la defensiva sobre sus rodillas, cubriéndose así los muslos. No vuelve a dedicarme un vistazo siquiera. Creí oírlo murmurar: «Gringa sinvergüenza». No puedo evitarlo, sigo hurgando con la mirada, de poder hurgaría con las manos escarbando en esta suavidad indolente, entregada.

De regreso, me aplasto como flan en la banca del camión. Un cansancio terrible me ha vaciado. Salí de mi casa tendida como un arco, erecta, ahora mi pequeño vientre cae, se abulta presagiando futuros vencimientos. No soy ya la altiva, la reina, sino la tenebrosa que ha perdido al sacerdote para siempre.

En la casa, los ruidos son intolerablemente familiares. Victorina azota los trastes en el fregadero, las puertas al cerrarse de golpe hacen temblar los vidrios. Felisa advierte: «Cuando vengan del jardín, límpiense los zapatos, tengo que barrer de nuevo porque todo me lo enlodan». Sofía grita a voz en cuello desde lo alto de la escalera:

—¿Dónde están mis tenis?

Casimiro ordena desde la ventana del baño.

—No más madero, por favor.

El bóiler truena; hierve el agua caliente: papá, como la abuela Beth, masculiniza todo lo femenino.

—¿Quién agarró mi pluma? Tú la tomaste, Mariana. Ya les he dicho que no cojan mis cosas.

—Nadie planchó mi blusa azul y yo me la tengo que poner en la tarde.

—Me duele la panza.

—¿Por qué no recogen las toallas después de bañarse?

—Aquí dejé las aspirinas, aquí tienen que estar.

—¿Nadie me llamó por teléfono?

La voz enojada de Victorina es concluyente.

—¡Cállense todos! ¿Qué no ven que su mamacita los puede oír? ¿No se han dado cuenta que está muy malita?

Definitivamente el sacerdote se ha ido. La vida ha vuelto con sus cacerolas, sus calcetines por remendar, sus clósets llenos de zapatos. Limpios o sucios, escombrados o atascados, todo terminará en lo mismo: todos acabarán por morirse desvencijados. Es mentira aquello de los lirios del valle que crecen solitos, es mentira. Dios no cuida a nadie.

✠ ET VERBUM CARO FACTUM EST, ET HABITAVIT IN NOBIS

Hoy en la noche, a Luz le volvió la pesadilla. Las inyecciones de calcio casi la habían hecho desaparecer pero cerca de las dos de la mañana lanzó un grito que cimbró los muros; un relámpago en el techo no hubiera causado mayor conmoción. Felisa subió corriendo desde su cuarto pegado a la cocina. Sofía y yo nos asomamos espantadas. Casimiro, lejos en su pabellón y Francisca en su casa. Felisa sorteó el escollo como pudo, incluso le pidió a la enfermera que bajara a calentarse un té para el susto:

—Déjeme sola, yo la conozco.

Sin mayores trámites nos despachó a nuestras camas. Luz transparente sobre su almohada le confió:

—Es por mi hijo… Es mi hijo. Dios le pidió a Abraham la oblación de su hijo pero le detuvo el brazo en el momento del sacrificio. Dios quería la aceptación de Abraham, no la muerte de su ser más querido. A mí también me ha pedido el sacrificio, la separación de mi hijo.

Felisa tomó la mano translúcida, exangüe, entre sus manos callosas de trabajadora:

—Señora Luz, todas las madres tenemos un cuchillo en el corazón, a todas nos duelen los hijos desde el momento en que les damos la vida pero la vida es fuerte y la vida misma nos va llevando. Ya estará de Dios. Usted no puede dejarse vencer. No nos queda más que ponernos entre Sus manos, tener confianza en «Él» —y señaló el Cristo del rosario colgado de la cama.

Sólo entonces Luz rompió en sollozos, unos sollozos humildes de aceptación pura.

—Sí, sí, Felisa, sí, sí, mi buena Felisa, usted tiene razón, sí, cuénteme de su hijo, del suyo, sí, no lo conozco.

Luz se sonó como una chiquilla y miró a Felisa, su rostro esculpido de mujer que permanece de pie durante muchas horas, de mujer a quien se le hinchan los tobillos, de mujer a quien en la noche le duele la espalda, y estiró su mano blanca y recogió un cabello gris cansado en la frente de Felisa. Le entró una gran vergüenza de sí misma ante esta mujer mayor que ella que la consolaba con todo su trabajo de años sobre los hombros:

—Mañana me levanto, Felisa, va usted a ver cómo mañana estaré mejor, mañana me levanto y la ayudo.

Felisa tiene una sonrisa triste.

—Está bien, señora, no se preocupe, poco a poquito, poco a poquito.

Al borde de la cama quedó la huella del cuerpo de Felisa, fuerte, ancho como una montaña.

⁜ DOMINUS TECUM

En medio de mi soledad, voy a sentarme a la cama de mi madre enferma y la oigo decir.

—Quizá me equivoqué, quizá el padre es un gran santo.

Alentada, le pregunto:

—Y yo también, ¿algún día seré una santa?

—Tú, Mariana, tú eres una ranita hinchada de orgullo.

⁜ CONSOLATRIX AFFLICTORUM

Una noche, cerca de las doce, suena el teléfono. Corro a la cocina a contestarlo. En el momento en que descuelgo oigo que Luz dice: «Bueno». Es el padre Duchemin. Habla en voz baja como si temiera que lo oyeran:

—¿No quiere usted ver al padre Teufel? —intercede.

—No, padre Duchemin.

Insiste:

—Usted lo ha…

Su voz que hasta ese momento me parecía muy turbada se hace fuerte:

—En la confianza y en el amor, no quiero volver a verlo.

—Él deseaba que usted supiera que está internado en el Hospital Francés…

Mamá guarda silencio. A mí me tiembla el alma. A mamá se le quiebra la voz cuando le dice exhausta:

—Usted sabe porque me ha visto, padre, que yo también padezco…

No quiero saber lo que padece, cuelgo lo más suavemente posible.

Exorcizo te, omnis spiritus immunde

—Mamá tengo que ir a la reunión.

—No vas.

—Mamá. Déjame ir. A todas las demás se les va a hacer muy raro que no vaya.

—No, Mariana.

Luz guarda las sábanas dentro del gran ropero. Las acomoda una por una contándolas para cerciorarse de que la lavandera no le ha entregado una de menos. Con su bata de flores, pronto irá otra vez a meterse en la cama, a reanudar otra vez su lectura de los Evangelios.

—¡Mamá!

La enervo con mi continuo tarareo y mi rostro compungido.

—¿Ahora qué?

—Nada más a la instrucción de las cuatro. Regreso dentro de una hora. Lo veré con las otras. ¿De qué te preocupas? Ésta es la última junta y si no voy, las demás se extrañarán…

—¿Qué necesidad tienes de ver al padre después de lo que te hemos dicho? A ver, cuenta aquellas fundas, sirve de algo…

Luz tiene una privilegiada facultad para distraerse cuando algo se vuelve grave. No enfrentarse a la adversidad es una forma de borrarla. Siempre encuentra un atenuante al mal, de tal manera que no establece una gran diferenciación entre el bien y el mal. Los premios y los castigos no provienen sino del cielo. Si llego con alguna noticia importante, al menos para mí, me interrumpe a medio relato con un: «¡Mira nada más cómo andas. Tienes las manos sucias. Ve a lavártelas!».

—Mamá, el padre no puede imaginarse que ustedes me lo han contado todo. Además después de que tú le negaste la entrada, no creo que quiera hablarme a solas.

Empleo toda mi astucia; si Sofía consigue lo que quiere, no voy a quedarme atrás, y más ahora cuando su voluntad flaquea. Enferma, mamá no se aventura fuera de su recámara sino para cumplir tareas menores; bañarse, guardar la ropa planchada, darle el gasto a Felisa, ordenar la comida. Pero no baja; le suben su charola, no contesta el teléfono, casi no habla. Sólo atiende a Fabián, a Casimiro, a Francisca, sus hijas, y eso para responder afirmativamente a cualquier propuesta. Se deja convencer fácilmente. Siempre ha creído que los demás tienen la razón.

—Mami, mamita, no te preocupes. Yo ya estoy grande. Hoy vamos a despedir al padre, eso es todo. ¿De qué tienes miedo? Vamos a estar allí todas reunidas en la Cité y si yo no voy las demás dirán…

—Ya, ya, Mariana, me lo has repetido veinte veces.

Luz se sienta y se pasa la mano por la frente pálida. Me entran remordimientos.

—¿Te sientes mal, mami? Entonces me quedo contigo…

Luz está exhausta pero ante todo quiere estar sola, sola consigo misma y con los Evangelios, lejos siquiera por unas cuantas horas de sus hijos, de Casimiro, que dependen tan totalmente de ella. Le impiden avanzar; es como si ocho manos se apoyaran en su espalda, las más pequeñas asidas de su falda para no caerse y las más grandes cogidas de su mano. Bajo el peso de todas esas almas, Luz cree desfallecer: «Dios mío, dame fuerza para seguir adelante. Después de todo Mariana es una muchacha inteligente y ya está grande…».

—¿Me prometes regresar inmediatamente después de la reunión?

—Sí, mamá —afirmo con vehemencia.

—Ándale pues, ve.

Luz vuelve a la cama. Pone un chalecito rosa sobre sus hombros friolentos. Allí, al alcance de su mano, encima de los periódicos están los Evangelios. Pero no los tomará hasta que me marche. Me escucha abrir la llave del agua, sabe que voy a lavarme los dientes, luego la cara, luego las manos.

Desde el baño grito:

—Mamá, ¿puedo echarme de tu agua de colonia?

—Sí.

Luz se exaspera. Está a punto de decirme que no me da permiso, pero la perspectiva de una escena de lágrimas es insoportable. Bien visto no hay nada malo en que le pida agua de colonia. Ya lo he hecho antes. Entro a la recámara con gotas de agua en el pelo.

—¿No me prestas tus guantes de ante?

—Bueno. —Y por costumbre añade: te brilla la nariz.

Me polveo la nariz. Luego la beso rápidamente sin fijarme siquiera en dónde cae el beso.

—Adiós, mamá, que descanses. Voy a tomar un taxi para no llegar tarde.

Dentro de su cama, Luz se inquieta. «No debí dejarla ir. La imaginación de Mariana no tiene límites y vive cada circunstancia como la mera verdad. Sofía, al menos sabe protegerse, pero ésta se lanza sin prever las consecuencias». Agotada, Luz se justifica. ¿Qué puede suceder en pleno día? Mariana se encontrará con quince muchachitas bebiendo las palabras de despedida del eclesiástico.

Luz estira las piernas. Habla consigo misma; desde niña se ha contado historias, desde niña sueña despierta, hoy se acusa y se defiende. Alarga la mano y bebe un trago de agua. El teléfono está desconectado. Se arrellana en las sábanas y toma la Santa Biblia, ese libro, flexible, lleno de hojas de oro. En cada página, Luz descubre un mensaje para ella sola. Comienza a leer el Salmo 38: «Porque dije: que no se alegren de mí: cuando mi pie resbalaba, sobre mí se engrandecían. Empero yo estoy a pique de claudicar, y mi dolor está delante de mí continuamente. Por tanto denunciaré mi maldad; congojareme por mi pecado». Cada línea tiene un carácter personal y misterioso. Lee con fruición, llena de gracia. Pasa al Nuevo Testamento. Muy pronto se hunde en los campos de trigo, en la hierba buena que crece humilde al borde del camino de Galilea, en los ramos de oliva y en las palmas de Jerusalén. María Magdalena le lava los pies al Señor. A la orilla del lago de Tiberiades, Luz se apresta a caminar sobre las aguas al llamado del Señor cuando mecánicamente prende la lámpara para poder seguir leyendo. A duras penas, desgarra su pensamiento del mundo apenas entrevisto. Se pone nerviosa: «¡Algo me falta, algo me falta… me siento trunca!».

Mariana no ha llegado.

A las diez de la noche, Luz, sola, habla como loca por teléfono a todas partes preguntando por su hija.

—ABRENUSTIAS SATANAE?

—ABRENUNTIO.

—ET OMNIBUS OPERIBUS EJUS?

—ABRENUNTIO.

—ET OMNIBUS POMPIS EJUS?

—ABRENUNTIO.

El padre preside la larga mesa de trabajo. Alrededor de ella se amontonan las sillas. Más concurrida que nunca, se trata de la última instrucción antes de las vacaciones de Semana Santa. Su mirada recorre el grupo y me encuentra. No le sorprende verme. Me siento decepcionada de que tenga mejor aspecto que de costumbre, hasta se ve gordo, sus cabellos alisados por el agua están jalados para atrás, su corbata bien anudada. Esperaba encontrar a un hombre abatido y me abre los brazos un apóstol sonriente dentro de una pieza blanca, casi luminosa.

La plática es agradable. Entran grandes rayos de sol y las muchachas toman notas en unas hojas blancas. El eclesiástico respira uniformemente, habla con cariño, con verdad. Todo tiene un aspecto sencillo, natural, muy distinto al de antes. En los muros cuelgan letreros reconfortantes, máximas y lemas de «*Scout* siempre alerta», «Siempre más alto», «Un *scout* es siempre puro, un *scout* sirve a su patria». Un cartel del Turismo Francés anuncia «Le Languedoc». Me molesta tanto orden aparente. Vine en busca de emociones fuertes y allí está Susana con sus plácidos ojos de vaca paciente rumiando de nuevo su suéter que teje debajo de la mesa. Marta también está satisfecha, su lengua se ha quedado quieta dentro de su boca y sólo muestra sus labios sensuales y negros. Casilda no llegó. Para ella, el padre y sus ejercicios espirituales son cuenta saldada. ¡Qué bueno que no vino! Su presencia le da un cariz distinto a los acontecimientos, los vacía de emoción. Mónica Mery, Estela Rivet, Susana Berthelot, Leticia Lavoisier, Margarita Lemaitre aguardan conmovidas; Berta, Amelia y Lilia han fundado una agrupación de solidaridad y son desde ahora misioneras en potencia. Las respuestas de las demás no valen la pena y no pasan del monosílabo. Todas se ven libres; sus miembros no sufren contracción alguna; se recargan en la mesa, cruzan las piernas, Berta tiene el brazo extendido sobre el respaldo de la silla vecina; un brazo dorado por el sol, sano y fresco. Los ojos brillan como vitrales.

Finalmente a las cinco el padre se despide. Él, que nunca se fija en la hora, esta vez es puntual. ¡Qué normalidad tan defraudante! ¿Dónde está la atmósfera tensa del retiro, dónde la espera maligna, dónde la revelación? En un parpadeo el mundo del mal se ha convertido en el del bien. La epidemia que sufrimos, el nocturno pavor, la profusión de ángeles caídos con quienes nos identificamos da lugar a una fila de manos tendidas hacia el sacerdote. Algunas le aseguran que irán al aeropuerto a despedirlo. Otras lo verán en la sacristía de la parroquia después de su última misa. Él conserva cada mano entre las suyas mientras dice palabras confidenciales. Las que quedan cerca, simulan no oír, con falsa discreción, sí, falsa porque ahora que ya no hay electricidad en el aire todo me parece falso.

—No piense más en sus padres. Ellos ya vivieron su vida. Ahora la que importa es usted. Y una mujer con su temperamento está hecha para el amor.

La señorita en turno balbucea las gracias y recupera su mano de la garra eclesiástica.

—Usted no debe darle tanta importancia a las promesas. Nunca hay que prometer nada en la vida. Los actos son libres, y usted, se ha ganado la libertad y la merece…

Susana sonríe torpemente, deja caer su madeja y el sacerdote se inclina a recogerla:

«… y por favor, Susana, no teja usted tanto. Se le van a enredar los pensamientos».

Susana está en el colmo de la turbación, pero ya Teufel se dirige a Mónica:

—Regrese a su cuerpo, déjese de teorías, al final es siempre nuestro propio cuerpo el que nos consuela y nos saca adelante. Cultive su propia belleza. Usted es hermosa. Dele a su cuerpo lo que le pide. Y no me refiero sólo a vestirlo tan bien como lo hace.

Mónica por toda respuesta alisa nerviosamente la solapa de su impecable traje sastre. Estela le hace al padre una mueca de coquetería. Está al borde de las lágrimas. Ha llegado mi turno; por un momento pienso en escabullirme. Son las cinco y cuarenta. Sería una buena victoria sobre mí misma renunciar a mi propio deseo y salir a la esquina a tomar un coche de regreso a casa.

Teufel no me tiende la mano, sólo se inclina hacia mí:

—Mariana, necesito hablarle. Suba a mi despacho y espéreme allí.

Las demás me echan largas miradas de envidia. Quisiera responder que Luz mi madre me espera, que no tenemos de qué hablar después de lo que ha sucedido, algo altanero, teatral, que lo dejara pasmado, pero el padre ya habla con Valeria Arnal.

Subo la escalera lentamente; mis buenas intenciones han desaparecido en un abrir y cerrar de ojos. Me siento temerosa porque al fin voy a estar a solas con el sacerdote. ¿Debo contarle que mi madre y la tía Francisca me han dicho todo? Un pensamiento me impide subir otro peldaño: «Lo que me sucede ahora es lo más importante de mi vida, algo así como un signo».

Veo con decepción que en la antesala también espera la señora Lecler, de riguroso luto. La señorita Lecler parece molestarse; soy la intrusa. Me saluda con reserva, como si la hubiera cachado en flagrante delito. «Bruja, sé lo que tú no sabes, te llevo mucha ventaja, tengo un secreto, lástima que no pueda contártelo».

No oculto mi propósito de quedarme a solas con el padre.

—A usted la va a recibir primero ¿verdad? Yo no tengo prisa.

—Tampoco yo. Como mi asunto es largo, usted pase primero. Si no, sus papás la estarán esperando en su casa.

Pinche Lecler, ¿por qué me trata como una menor que tiene que rendir cuentas?

—No, no, señorita, por favor, pase usted primero, llegó antes que yo.

La entrada del padre interrumpe la discusión. El religioso sonríe. Nunca imaginé que pudiera ser tan desenvuelto. Parece un hombre de mundo cuando anuncia con una voz realmente encantadora:

—Mariana, espéreme usted, por favor. Voy a atender primero a la señorita Lecler.

Lero, lero, para que aprenda la Lecler, para que vea. Ahora entra la jefa *scout* María Teresa Bessières. ¿También a ella la citó? ¡No hay derecho! Nunca solos. A todas les concede lo mismo. ¿Por qué está aquí la jefa?

—Un momento, María Teresa, ahora mismo le toca su turno.

—Sí, está bien.

La fornida mujer que siempre parece traer uniforme con silbato y todo, aunque venga vestida de civil, jala una silla.

Me late el corazón muy fuerte al oír:

—¿Como has estado, mi pequeña Blanca?

Ya no siento rencor alguno hacia el eclesiástico. Su buena salud, su aparente tranquilidad, contrastan favorablemente con la exaltación de mi tía, de mi madre.

—¿Cómo has estado, mi pequeña Blanca?

Su voz es grave.

—Bien, padre, pero yo no soy la que importo.

¡Híjole, qué pesada, Mariana se cae mal a sí misma, imbécil! ¿Por qué decirle eso? Pero el eclesiástico no parece darse cuenta.

—Tú eres lo más importante que hay en tu casa, Blanca; eres lo más fuerte, lo más sano.

Me siento maravillosamente bien. Un buen calor me invade por dentro. Hay que estar a la altura de las circunstancias. El padre me halaga con sus palabras como se acaricia a un gato y me dejo electrizar.

El sacerdote prende un cigarro. «¿No te importa verdad?». Sonríe cómplice. Cada uno de sus ademanes se suspende en el aire. Después de echar el humo lenta e intencionadamente vuelve a mirarla de pies a cabeza.

—En tu casa, ¿todos bien?

—No, padre.

—¿Ah?

—Mamá se enfermó después de que usted se fue.

—¿Sí?

—Tuvieron que llamar al doctor.

—¡Ah!

—Le ordenó que se quedara en cama. Algo con sus nervios.

—¡Pobre Luz, pobre mujer!

Me encabrito. Nadie puede compadecer a mi mamá. Mi mamá no tiene que pedirle nada a nadie. Mi mamá les gana a todos, mi mamá…

—Sofía, ¿igual de guapa?

—Sí, padre.

—¿Francisca?

Se me incendian las mejillas.

—Bien… gracias.

Se levanta de la silla. Va a la ventana y mira hacia la calle. ¿Cómo se atreve a preguntarme tan cínica y convencionalmente por la que antes llamaba «su familia»? «Ustedes son mi familia; de hoy en adelante me los adjudico, son parte de mi ser». Y sobre todo ¿cómo puede preguntarme por Francisca? Y ahora se ha ido a la ventana como si yo no existiera. Habla en un tono despectivo. «Nadie va a hablar de los míos en ese tono, nadie».

Finalmente se vuelve hacia mí:

—¿Y Casimiro?

Ah, no, eso sí que no. Con mi papá no se mete. Mi papá es hombre, muy hombre, ha estado en la guerra.

—Mi papá dijo que lo iba a matar a usted.

Mi voz suena aniñada. Sonríe burlonamente. Esto es el colmo, pienso con repulsión: «¡Qué mala facha tiene cuando sonríe. Es corriente!». El padre se acerca:

—Mi pequeña Blanca, pareces un gato enfurruñado como el primer día en que te vi. ¿Por qué me habría de querer matar tu padre? ¿Porque todas las mujeres de tu familia viven en la luna y apenas se les meta en la realidad se vuelven histéricas? ¿Porque ninguna de ellas sabe realmente lo que quiere? ¿Por qué ninguna tiene un proyecto de vida, ya no digamos para ellas sino para sus hijos? ¿Cuáles son sus expectativas? ¿Porque han caído de bruces en el piso ante las tres o cuatro verdades que les dije? ¡Mujeres a la deriva! ¿Por eso me quiere matar tu padre?

El sacerdote habla con la misma entonación ligera, no ha perdido la fachada. Me entra un extraño temblor… Todo es falso. Ya no importa nada. Ya me voy, tengo que irme. ¿A qué vine? ¿Para qué vine? Se acerca a mí y tengo un gesto de repulsión imposible de contener. Como si se lo dijera a Sofía en uno de nuestros pleitos, con mi voz más infantil y dolorida, balbuceo:

—Usted hace trampas. Tramposo. Mentiroso. Hipócrita.

El religioso se para en seco. Lo miro paralizada pero mis labios siguen formulando palabras a pesar de mí misma, pienso que estoy en el teatro, esto es como el teatro…

—Usted nos engañó a todos. Usted tiene mujeres. Usted

desayuna huevos antes de comulgar. Usted hace sacrilegios. Usted no debería ser sacerdote.

Anonadado por esa voz infantil y llena de sollozos no acierta a responder:

—Mamá me lo dijo. Me enseñó las cartas de Marcela y las tuve entre mis manos. Lo sé todo. Me lo dijeron. También sé lo que usted quiso hacer con Francisca.

Me mira como si quisiera traspasarme:

—Pobre niña. ¿Por qué te han hecho eso?

—Ellas no me hicieron nada. Usted, usted…

—Sí, ya sé. Pero ellas no tenían derecho a contártelo.

Me levanto. Debo salir de allí.

—¿Padre?

—Sí, mi niña.

Su voz es la de antes.

—Padre, es hora de que me vaya.

—Mi Blanca tan pura. ¿Por qué te han manchado? No había necesidad de que supieras nada. Yo estoy en el mundo para cuidar a gentes como tú, vine a salvar a la gente joven, salvarla de su medio, de la parálisis social a la que la confinan, vine a darle fe en sí misma, hacerla vivir, gente como tú, Blanca…

—Usted no ha hecho más que mentir.

—Pero, Mariana, ¿cómo crees que podría ayudarles a ustedes, interesarme en sus problemas en el grado en que lo hago si no los viviera en carne propia?

—Sí, pero usted adquirió un compromiso.

—El único compromiso del hombre sobre la tierra, Mariana, es vivir.

Su timbre de voz es extraordinariamente cálido e insinuante. Los círculos sonoros caen unos sobre otros en ondas concéntricas, una y otra vez. Envuelven en una red; el cuarto se llena de palomas verbales que giran en torno a un campanario invisible. El padre ya casi no se ve, sus rasgos empiezan a esfumarse en la noche que cae; la oscuridad protege también los objetos del despacho, las sillas, el escritorio; se extiende como un manto y sólo permanece la voz vibrante que la atrapa, le apresa el cuello:

—Hay que vivir y si no pecas, si no te humillas, si no te acercas al pantano, no vives. El pecado es la penitencia, el pecado es el único elemento verdaderamente purificador, si no pecas ¿cómo vas a poder salvarte? ¿De qué te salvas? No pecar es no vivir, ¿no lo entiendes? Vive, vive por Dios, por Dios vive. No vas a seguir apresada por no sé qué rancias convenciones; no te fabriques tus propios grilletes, no seas tu propio verdugo. Reconoce el pecado y redímelo, reconocerlo es ya el primer paso hacia la salvación. Y sálvate con los demás, aquellos que caminan en la calle, los que hacen manifestaciones, la llamada masa anónima, atrévete a ser anónima, anda, atrévete a caminar en la multitud, entre los pelados como ustedes los llaman, aviéntate, rompe el orden establecido. ¡Únete a ellos aunque te rechacen! Tú puedes. De tu familia eres la única capaz de romper ataduras. Lánzate al nuevo lenguaje. Reconoce el pecado. Reconocerlo es ya el primer paso hacia la salvación.

Acierto a decir:

—No lo entiendo, padre, no entiendo nada.

En realidad entiendo que algo muy grave está sucediendo. Quisiera decirle: «Padre, siento que usted quiere acabar conmigo». Un sentimiento de desamparo se ha apoderado de todo mi cuerpo. «Mamá, mamá, no me dejes, mamá, ven por mí. ¿Cómo quiere el padre que sea otra, cuando antes me amaba por lo que yo era? Nunca me quiso puesto que no me acepta, mamá, mamá…». Lo que más me afecta es la sensación de haber sido aventada al abismo:

—Estamos solos, Mariana, solos. Todos los hombres

están solos, hagan lo que hagan, suceda lo que suceda, su historia está trazada de antemano... El único que conoce tu historia es Dios y Dios es un visionario que no puede hablar. Dios conoce tu historia, Mariana, ¿no te das cuenta?, conocer tu historia es condenarte, no darte escapatoria... Dios es el culpable de todos los pecados del mundo...

—No entiendo, no entiendo, padre.

Durante el día, el calor ha entrado a bocanadas en el pequeño despacho y ahora se estanca ahogado entre las cuatro paredes. Caja de resonancia, todo se amplifica en la pieza; el olor de las colillas, el rostro estragado del sacerdote, el sudor acre y sucio. Siento mi vestido pegado a mi cuerpo como cuando monto a caballo; me ciñe una malla pegajosa. Él me echa su aliento caliente de turbina, «es una caldera en pleno hervor». Sigue apagando cigarros en el cenicero ajeno a todo. Su desinterés por el bienestar material de los demás es absoluto; nunca durante los ocho días del retiro se preocupó por saber si estábamos cansadas o teníamos frío. Implacable, esas cosas no existen para él. Aguardo, condenada de antemano. El deseo ya muerto de huir y seguir escuchando se mezcla con mis sensaciones más recientes. El peligro, el pecado, el obstáculo que mi yegua evade en el recorrido a la hora del Concurso Hípico, el rebuzno del burro, lo híbrido, el descastamiento, la única protesta ante el creador es descastarse. Dios todopoderoso, Dios culpable, Dios bendito, Dios maldito, Dios sabelotodo, Dios benigno que crea y da la vida, la vida que engendra el pecado, el pecado única forma de redención. Vivir, hibridizarse, vengarse de Dios, vengarse del Padre, cumplir sus designios inexorables, escapar a la condena, debatirse, oh, cuánto sufrimiento hay en el hombre, oh, cuánto dolor cabe en tan poquito, qué ávido el dolor, cómo se concentra en un instante.

Detrás del sacerdote, la faz de Cristo se transforma en una máscara burlona que desprecia, a imagen y semejanza de Dios. Enseña los dientes, se mofa, sus ojos llorosos están en blanco. Teufel no deja de hablar a pesar del aire irrespirable, y las palabras siguen girando, girando, estrellándose ciegas contra los muros, su pecho, su cabeza, sus sienes, a vuelta y vuelta, vivir, vi-vir, vi-vir, hay que vi-viiir, descastarse, hí-bri-do, des-cas-vi-bri-do... vivir.

El sacerdote sale a la puerta:

—Señorita Bessières, Mariana acaba de desmayarse.

—Ahora mismo le ayudo.

—Cayó al suelo tan suavemente que ni cuenta me di, y como estábamos a oscuras...

—No se preocupe, padre, ahora mismo la levantamos.

—¡Qué barbaridad, espero que no sea nada grave!

—¡Cómo va a ser grave, ya estamos acostumbrados! Esta muchacha se la vive desmayándose. Le encanta, en todos los campamentos, en todas las veladas se nos va de pico...

—¡Pobre criatura!

—En el botiquín hay alcohol, vamos a dárselo a respirar. Lo que pasa es que todas estas muchachas están siempre a dieta... Y luego, su familia no las mete en orden. Y más la de Mariana, que vive en el pasado. Seguro está anémica.

Exi ab ea, immunde spiritus,
et da locum Spiritui Sancto Paraclito

Leo en el diario de mi madre:

Antes de regresar a Francia el padre Teufel quiso despedirse de nosotros. Fui a misa de nueve en la Iglesia Francesa que celebró y él me dio la comunión. En el coche mientras lo llevaba yo a la casa me dijo con una humildad desconocida que me agradecía el haber recibido la comunión de sus manos a pesar de lo que sabía yo de él. Además tuvo una frase que me conmovió profundamente:

—Antes de dejarla quiero que sepa que usted es la persona que más ha reafirmado a Cristo en mí.

Mi júbilo fue inmenso, tan paradójico como pueda parecer y me sentí feliz junto a él yendo en coche hacia mi casa. Constaté que estábamos bien juntos, dentro de la amistad.

Al llegar a la casa encontramos a Sofía a la mitad de la vereda. Al ver al padre rompió en sollozos. Él también se emocionó. Después fuimos a buscar a Casimiro al pabellón. Estaba en el baño rasurándose frente al espejo. El padre le dijo que no quería irse sin decirle adiós. Casimiro siguió rasurándose y el padre y yo vimos con sorpresa su mano que temblaba tan fuerte que se cortó.

Mariana no se encontraba en la casa pero unos días antes, a pesar de mi prohibición, fue a buscarlo a los Scouts, *se confesó con él y le pidió explicaciones. Debió dárselas —Mariana nunca me dijo nada de esa entrevista—, pero a ese propósito, el padre nos dijo a Francisca y a mí que habíamos hecho mal al contarle lo que sabíamos de él:*

—¿Por qué? —le pregunté.

—Porque han destruido en ella la imagen del sacerdote.

†

A propósito de lo que hemos vivido, Francis me dijo que nunca experimentó tanto miedo en toda su vida y sin embargo sobrevivió a los bombardeos de Milán durante la guerra. En cuanto a Casimiro, ese héroe cuyos hombres me celebraron el valor en todas las batallas, la de Normandía, la de Monte Cassino, la entrada a Alemania en misión secreta cuando lo aventaron en paracaídas y permaneció perdido más de quince días, sintió un miedo inusitado a pesar de que más tarde, lo negara.

Después de los adioses del padre Teufel salí en coche con Sofía. En la esquina de la Avenida Insurgentes con Xola, sobre la banqueta esperaba un hombre que no podría yo describir, tanto su aspecto me pareció demoniaco. Guardé silencio y recé con todas mis fuerzas para que Sofía no lo hubiera visto pero ella, con la mayor tranquilidad me dijo:

—Mamá, ¿viste a ese hombre?

Más tarde, al estar recostada sobre mi cama, vino Mariana a tenderse a mi lado. Como siempre cuando platicábamos, apreciaba esos momentos de descanso y saboreaba el bienestar feliz de tener a mi hija junto a mí. Hablaba del padre Teufel. Al comentar la innegable presencia de su rostro, me dijo que no le gustaba su boca:

—Tienes razón —le dije—, ni su sonrisa un poco torcida.

En ese momento, como si un viento violento penetrara en la casa sentí el miedo más atroz de mi vida. Era el espanto en todo su horror el que se había alojado en mí. No le dije nada a la niña pero la impresión fue tan fuerte que aún hoy no puedo hacerla resurgir. Nunca me di cuenta cuando Mariana se levantó de la cama.

UT EXEAS ET RECEDAS AB HAC FAMULA:
IPSE ENIM TIBI IMPERAT, MALEDICTE DAMNATE.
QUI PEDIBUS SUPER MARE AMBULAVIT
ET PETRO MERGENTI DEXTERAM PORREXIT

En la esquina, a dos cuadras del hogar dulce hogar espero el Colonia del Valle-Coyoacán; cumplo todos mis compromisos. Sofía ya no, porque va a casarse y eso equivale a salirse del mundo. El suyo es el único espectáculo que tenemos. Ya no canta: «Los marcianos llegaron ya», sino «Abadabadabadabada»; la trastornan las comedias musicales. Como Ethel Merman taconea acinturada por invisibles pistolas en *Annie Get Your Gun*; entona, romántica, «*Somewhere over the rainbow*», pero la que más repite es la de Debbie Reynolds y de la chimpancé feliz allá en el Congo enamorada de un mono de larga, larga cola:

...
Abadabadabadaba said the monkey to the chimp
Abadabadabadaba said the chimp to the monk
all night long they chatted away
...
swinging and singing in the honky tonky way
Abadabadabadaba my chimp, I love but you
badabadabadaba monkey talk, I love you too
Then the big baboon one night in June
she married them and very soon
they went up on their abadabadaba honeymoon
...
A honeymoon

—Te queda mejor el verde.

—¿De veras, manita?

—Sí, manita, te queda mejor el verde.

Apenas lo digo me avergüenzo. Gira frente a mí, se mira por todos los costados, para sus divinas nalgas frente al espejo de tres vistas; se ve despampanante, ésa es la palabra, pam, pan, pam, pan, los tambores los lleva adentro: todos al verla volverán la cabeza, la presentirán incluso antes de que haga su entrada.

—Te queda mejor el verde.

No es cierto, a Sofía le queda mejor el rojo, la hace aún más reina de la selva, pero quiero rebajar la leche de su belleza, echarle agua, diluirla. A su lado desaparezco. Quemada por el sol como lo está ahora, es la muchacha más hermosa del universo.

Sigue mi consejo, tienes razón, manita, se lleva el verde. Además de mi envidia, ahora tengo el remordimiento verde acostado sobre mi frente, empañando mis ojos, escurriendo sobre las sábanas, todos los años de mi vida sabré que le he mentido, todos los años de mi vida hasta que muera me repetiré que la engañé. Quizá en la despedida de soltera de mañana en la noche no desaparezca yo del todo pero no quiero estar sola con ella y no sé qué haré cuando me pida que la acompañe al baño y nos encontremos las dos codo a codo, frente al espejo.

Nos tomamos monstruosamente en serio. Tenemos tendencia a lo trágico, transformamos los acontecimientos en catástrofe. Cómo se lleva la cuchara a la boca, cómo se sienta, cómo se limpia la boca con la servilleta; son las formas las que nos irrigan el cerebro, no las ideas. Todavía hoy liberarme de las primeras impresiones me es prácticamente imposible; fijar la altura del codo al levantar el vaso es para mí un reflejo condicionado. Además, amuebla mi espíritu; esa percepción del otro me hace creer que he ejercido una tarea crítica y pensante; esta fiscalización ocupa un sitio dentro de mi cabeza e impide que me lance a otros espacios.

—Mamá, creo que somos una familia muy cruel. Es cruel la forma en que «hacemos la caridad», es cruel nuestra corte de los milagros, nosotros aquí, ellos…

Clap, clap, clap, clap, Sofía aplaude:

—¡Hasta dónde puede llegar tu cursilería, manita!

Qué bueno que le dije que el verde.

Las aguas de Luz y Francisca han vuelto a cerrarse y he regresado a mis numerosas clases. Tengo una más, con el maestro que habita en una azotea, y que habla tanto o más que el padre. Para verlo subo por una escalera de concreto burda y mal concebida; cada uno de sus peldaños de aristas filosas es diferente. Arriba, salen de la ventana *Las cuatro estaciones* de Vivaldi y llenan el aire con sus violines obsesivos. La música que traigo como fuelle dentro del pecho responde a esa música. El cuarto de la azotea lo abre una mujer limpísima, el pelo alisado para atrás, la cara fresca lavada con agua y jabón:

—Pase, aquél está allá adentro.

Aquél tiene las manos ensangrentadas de pintura roja, sonríe, seductor:

—Permítame un momento, ahora mismo la atiendo. Estoy haciendo un ajedrez. También soy artesano aunque pretendo que vea usted en mí al más humilde servidor de la palabra.

La pieza es de una desnudez franciscana, un escuálido librero, un catre contra la pared, la mesa en la que está pintando el ajedrez, y allá lejos el cielo transparente, el acuático, el inocente cielo de las azoteas.

Magdita no ha venido de Tomatlán y me hace falta. La casa ya no arde. Más bien, barremos las cenizas. Ahora sí, el matrimonio de Sofía es un hecho. Se habla del *trousseau*, el vestido de líneas clásicas de Madame Rostand, la lista de regalos en El Palacio de Hierro, de los invitados, la repartición de los *faire-part* impresos en Francia, de la iglesia, de las flores: azucenas, nardos, nubes y rosas blancas, del menú con las famosas crepas de huitlacoche de Mayita Parada, el pastel de novios de El Globo. Tía Esperanza anima a mamá, Sofía va a ser una de las novias más bellas que se hayan visto, ¿verdad? Ideal, ideal dirán las Pliego Casasús, su voz cascada de risas pequeñas, coloratura casera. Debe peinarse de chongo, así cae mejor el velo, el pelo recogido, al cabo su cabeza es insuperable. Fabiancito se verá lindo de monaguillo. El frac subrayará la buena facha de Casimiro, desmoralizado no por lo del sacerdote —pinches viejas locas, la única que tiene cabeza es Esperanza, por eso es tan buena para los negocios—, sino porque sigue sin encontrar el modo de vencer el muro de la corrupción, sus medicamentos no están aún incluidos en el Cuadro Básico; las etiquetas blancas y azules con su raya roja yacen amontonadas en cajas de zapatos.

Mi abuela se ha empequeñecido como si ya no quisiera ocupar un lugar en la tierra y da vueltas al álbum triste de su corazón. Fabiancito ajeno al mal levanta su brazo apuntándole a las mariposas en el jardín para que las agarre el Pipo que salta como saltimbanqui. Felisa comenta con Vito: «Yo digo que ni era cura». Todo concluye en la casa; de ella partimos, a ella regresamos. Sofía resplandece de amor, avanza hacia una isla de fuego, ha de ser bonito ser como ella: una muchacha enamorada.

✠ ERGO, MALEDICTE DIABOLE, RECOGNOSCE SENTENTIAM TUAM ET DA HONOREM DEO VIVO ET VERO

Basta cerrar los ojos para encontrar a Mariana en el fondo de la memoria, joven, inconsciente, candorosa. Su sola desazón, su pajareo, conmueven; germina en su destanteo la semilla de su soledad futura, la misma que germinó en Luz, en Francis, en esas mujeres siempre extranjeras que dejan huellas apenas perceptibles, patas de pajarito provenientes de tobillos delgados y quebradizos, fáciles de apretar, las venas azules a flor de piel, cuánta fragilidad, Dios mío, qué se hace para retener criaturas así en la tierra si apenas son un poco de papel volando, apenas si se oye su susurro y eso, cuando hace mucho viento, schssssshchssss schsssss schschsssss. Al ver su cara ojerosa en el espejo, me pregunto a cuántas habrá reflejado, cuántas desencantadas, pálidas, distraídas, con sus cabellos blanqueando en las sienes, cuántas se miraron sin verse para no tener que preguntarse: «¿Qué me pasó? ¿Qué pasó conmigo?». Extranjeras, sí, inaprensibles en sus maneras y más en sus amores, van, vienen, sí, sí sobre sus pies ligeros, la prisa las invade, suben las escaleras y quedan sin aliento, abren muy grandes sus ojos, suena el teléfono, el timbre de la puerta de la calle, los signos que las unen al mundo exterior, el hilo invisible y delgado en el aire que se adelgaza sobre la ciudad de México, el hilo con el que cosen sus iniciales en las fundas, las bordan en las sábanas, en las camisas y en los pañuelos, el que las ata a un hombre concreto de carne y hueso. Luz y Casimiro,

Francisca y Ettore. ¿Cómo lograron atraparlas si ahora hasta a ellos los han diluido? Glglglglgl; podrían diluir a las pirámides de Teotihuacán, tan secas al sol, glglglglgl, con un solo buchito. Un hombre que come carne y mastica y ronca, un hombre que bosteza y pregunta suspicaz: «¿En qué piensas?», y a quien le ha dado por añadir rencoroso a lo largo de los años: «si es que piensas», porque nada hay más sospechoso y traicionero que esta lejanía, esta ausencia que hace que Luz repita como autómata unos cuantos gestos inciertos, mismos que ha impreso en Mariana, heredera de la vaguedad y de lo intangible.

Por eso Sofía se casa. Más que las otras mujeres de su familia, quiere asir la mano del hombre, cercar la realidad, pertenecer.

VITAM AETERNAM

Atisbo una forma gris que sube la escalera, la veo caminar pequeñísimas distancias de una pieza a otra y me pregunto si esta que cuenta sus pasos soy yo, o la nueva a la que implacable, brutalmente he reducido a contar sus pasos mientras que otra mujer antes también contó los suyos en otra escalera que subía de la sala a la recámara en otra parte del mundo, hace cien años, en un tiempo en que ninguno podía presentirme. Dicen que la bisabuela era voluntariosa, que le decía a su marido: «*Vous avec votre bouche en cul de poule n'avez rien à dire*». ¿De qué le sirvió subir y bajar escaleras y abrocharse los diminutos botones de sus botines grises si estiró la pata como voy a estirarla? Los escalones diminutos van ascendiendo en espiral dentro de mi cabeza, me encaja su taconeo estéril encima de las cejas, exactamente en el sitio en que los pensamientos duelen mucho, avanza en un caracol que termina en laberinto; culmina en una sopa de cielo-sesos, sesos-cielo, una masa gris inmunda en la que ya no puede encontrarse una sola respuesta. Las mismas tripas que tenemos bajo la cintura se enredan en circunvoluciones en nuestra bóveda craneana, divertículos, dicen a la hora de la muerte, pero las de abajo rechinan, chillan como las palabras, las oigo, iiiiii, uuuuuuuu, son cuerdas vocales mientras que las de arriba sólo trasminan angustia, dejan caer plomo, espadas listas para tasajear el día, las intenciones, la voluntad. Caen como una masa blanda de porquería sobre los ojos, una sopa espesa que taponea el entendimiento. ¿Es ésta la herencia, abuela, bisabuela, tatarabuela, es éste el regalo que me dejaron además de sus imágenes en el espejo, sus gestos inconclusos? No puedo con sus gestos fallidos, su desidia, su frustración. ¡Váyanse al diablo, vuelvan al fondo del espejo y congélense con su cabeza helada! Váyanse, hermanas en la desgracia, lárguense con sus peinetas de diamantes y sus cabellos cepillados cien veces, yo no quiero que mis ideas se amansen bajo sus cepillos de marfil y heráldicas incrustadas. Nadie sabrá quiénes fueron ustedes, como no lo supieron ni ustedes mismas. Nadie. Sólo yo invocaré su nombre, sólo yo que un día también me olvidaré a mí misma —qué descanso—, sólo yo sabré lo que nunca fueron. ¿Qué me dejo Teufel sino esta confusión martillante, de picapedrero en el fondo del pozo?

ACCIPE SAL SAPIENTIAE

No sé qué será de mí. Mamá piensa enviarme a Francia, para cambiar de aire; que no me case joven y con un mexicano como Sofía. «Verás los bailes en París, qué maravilla... Te vamos a poner en un barco, verás, o en un avión, verás, te vamos a subir a la punta de la Torre Eiffel; tendrás París a tus pies, te vamos a poner sombrero y guantes y bajarás por el Sena en un *bateau mouche*, verás, te vamos a...».

En la Avenida San Juan de Letrán, arriba del Cinelandia, tomo clases de taquimecanografía. En los días en que el recuerdo de Teufel me atosiga, camino entre la gente hacia la Alameda. Me siento junto a los chinos que platican en un semicírculo parecido al Hemiciclo a Juárez; allí también los sordomudos se comunican dibujando pájaros en el aire; me hace bien su silencio, luego escojo una banca junto a la estatua *Malgré tout* y miro cómo los hombres al pasar, le acarician las nalgas. Las mujeres, no. Me gusta sentarme al sol en medio de la gente, esa gente, en mi ciudad, en el centro de mi país, en el ombligo del mundo. Me calientan los muritos de truenos tras de los cuales los enamorados se esconden para darse de kikos. Mi país es esta banca de piedra desde la cual miro el mediodía, mi país es esta lentitud al sol, mi país es la campana a la hora de la elevación, la fuente de las ranitas frente al Colegio de Niñas, mi país es la emoción violenta, mi país es el grito que ahogo al decir Luz, mi país es Luz, el amor de Luz. «¡Cuidado!», es la tentación que reprimo de Luz, mi país es el tamal que ahora mismo voy a ir a traer a la calle de Huichapan número 17, a la Flor de Lis. «De chile verde», diré: «Uno de chile verde con pollo».

Cuando van a dar las dos, regreso a la casa, vacía de emociones y miro por la ventanilla del Colonia del Valle-Coyoacán. No sé dónde poner los ojos. Al igual que la María Félix camionera atornillo la vista en las calles que llevo recorridas. ¿Cuántas horas estamos solas mirando por la ventanilla, mamá? Es entonces cuando te pregunto, mamá, mi madre, mi corazón, mi madre, mi corazón, mi madre, mamá, la tristeza que siento, ¿ésa dónde la pongo?

¿Dónde, mamá?

De Tobis y Teufels
blasfemias y bendiciones
de Franciscas y Luces
monjitas y maromas
de todo eso
y más
están llenos los cuentos
de la Pequeña Lulú.

La pequeña Mariana,
al salir de la tina.

(Número de otoño, 1955)